Gabriels dood

Richard B. Wright

Gabriels dood

Uit het Engels vertaald door
Kathleen Rutten

DE GEUS

Deze uitgave is tot stand gekomen met een bijdrage van
The Canada Council (Ottawa)

Canada Council
for the Arts

De vertaalster ontving voor deze vertaling een werkbeurs van
het Nederlands Letterenfonds

Oorspronkelijke titel *October*, verschenen bij Harper Perennial
Oorspronkelijke tekst © 200* R.B.W. Books Inc.
Nederlandse vertaling © Kathleen Rutten en De Geus bv, Breda 2010
Omslagontwerp Riesenkind
Omslagillustratie © Ty Milford / masterfile.com

Dit boek is gedrukt op FSC-gecertificeerd papier

ISBN 978 90 445 1194 9
NUR 302

Voor Phyllis
en voor
Christopher, Vicki, Sydney, Abigail
Andrew, Wendy, Gage en Millie

liefs

Gabriels dood

Ik ging naar Engeland om mijn dochter te zien. Dat was in oktober 2004. Susan had me de week ervoor gebeld met haar verpletterende nieuws. Het was op vrijdag geweest, tussen de middag, en ik was in mijn flat in Toronto bezig mijn lunch klaar te maken. Een salade van tonijn en tomaten. Kruidenthee. Een appel. Net als veel oudere mensen tegenwoordig zorg ik beter voor mezelf dan in de voorgaande decennia en hou ik me aan het regime van de bevoorrechte middenklasse: een verstandig dieet van verse groenten en fruit, dagelijks een stevige wandeling, matige inname van alcohol, hoewel ik zo nu en dan geneigd ben van die laatste regel af te wijken en lichtjes aangeschoten te raken van te veel wijn bij het avondeten. Op zulke momenten heb ik het gevoel dat ik het recht heb me te laten gaan of anders kan het me op mijn vierenzeventigste geen snars meer schelen. Misschien komt het wel op hetzelfde neer.

Susan belde onverwachts. We houden tegenwoordig voornamelijk contact door middel van e-mails. Als ze belt, doet ze dat meestal zondagsmorgens, wat voor haar in Oxfordshire 's middags is, wanneer ze haar administratie bijwerkt of haar maandagochtendpraatje voor de leerlingen voorbereidt. Maar het was vrijdag en ik dacht vaag het geroep en geschreeuw van meisjes die gymles hadden te kunnen horen. Misschien had Susan een raam openstaan dat uitkeek op de sportvelden. Ze vroeg hoe het met me ging en door de toon van haar stem was ik meteen op mijn hoede. Het was dezelfde toon die ik jaren geleden weleens hoorde wanneer ze dacht dat ze me had teleurgesteld door een onbeduidend incident; ze had bijvoorbeeld een makkelijke bal doorgelaten tijdens een hockeywedstrijd (ze was keeper geweest) of een ongelukje gehad met onze auto. Susan heeft het altijd vervelend gevonden mij van slag te zien. Maar zoals steeds kwam ze snel ter zake.

'Pap, ik heb gisteren slecht nieuws gekregen.'

Ik had de kans niet om 'ja?' of 'wat dan, Susan?' te vragen toen ze zei: 'Ik heb kanker, pap, en de oncoloog zegt dat het heel agressief is. Net als bij mama, vrees ik.'

Daar waren ze dan, de woorden waar ik bang voor was geweest sinds de dood van haar moeder tweeëntwintig jaar geleden. Wat ik zei op Susans woorden? Ofwel 'mijn god' ofwel 'jezus christus'. Vreemd is dat toch hoe we steeds terugvallen op religieuze taal om bij tegenslag onze ontzetting kenbaar te maken. Het was ook niet moeilijk voor mij om in de stem van mijn dochter de angst te horen, het gevoel hoe akelig onrechtvaardig dergelijk nieuws is, de voorspelling van de sombere maanden die haar te wachten stonden: de operaties en bestraling, de chemotherapie met haar vernederende aanslag op het lichaam, het haarverlies en de misselijkheid, en de medelijdende blikken van zowel vrienden als vreemden. Ik wist dat die blikken even zwaar voor Susan zouden zijn als alles wat ze verder nog moest ondergaan. En het was des te navranter omdat het kwam op een tijdstip dat haar leven een uitgesproken triomf leek: na twintig jaar van lesgeven en uitstekend bestuurswerk had ze eindelijk de leiding gekregen over haar eigen school.

Begin januari was ze op Woolford Abbey gaan werken en ze was vastbesloten om het lot van de oude school, die de afgelopen jaren in verval was geraakt, ten goede te keren. Het was geen makkelijke taak om ouders, wier geloof in de school wankelde, gerust te stellen of te beslissen wie van het docentenkorps de moeite waard was om aan te houden of de oud-leerlingen te kalmeren die stampei maakten (Susans uitdrukking) over vermeende veranderingen in de traditie door toedoen van de nieuwe directrice uit Canada. Ze had me ooit gezegd dat er op de hele wereld geen groter reactionair is dan een voormalige leerling van een tweehonderd jaar oude school. Maar ik wist dat Susan tegen de taak was opgewassen, ze heeft het soort rustgevende persoonlijkheid dat even goed in staat is om de herfinanciering van een lening te bespreken met een bankier als een dertienjarige met heimwee op de zondagavond van de eerste week van het trimester op haar gemak te stellen. Er was een hoop werk te verzetten op Woolford, maar ze vond het spannend om er deel van uit te maken. En dan nu dit.

Die vrijdag vertelde ze me dat ze een maand daarvoor naar de schoolarts was gegaan vanwege een knobbeltje in haar oksel. Gezien de familiegeschiedenis was Susan over het algemeen alert geweest op tekenen van de ziekte, in feite pleegde ze onverdroten zelfonderzoek. Toch moest ze toegeven dat ze het afgelopen jaar door de verhuizing naar Engeland en de bijkomende drukte, de tientallen mensen die ze moest ontmoeten en de nieuwe routines niet zo waakzaam was geweest. Intussen was de kwaadaardigheid in gang gezet en hadden de kankercellen zich vanuit de primaire tumor in haar linkerborst, die ze niet had gevoeld, uitgezaaid. Net als haar moeder heeft Susan zware borsten en het borstweefsel zelf (zo vertelde ze me later) is bijzonder compact, wat de uitslag van een mammogram soms onduidelijk maakt en het opsporen van tumoren bemoeilijkt. Op het eerste mammogram was niets te zien geweest, maar de knobbel in haar oksel bleef haar zorgen baren en dus had ze een tweede onderzoek geëist. Toen hadden ze de tumor gevonden. Haar moeder was in 1982 op vierenvijftigjarige leeftijd overleden aan een uitzonderlijk agressieve vorm van de ziekte, die haar vreselijk had verzwakt en vermagerd. Hoe had het anders kunnen gaan? Leah was een forse vrouw geweest, maar uiteindelijk was er lichamelijk amper nog iets van haar over, een soort onstoffelijk wezen, een bleke spookgestalte op het bed. Haar gezicht leek kleiner, de huid strakker om de schedel gespannen en ik herinner me de slierten haar die na de chemotherapie hun best deden terug te groeien, de zachtheid tussen mijn vingers. Als babyhaar.

Susan vertelde dat er vaart achter werd gezet. Dokter Patel wilde dat ze binnen twee weken geopereerd werd. Ik weet niet hoe ze erin waren geslaagd om dit zo snel voor elkaar te krijgen en ik vroeg er ook niet naar. Ik was alleen maar dankbaar dat deskundigen zich erover hadden ontfermd. Intussen moest Susan verschillende mensen op school op de hoogte brengen, om te beginnen Esther Vail, de onderdirectrice, die op Susans baan had gesolliciteerd. Aanvankelijk had Susan verwacht dat ze begrijpelijkerwijs teleurgesteld en misschien verbitterd zou zijn omdat ze gepasseerd was. Een vijand binnen de eigen gelederen. Maar Esther Vail had haar nederlaag goed geaccepteerd en was de afgelopen paar maanden verrassend behulpzaam geweest. Susan leek haar voor zich te hebben gewonnen en ze bevonden zich nu op de rand van echte vriendschap. Dit verbaasde me niet: mijn dochter heeft er aanleg voor om mensen aan haar kant te krijgen. Ik heb het gezien tijdens de jaren dat ze op school mentor van jongere leerlingen en aanvoerder van het hockeyteam was, en toen ze sectiehoofd en onderdirectrice was. Mensen gaan naar haar toe om raad en ze is steevast heel gul met haar tijd. Ze heeft een pretentieloze beminnelijkheid die ze van haar moeder heeft geërfd, een waardevolle gave die mooi een donkerder kant van haar aard, die helaas van mij stamt, verhuld.

Nu wachtte haar deze drastische, hoogst onrechtvaardige verandering en toen ik die vrijdag tussen de middag naar haar luisterde, kon ik alleen maar naar de salade van tonijn en tomaten staren, waar ik geen trek meer in had. Achter mijn keukenraam een zonovergoten herfstdag. Een dag om door de met bladeren bezaaide straten te wandelen en vreugde te scheppen in het leven. Althans, dat had ik een half uur voor Susans telefoontje gedacht. Ik vroeg of ze wilde dat ik het haar broer en schoonzus vertelde en ze zei: ja, natuurlijk. Je kon er maar het beste open over zijn. En hoe zat het met haar beste vriendin Sophie Wasserman? vroeg ik. Maar ze had al met Sophie gesproken en even voelde ik me gekwetst dat ik niet de eerste was die het hoorde. Onze absurde ijdelheden. Onze wanhopige behoefte te geloven dat we voor onze kinderen altijd op de eerste plaats blijven komen. Dit hulpeloze voeden van de zelfachting tast alles aan, zelfs op de ergste momenten van het leven. Maar hoe dan ook, ze wilde dat ik het aan David, Brenda en de kinderen vertelde. Susan vroeg niet of ik naar Engeland wilde komen, maar dat wilde ik zelf heel graag en ik zei dat ik zo gauw mogelijk de vluchtinformatie zou mailen. Ze bedankte me. Er leek niet veel meer te zeggen door de telefoon. Het was zinloos om de gebruikelijke banaliteiten te mompelen over je niet ongerust maken, dat dingen meestal op hun pootjes terechtkomen enzovoort. We wisten allebei heel goed dat dingen vaak niet op hun pootjes terechtkomen. Wat afscheid nemen met 'ik hou van je, ik ook van jou' betrof, hadden Susan en ik langgeleden al besloten – weliswaar schertsend, maar toch besloten – dat die zinnetjes zulke deuken hadden opgelopen in de populaire cultuur van de afgelopen vijftig jaar dat ze zo goed als niets meer betekenden.

Vanaf haar vroege jeugd hebben Susan en ik samen naar films gekeken en toen ze ouder werd, namen we de gewoonte aan om overal commentaar op te leveren, van onwaarschijnlijkheden in de intrige tot rare dialogen. Deze spotternijen gingen ons allebei heel makkelijk af en ik weet dat het mijn vrouw irriteerde hoe snel Susan en ik konden overstappen naar onze eigen wereld van badinage, een wereld waar Leah niet binnen kon komen, omdat ze simpelweg de spelregels niet snapte. En wat dat betreft, mijn zoon David ook niet. Een andere bedrading van het brein, neem ik aan. Tijdens haar puberteit en gedurende een paar jaar daarna liet Susan deze gewoonte varen omdat andere interesses terecht de overhand hadden gekregen. Maar na de dood van haar moeder merkten we dat we ons van tijd tot tijd weer op die manier vermaakten. Ik herinner me een avond dat ze bij me kwam eten en bleef kijken naar een film op tv waarin twee mensen zich continu slecht gedroegen jegens elkaar en toch iedere zondeval eindigden met hun korte 'ik hou van je'- en 'ik ook van jou'-verklaringen. Met het vorderen van de film vielen Susan en ik onbewust terug in onze vertrouwde routine.

'Denk je echt dat ze van hem houdt?'

'Nou ja, dat zegt ze.'

'Ja. Heel vaak.'

'Hij ook.'

'Ja, maar waarom zouden ze dan zo naar tegen elkaar doen?'

'Ik weet het niet. Misschien omdat ze van elkaar houden.'

'En dat doen ze, dat weten we.'

'Ja, dat hebben we ze horen zeggen.'

'Heel vaak.'

'Je kunt het niet vaak genoeg zeggen.'

'Dat vraag ik me af.'

Onzin, natuurlijk, maar we genieten er allebei van en ik geloof dat onze relatie door de jaren heen uiteindelijk op een belangrijke manier evenzeer door zulke avonden is bepaald als door alles wat zich verder tussen ons heeft voorgedaan. Kennelijk voelen we ons allebei thuis bij dedain, een houding die op sommige mensen overkomt als het op een kinderachtige manier buitensluiten van anderen. Die arme Leah heeft onze behoefte om te bekritiseren wat in haar ogen niet de moeite waard was nooit begrepen. Maar voor Susan en mij is het altijd de eendracht van gelijkgestemden geweest, het was geriefelijk om de wereld vanuit dit standpunt tegemoet te treden. Leah had in zekere zin wel gelijk; onze houding was voor een groot deel kinderachtig gejouw. Maar het verschafte ons ook de gelegenheid om op kleine schaal bezwaar te maken tegen afgezaagdheid. Dus we wisten beiden hoe we over het onderwerp liefde dachten. Het hoefde niet gezegd te worden.

Na haar telefoontje belde ik de luchtvaartmaatschappijen af en slaagde er ten slotte in om op zaterdagavond een vlucht bij British Airways te boeken. Een plaats in de eersteklas voor een woekerprijs, maar het was alles wat ze hadden. Zondagmorgen vroeg haalde Susan me op Heathrow op. Hoewel ze er moe uitzag, was ze nog steeds de lange, knappe vrouw van middelbare leeftijd die ik in juli had gezien toen ze een paar weken in Toronto had doorgebracht. Toch zwol achter die façade de golf van ontembare cellen aan. Het had geen zin om erbij stil te staan, maar het was bijna onmogelijk om het niet te doen.

De volgende paar dagen logeerde ik bij haar in de ruime, elegante Georgian directeurswoning, die wat naar achteren stond en omringd werd door eiken zo oud als de school zelf. Vanuit mijn slaapkamerraam keek ik uit over de binnenplaats en zag ik de meisjes in bordeauxrode trui en grijze plooirok op weg naar hun lessen en practicums. Zo nu en dan een eenzame gedaante, haar boeken tegen haar borst geklemd, een beetje terneergeslagen. Waarom? vroeg ik me af. Een teleurstellend cijfer voor een proefwerk? Een onverwachte verstoting uit een groep? Op weg naar haar kamer met een probleem dat waarschijnlijk binnen een uur zou zijn opgelost, de geluksvogel. Ik leefde in een vrouwelijke wereld, omgeven door jonge vrouwen en de oudere docentes. Afgezien van het onderhoudspersoneel en de tuinlieden liepen er maar drie of vier mannen rond; ik ving een glimp van ze op in de docentenkamer en vond het maar tamelijk zwakke exemplaren.

Overdag wandelde ik door het park dat, zo hoorde ik van Susan, ontworpen was door de achttiende-eeuwse landschapsarchitect Capability Brown. Ik glimlachte terug tegen de grote, vriendelijke Engelse schoolmeisjes, die ongetwijfeld over mij hadden gehoord. Nieuws verspreidt zich snel binnen de kloosterlijke muren van een kostschool. Ik was de vader van juffrouw Hillyer. De ouwe heer van de directrice. Stel je voor! Die is vast honderd jaar, denk je niet, Cynthia? Desondanks voelde ik me volkomen op mijn gemak terwijl ik door de gangen liep of naar hen keek als ze aan het sporten waren. Het grootste deel van mijn leven ben ik omringd geweest door jongelui. Ik heb genoten van hun energie en enthousiasme en nooit veel last gehad van hun onzekerheid en humeurigheid. Na tweeëndertig jaar op een universiteit raakte ik niet van slag door de oestrogene commotie die op Woolford Abbey in de lucht hing. Per slot van rekening was het niet meer dan het leven van scholieren en dat leven heeft een bestendigheid, of het nu in Toronto, Karachi of Oxfordshire wordt geleid. Ik vond een favoriet plekje om te lezen, een hoekplaats in de Farloe-bibliotheek, een prachtige ruimte, met eiken lambrisering, geschonken door de weduwe van een victoriaanse industrieel die hier op school had gezeten. Susan vertelde me dat mevrouw Farloe na haar dood begraven was met een exemplaar van Alfred Tennysons *In Memoriam*. Susan wist dat dit verhaal me zou interesseren en dat was ook zo. Het deed me goed te weten dat Alfred T.'s poëzie zo veel had betekend voor de oude dame die verantwoordelijk was voor de rustige zaal waar generaties meisjes hebben gelezen en gestudeerd.

Ik bleef vier dagen bij Susan en 's avonds bespraken we veel zaken die niet allemaal noodzakelijk gerelateerd waren aan haar ziekte, hoewel die er natuurlijk altijd was, als een kobold hurkend in een donker hoekje van de kamer, wachtend tot hij als het middelpunt van de aandacht kon opduiken. We praatten over het mislukte huwelijk van haar broer en over zijn hervonden geluk met een jonge vrouw, Nikki. Maar mijn zoon heeft een gezin in wanorde achtergelaten, een verbitterde vrouw (hoewel Brenda er overheen aan het komen is), een mooie, getroebleerde dochter van zeventien en een zoon van twaalf, klein voor zijn leeftijd en onzeker van zichzelf. We hadden het ook over Sophie Wasserman, die met Kerstmis zou komen. Ik besefte dat Susan meer op haar gemak zou zijn met Sophies aanwezigheid dan met die van mij. Sophie is een grootmoedige, hartelijke ziel, het ideale contrast voor Susans meer duistere aard, wat de reden is, denk ik, voor hun levenslange vriendschap die begonnen is in de derde klas van de St. Hildaschool.

5 september 1967. De datum staat in mijn geheugen gegrift, want op die dinsdagmiddag kwam Susan uit school en vertelde ons dat ze een nieuw vriendinnetje had gevonden. 'Ze heet Sophie en ik hou nou al van haar.' Deze mededeling werd met zo veel plechtige ernst gebracht dat Leah en ik allebei lachten. Maar het kostte ons vreselijk veel moeite om onze achtjarige dochter te sussen, die naar boven was gestormd, naar haar kamer, ervan overtuigd dat we de draak met haar staken. Ik veronderstel dat Susan als het erop aankomt meer tijd in Sophies gezelschap

heeft doorgebracht dan in dat van iemand anders. Ze hebben samen op school gezeten, zich druk gemaakt om docenten en jongens, zich door romances geworsteld en door Sophies huwelijk met een vreselijk onbekwame man. Ik besefte dat Sophie de beste persoon zou zijn om bij Susan te zijn.

Dit alles bespraken we, terwijl we de hele tijd om het grotere probleem heen draaiden. Het enige probleem, als puntje bij paaltje kwam. Ik wilde de afschuwelijke vraag stellen over hoeveel tijd de medici het hadden gehad. Susan zei dat dokter Patel vaag was gebleven over de details. In dit stadium viel het moeilijk te zeggen. Misschien dat ze na de operatie specifieker kon zijn. Maar al die onzekerheid was verwarrend. Zou ze na de operatie door kunnen gaan op school? Zij en Sophie hadden over haar terugkeer naar Toronto gesproken. Sophie had gezegd dat Susan bij haar kon logeren tot ze iets had geregeld. Het was duizelingwekkend, al die speculatie, en ik merkte dat Susan zich makkelijk aan mij en mijn vragen ergerde en zich daarover, hoe kenmerkend, schuldig voelde. Op die avonden dronken we allebei een beetje te veel en ik stelde me voor dat het wezen in de donkere hoek afzichtelijk naar ons grijnsde. Toch had ik het gevoel dat Susan iets achterhield. Me niet de hele waarheid over haar ziekte vertelde. Ik wilde niet al te zeer aandringen, maar haar zwijgzaamheid bezorgde me een ongemakkelijk gevoel, bij tijden zelfs een gevoel van ongewenst te zijn, alsof mijn aanwezigheid een obstakel vormde voor haar om aan de slag te gaan.

Af en toe fronste ze tegen me, alsof ik te hard mijn best deed iets in haar gezicht te vinden, een aanwijzing voor het raadsel van haar aandoening. Ik wist dat ze het vervelend vond om zo nauwlettend bekeken te worden. Toen ze een kind van zes, zeven was, zat ik haar soms aan te staren, maar in die tijd met verwondering en dankbaarheid. Was dit mooie meisje echt mijn dochter? Maar de intensiteit van mijn blik bracht haar in verwarring en dan keek ze duidelijk geërgerd op van haar boek. Vroeg waarom ik naar haar zat te staren. Ik kon haar toen niet zeggen wat ik voelde; ze zou mijn bewondering op de een of andere manier weggewuifd hebben. Ik deed maar raar en wist ik soms niet dat het onbeleefd was om te staren? En dit uitgesproken op de bitse toon die me steevast aan het lachen maakte. Ik had kunnen zeggen: 'Een kat mag toch zeker wel naar de keizer kijken, niet dan?' En hoewel ingenomen, zou ze de spot drijven met mijn opmerking. Zelfs op die leeftijd was Susan al bedreven in spotten. Ik denk dat ik hier iets van opving in de blikken die ze me bij tijd en wijle tijdens onze avondlijke gesprekken toewierp.

Ik weet het niet. Misschien overdrijf ik wel, maar zelfs in de gunstigste omstandigheden weten Susan en ik dat als we te lang samen zijn er een zekere spanning ontstaat. We hebben het er nooit over gehad, enkel het begin ervan herkend en door de jaren heen tevergeefs ons best gedaan onze kalmte niet te verliezen. Dit heeft niets met liefde te maken, maar met het feit dat we te veel op elkaar lijken om lang een volmaakte gelijkmoedigheid te bewaren. Door ons gelijksoortige temperament is het behouden van een emotioneel evenwicht op z'n zachtst gezegd lastig. Ooit fungeerde Leah als bemiddelaar tussen ons. Nu is er niemand en vroeg of laat steekt het ongeduld de kop op en ontstaat er een lichte wrijving, vaak om iets heel triviaals, een verkeerd begrepen opmerking, een vermeende kleinering. Dit leidt onveranderlijk tot een verandering van stemming; norsheid en de onuitgesproken wens om alleen een wandeling te maken of vroeg naar bed te gaan met een boek bederven de sfeer. Het is gewoon hoe we zijn en hoewel we tijdens mijn bezoek geen ruziemaakten, viel de tijd dat we samen waren op Woolford Abbey ons, volgens mij, allebei een tikkeltje zwaar.

Dus wanneer Susan overdag in haar werkkamer zat of vergaderingen bijwoonde, wandelde ik door het park of ging in de bibliotheek zitten lezen. Om één uur zagen we elkaar in de Grote Zaal, waar ze meestal met de meisjes at, steeds van tafel wisselend tot ze de hele school had gehad, waarna ze weer van voren af aan begon. Ze vertelde me dat een aantal oudere docenten dit afkeurde, maar dat kon haar weinig schelen. De leerlingen vormden kostelijk gezelschap en ze wilden graag meer over Canada weten. Een paar waren op skivakantie in Alberta geweest of hadden familieleden in British Columbia of Ontario bezocht. Ik zag een massa jonge gezichten in die eetzaal, gezichten in alle kleuren vanuit de hele wereld. Na de maaltijd keerde ik terug naar de directeurswoning, die groot genoeg was voor een gezin van tien personen, en waar Susans aanwezigheid zo te zien weinig tot geen sporen had nagelaten. De onlangs opgeknapte keuken zag er nog ongebruikt uit, hoewel mijn dochter het huis al sinds januari bewoonde. Het leek of het gasfornuis nog maar net uit de verpakking gehaald en op zijn plaats tegen de muur geïnstalleerd was. Toen ik de pannenspons in het bakje aanraakte was die hard en droog als een steen. Susan heeft nooit veel gekookt en ze vertelde dat ze meestal in de eetzaal at. Wanneer ze gasten had, werd de catering door het keukenpersoneel van de school verzorgd. Maar ondanks mijn protest bereidde ze 's avonds een licht maal voor ons. Na jaren alleen te hebben gewoond kan ik redelijk goed koken, maar ze wilde er niet van horen; ik was haar gast dus zou ze een simpel gerecht maken, zoiets als een omelet. Het heeft iets vreemd ontroerends om iemand van wie je houdt bezig te zien met karweitjes waarvoor ze niet bijzonder geschikt is, maar die ze per se wil doen om jou te plezieren. Het was pijnlijk aandoenlijk om Susan in spijkerbroek en een oude sweater van St. Hilda kastjes te zien openen en borden en een koekenpan te zien pakken. En ik kon het niet laten om me af te vragen hoelang de eieren al in de koelkast lagen.

Op de avond voordat ik zou vertrekken – woensdagavond – vond Susan dat we in een nieuw Frans restaurant in een naburig dorp moesten gaan eten. Dus dat deden we. Rondom ons zat de plaatselijke landadel zich te goed te doen aan salade niçoise en lam provençale en de ruimte was gevuld met de geuren van lekker eten, de klanken van bekakte accenten en gelach. Onder gewone omstandigheden zou het niet moeilijk zijn geweest om van de avond te genieten en we deden ons best, hoewel ik niet weet waarom we zo uitgebreid bestelden; geen van tweeën hadden we veel eetlust en soep of salade en een voorgerecht zouden genoeg zijn geweest. Ik deed het beter met de wijn en dat was eigenlijk puur geluk. Hij was verre van de duurste op de kaart, maar hij was heel goed, het soort wijn dat me met oneindige dankbaarheid vervulde jegens de mensen die zulke kwaliteit konden leveren tegen een prijs die een gepensioneerde hoogleraar zich kon veroorloven. Ik zag Susan naar een knappe vrouw van ongeveer haar eigen leeftijd een paar tafels verderop kijken en vroeg me af of ze dacht: waarom ik wel en zij niet. Ze vroeg me toen wat ik tegenwoordig allemaal las en ik zei het haar. Ze bracht een wrange glimlach op en zei dat haar leesvoer voor het slapengaan nu 'kankermemoires' waren.

'Het moet een nieuw genre zijn', zei ze. 'In de boekhandels zijn er hele schappen mee gevuld. Ze staan bij dat zelfhulp- en yogagedoe. De meeste zijn geschreven door pittige jonge vrouwen uit Californië, die vijftien kilometer per dag hardlopen en in groepjes zitten die wekelijks bij elkaar komen om over hun "schermutseling met de dood" te praten.' Ze nam een slok wijn. 'Maar weet je, in ieder boek dat ik heb gelezen was de kanker vroeg ontdekt en genezen. Dus alles loopt goed af, in ieder geval voorlopig.' Ze keek weer even naar de knappe vrouw. 'Uitgevers zullen wel niet bijzonder geïnteresseerd zijn in verhalen over vrouwen met kanker die te ver gevorderd is om goed op de behandeling te reageren. Zoals die van mama. En de mijne waarschijnlijk. Niet pittig genoeg, neem ik aan.' Ze leek diep adem te halen. 'Verdomme, je hoeft maar één keer niet op te letten.'

Haar ogen schoten vol toen. Ik pakte haar hand en kneep erin en was zelf ook bijna in tranen. De gedachte kwam bij me op dat het waarschijnlijk veel ernstiger was dan Susan had laten weten, hoewel ik niet kan zeggen dat ik volkomen verrast was. Ik herinnerde me haar moeder en de verschrikkingen die zij had doorstaan. Maar de behandeling van kanker zal de afgelopen twintig jaar toch wel verbeterd zijn? vroeg ik.

'Ja en nee', antwoordde Susan zakelijk. 'Ze moeten het er nog steeds uit halen of het op de een of andere manier doodmaken zonder dat jij het leven erbij laat.'

Met een boos gezicht dronk ze haar glas leeg en leek niet overtuigd – nergens van, stelde ik me voor. Ik wilde weten wat de oncoloog precies had gezegd.

'Goed, dat zal ik je vertellen', zei ze.

Ik weet nog dat we ons als samenzweerders naar elkaar toe bogen. Fluisterend. Natuurlijk besteedde niemand enige aandacht aan ons. Waarom zouden ze?

'Patel heeft het niet met zo veel woorden gezegd, maar ik denk dat ze een doodvonnis over me heeft geveld. Ik weet dat het dramatisch klinkt, pap, maar het is waar. Patel is heel rechtdoorzee. Ik mag haar. Ik vind haar directheid en opvallende eerlijkheid prettig. Ik omschrijf het nu, maar ze zei zoiets als: "Laten we geen illusies koesteren, juffrouw Hillyer. U hebt een zeer agressieve vorm van kanker en helaas is die al naar de lymfknopen uitgezaaid. Het vereist onmiddellijke en radicale behandeling." Toen vroeg ze me naar de familiegeschiedenis en ik vertelde haar over mama. Ik heb haar ook gevraagd of het feit dat ik afgelopen herfst mijn jaarlijkse controle heb gemist verschil had kunnen maken, maar dat kon ze niet zeggen. Of dat wilde ze niet. "Kanker", zei ze, "kan eigenzinnig zijn." Ik herinner me dat woord "eigenzinnig". "Soms", zei ze, "kunnen we het verloop accuraat voorspellen en soms niet. Hij kan heel snel in een aantal richtingen door het hele lichaam trekken of wie weet hoelang rustig blijven." Ik weet nog dat ze haar wenkbrauwen fronste terwijl ze dit allemaal vertelde en ik kreeg duidelijk de indruk dat de onvoorspelbaarheid van kanker haar razend maakte. Haar liet smeulen van wrok. En dat allemaal met die onbewogen manier van doen van haar. Nou ja, je weet hoe doktoren zijn, pap, je weet dat ze graag denken dat ze altijd de touwtjes in handen hebben.'

Ik had nog een glas wijn voor haar ingeschonken en ze had het bijna leeg.

'Hoe dan ook, ik kan mezelf wel voor mijn kop slaan dat ik niet beter heb opgelet. Verdomme, ik was van plan naar Halpern te gaan voordat ik afgelopen december uit Canada vertrok, maar er was gewoon zo veel te doen. Het leek alsof ik iedere dag met mensen aan de telefoon hing. En dan waren er nog alle feestjes en lunches waar ik naartoe moest. Herinner je je dat zalige dinertje dat jij en Brenda voor mij hebben georganiseerd? Dat vond ik zo leuk.'

'Ja, dat was een geweldige avond.'

'En Sophie nam me voortdurend ergens mee naartoe. Ze zou me missen, dat zag ik wel. Hoe dan ook, ik ben niet meer bij Halpern geweest. En toen ik hier kwam, heb ik gewoon doorgejakkerd.'

Ik zei dat ze niet zo streng moest zijn voor zichzelf. Ze had haar mes en vork opgepakt en sneed haar vlees klein. Ik vroeg naar de mogelijkheid van een andere mening, maar Susan schudde alleen maar haar hoofd.

'Pap, volgens de schoolarts is Patel de beste van Oxford. Ik heb geen reden om aan haar te twijfelen.'

Toen boog ze zich plotseling naar voren en stootte bijna haar zo goed als lege glas om, dat ik nog net op tijd greep. Ze zag een beetje rood van de wijn.

'Dit ding', fluisterde ze, 'kan zo in mijn longen of mijn botten terechtkomen. Misschien mijn hersenen. Is dat geen aangename gedachte?'

'Wat kan eraan gedaan worden?' vroeg ik.

Ze legde haar mes en vork neer.

'Ze kunnen mijn borst weghalen. De primaire tumor verwijderen. Daarna beginnen ze met de bestraling en chemotherapie. Je kent die grote breedgerande hoeden wel, of die toques en tulbanden. Herinner je je mama nog met die van haar? Ze zei dat ze op zo'n vrouw leek die tijdens de oorlog in Engeland in de fabriek werkte. Mama ging er zo goed mee om.'

'Niet altijd', zei ik. Maar ze hoorde me niet.

'Het punt is, pap, ik denk dat er een prairiebrand in mij woedt. En volgens Patel is de grote vraag of we die tot staan kunnen brengen. Die woordkeuze is tussen twee haakjes van haar. Tot staan brengen. Alsof die kanker een dief is die ervandoor gaat met mijn gezonde cellen. Hoe je het ook noemt, het zit daarbinnen de boel te vernielen. God, ik haal de beelden wel door elkaar, hè? Gek, dat we ons kanker alleen door middel van beeldspraak kunnen voorstellen. Een prairiebrand. Een insluiper. Een vernielende maniak binnen in je. Maar hoe je je het ook wilt voorstellen, het gaat tekeer, de cellen delen en vermenigvuldigen zich en verwoesten de gezonde cellen.'

Dit was onverdraaglijk en ik wilde zeggen dat ze moest ophouden. Maar ik moest voorzichtig zijn. Ik kon zien dat ze woedend was op iedereen in dat verdomde restaurant die gezond was, met inbegrip van mezelf. Ze hield het servet tegen haar ogen.

'We hadden hier niet naartoe moeten gaan', zei ze. 'Het was een vergissing. Al dat eten. Kijk nou toch.' Ze keek fronsend naar haar bord. 'Ik heb nooit begrepen hoe veroordeelden in de dodencel voor hun executie zo'n enorm maal konden eten.' Ze keek naar me op met weer een bitter lachje. 'Toen we zo'n dertien jaar waren, lazen Sophie en ik van die roddelblaadjes als de *National Enquirer*. Die kochten we na school bij de buurtwinkel. Ik zei altijd tegen die man dat ze voor mama waren.'

We lachten allebei om het ongerijmde beeld van Leah die een roddelblaadje las.

'Een tijdlang waren Sophie en ik verslaafd aan alles wat sensationeel en grotesk was. Vaak stond er een verhaal in over een of andere stumper ergens in Texas of Louisiana die vergiftigd of geëlektrocuteerd zou worden en de avond van tevoren om een ongewone maaltijd had gevraagd. Varkenskarbonade met jus en een bijgerecht van gort. Perzikijs en twee cola's.'

Op dat moment kwam de serveerster naar ons tafeltje, een aantrekkelijke jonge vrouw die er leuk uitzag in haar Franse uitrusting: een zwarte broek met een lang schort ervoor en een witte blouse. Ze keek verontrust. Vroeg of er iets niet in orde was met ons eten.

'Niet echt', zei Susan. 'Mijn eten is prima, maar ik heb vanavond gewoon niet veel trek. Misschien kunt u dit meenemen en me koffie brengen.'

'Voor mij ook', zei ik.

Toen de serveerster weg was, zei ik dat we in ieder geval de wijn moesten opdrinken.

'Goed idee', zei Susan. 'Ik heb zitten denken.' Ze zweeg.

'Ja? Waarover, Susan?' We bogen ons alle twee over de tafel heen.

'Ik heb zitten denken over de behandeling die me te wachten staat. Al dat gedoe dat volgens de dokter gaat gebeuren. Ik bedoel, wat voor nut zou het moeten hebben? Wat zou er gebeuren als ik niets deed?'

'Niets?'

'Ja. De dingen gewoon op hun beloop laten. Ik heb dit niet met Patel besproken, maar afgelopen nacht lag ik te denken. Ik kon niet slapen en dus lag ik te denken wat het eigenlijk voor zin heeft om dat allemaal te doorstaan als ik uiteindelijk toch doodga, zeg, over een jaar.' Ze keek naar haar glas. 'Deze wijn is echt lekker, hè? Ik drink hem op ook al zou ik dat eigenlijk niet moeten doen. We zouden vanavond in een heg kunnen belanden, pap. Zou dat niet mooi zijn? Woolfords nieuwe directrice aangeklaagd wegens rijden onder invloed na ongeluk op woensdagavond vlak buiten het dorp.' Ze zweeg even. 'Zie je, als ik met al dat gedoe doorga, zal het waarschijnlijk betekenen dat ik voor de rest van mijn leven een patiënt ben. Chemotherapiesessies, overgeven in een ondersteek, rondhangen met andere geschonden zielen. Allemaal slinkend en wegkwijnend voor de ogen van het bezoek. Het spijt me, maar ik probeer dit gewoon tot het einde door te denken. Mij lijkt dat je je leven overdraagt aan de zorg van anderen en dat je er de meeste tijd ziek als een hond bij ligt.'

'Maar, Susan, zonder de behandeling word je zeker zwakker en zieker.'

Ze haalde haar schouders op toen de serveerster met onze koffie kwam. 'Misschien. Het zal wel.'

Ik probeerde de zaak vanuit haar standpunt te bekijken. Ze had haar moeder zien lijden tijdens die slopende behandelingen die haar een paar maanden meer hadden gegeven, maar haar uiteindelijk niet hadden kunnen redden. Dus ik begreep wat Susan bedoelde, maar ik was ook verbaasd over haar gedachtegang. Ons oerinstinct is om te overleven en juist Susan leek me een voorbeeld van dat instinct in actie. Ze had nooit iets zonder strijd opgegeven. Dus het was niets voor haar om zo te praten en ik weet het aan de begrijpelijke depressie waarmee dergelijk nieuws gepaard gaat. Het was heel normaal om je in het begin zo te voelen, maar daarna begonnen de meeste mensen te denken aan manieren om zich tegen de ziekte teweer te stellen.

'Ik heb dit tegen niemand anders dan tegen jou gezegd,' zei ze, 'maar ik vraag me gewoon af hoelang ik het vol kan houden om onder de gegeven omstandigheden een zo normaal mogelijk leven te leiden. Ik zal de school natuurlijk op moeten geven. Ik zal het morgen aan Esther vertellen. Volgens mij vermoedt ze al dat er iets niet helemaal in orde is, maar zoals elke brave, beschaafde Engelse steekt ze haar neus niet andermans privézaken. Ik neem aan dat ik naar Toronto terug zal gaan.'

'Je kunt uiteraard bij mij komen wonen.'

'Nee, papa. Ik ga je daar niet mee belasten. Ik zal wel in de buurt komen wonen, maar niet onder hetzelfde dak. Het zou niet werken. Dat weet je.'

Ik wist het, hoewel ik het niet prettig vond om het haar zo nadrukkelijk te horen zeggen.

'Sophie en ik hebben het hierover gehad', zei Susan. 'In elk geval een beetje. Ze heeft zaterdag teruggebeld omdat ik de eerste keer dat ik haar belde alleen maar kon janken. Dus belde ze me de dag erop terug en zei dat ze een paar ideeën had. En ze heeft de ruimte. Het zou kunnen werken, hoewel ik het een afschuwelijk idee vind om zo bij haar in huis rond te hangen. Ik heb het niet over de gedachte gehad om de natuur haar gang te laten gaan. Sophie zal van me verwachten dat ik alles op alles zet. Je kent Sophie.'

'Ja', zei ik. 'Ik ken Sophie en ik ken jou ook. Dit is helemaal niets voor jou. Opgeven zonder strijd.' De verkeerde woordkeuze. Dom, dom, dom – en dus kwam er een boze uitval. 'Ik denk er alleen nog maar over na, pap, oké? Ik heb het verdomme pas zes dagen geleden gehoord en het moet nog wennen.' We bleven even stil en toen zei ze: 'Laten we gaan.'

De school lag een kilometer of vijf buiten het dorp en Susan reed voorzichtig. Geen van beiden zeiden we iets, terwijl we keken naar de bochtige grijze weg die zich afrolde in het licht van de koplampen. Ik zag een haas aan de kant van de weg zitten. Bij de school stelde Susan voor een ommetje te maken voor we naar bed gingen. Het was pas negen uur en in de slaapzalen brandde nog licht. We hoorden gezang uit de kapel komen. Koorrepetitie.

Voor heiligen, rustend van hun arbeid,
Die openlijk hun geloof bekennen,
Gezegend, Jezus, zij uw naam voor altijd.
Halleluja, halleluja.

Ik had de hymne als schooljongen zestig jaar geleden op Groveland gezongen. Geschreven door William Walsham How, de bisschop van Wakefield, berucht omdat hij een exemplaar van *Jude the Obscure* had verbrand en Hardy had afgeraden om nog meer romans te schrijven. Dit is het soort nutteloze informatie dat ik met me meedraag na een heel leven met de victorianen. Er zit een lastig stukje in het halleluja en de meisjes hadden er moeite mee. De koordirigent onderbrak hen steeds en dan probeerden ze het opnieuw. Dus luisterden we onder het wandelen naar het onderbroken refrein dat door de verlichte ramen van de kapel over het veld naar ons toe zweefde.

Uiteindelijk bleven we staan en gingen op een bank zitten met uitzicht op de schoolgebouwen. We zaten even in stilte en ieder voor zich probeerde een weg terug naar de conversatie te vinden, hoewel Susan misschien simpelweg de rustige, donkere schoonheid van haar omgeving bewonderde. Ze is zich altijd bewust geweest van haar omgeving en haar voorkeur ging altijd uit naar tuinen. Als kind was ze er dol op. Haar lievelingsboek was *The Secret Garden,* en elke avond voor ze ging slapen las ik haar een hoofdstuk voor. Haar hele leven heeft ze in oude gebouwen op groene plekken gewerkt. Scholen zoals St. Hilda en Woolford Abbey zijn in feite grote tuinen, esthetisch bevredigend, een toevluchtsoord voor de verfoeilijke herrie van de stad. Dus misschien zat ze die woensdagavond te denken aan waar ze binnenkort afstand van moest doen.

Toen zei ze nogal onverwachts: 'Ik zal je vertellen over afgelopen donderdag, papa. Mijn verschrikkelijke donderdag. Een zonnige dag. Een prachtige heldere ochtend. Fris ruikend. Er is hier bijna geen vervuiling. Ik merk er in elk geval niets van. Niet na Toronto. Ik was in mijn kamer en kreeg een telefoontje van dokter Patels assistente. Het was precies half tien. Ik weet dat nog omdat Esther er was vanwege een nieuwe docente die problemen had. We hadden over die jonge vrouw zitten praten en waren het erover eens dat het wel goed zou komen met haar. De jonge vrouw was de eerste die ik had aangenomen, dus ik wilde graag dat ze zou slagen en Esther besefte dat en wilde alles doen om te helpen. Dat bewonder ik in haar. Geen spoor van wrok. Ik heb je, denk ik, verteld dat ze mijn baan wilde, maar dat ze gepasseerd werd en dus kun je het haar nauwelijks kwalijk nemen als ze beetje rancuneus zou zijn, maar nee, we kunnen buitengewoon goed met elkaar opschieten. Dus we hadden net een plan bedacht om de jonge lerares te helpen. Ik had drie weken eerder de biopsie laten doen en het zat steeds in mijn achterhoofd, maar je weet hoe makkelijk het is om je door andere zaken te laten afleiden. En toen ging de telefoon. De assistente zei dat de dokter me die middag wilde spreken en ik weet nog dat ik dacht: dit kan niet goed zijn. Goed nieuws kan per telefoon worden overgebracht. Maar een persoonlijk gesprek op korte termijn? Dat kan alleen slecht nieuws zijn. Dus ik zei tegen de assistente dat ik er om vier uur kon zijn. Ik keek naar

Esther, die haar best deed om niet te staren, maar ik voelde dat ze wist dat er iets ernstigs aan de hand was. Hoe dan ook, we maakten een einde aan onze kleine vergadering en ik ging door met mijn dag, mijn verschrikkelijke donderdag. En de hele tijd bereidde ik me voor. Terwijl ik Oxford inreed, dacht ik steeds aan mama en wat zij heeft doorgemaakt. Maar toen Patel het me daadwerkelijk vertelde, was ik bijna duizelig van ongeloof. Ik werd helemaal overweldigd door de werkelijkheid ervan en luisterde maar half naar Patel, die het over het inroosteren van de operatie en zo had. Ook al had ik het vanaf het moment van dat telefoontje half en half verwacht, toch was ik geschokt. Zo werkt onze geest, neem ik aan. Daar stond ik dan om kwart voor vijf op een heel gewone donderdagmiddag. Gewoon voor andere mensen, bedoel ik. Toen ik de praktijk van Patel uit kwam, keek ik naar ze. Op weg naar huis van het werk of gewoon boodschappen aan het doen. Studenten op weg naar hun werkgroep op de universiteit. Ik kon niet terug naar het parkeerterrein. Ik voelde me te bibberig om te rijden. Ik moest een kop koffie hebben of een borrel. Toen ik door Cornmarket Street liep, keek ik op een totaal andere manier naar de mensen. Ik zag ze amper en tegelijkertijd zag ik ze maar al te duidelijk, als je dat kunt begrijpen, papa. Ik benijdde ze. Allemaal, zelfs de bedelaars en de gekken. Ik bleef maar denken: jij gaat niet dood binnen een jaar ... hoewel sommigen wel, maar dat weten ze niet. En dat is de zegen ervan. Natuurlijk weten we allemaal dat we op een dag doodgaan, maar het is niet hetzelfde soort weten, wel?'

'Nee', zei ik. 'Ik denk van niet.'

'Mijn hoofd tolde van al die gedachten. Ik zocht een plek waar ik kon zitten om iets te drinken. Ik moest mijn zelfbeheersing zien te bewaren, want ik had een echte paniekaanval daar in Cornmarket Street. En op dat moment kwam er een vrouw uit Waterstone naar buiten die me herkende. Een rond gezicht. Van die glazig stralende poppenogen. Ze lachte tegen me. Met haar pakjes in haar hand. Ik herinnerde me haar vaag van een receptie aan het begin van het trimester voor de ouders van nieuwe externe leerlingen, maar ik kon met geen mogelijkheid op haar naam komen. Ik moest een praatje met haar maken. Er was geen ontkomen aan. Daar stond ik met dat vrouwtje met haar ronde gezicht en stralende ogen. Ze moet zich hebben afgevraagd waarom ik er zo wezenloos uitzag. Maar per slot van rekening kun je maar zo veel verbergen. En ze bleef maar doorgaan. Was de receptie niet leuk? Iedereen was zo aardig tegen haar en haar man geweest. Ze had het zo leuk gevonden. En Tricia of Tessa of hoe die dochter ook mag heten vond het zo fijn op Woolford. Ze heeft zo veel leuke vriendinnen gemaakt. Ze komt elke dag thuis uit school en heeft het over haar leuke vriendinnen. En de docenten zijn ook zo aardig. En leuk en aardig en leuk en aardig ... en ik stond daar met zo'n gemaakte glimlach, maar ik luisterde niet echt, want ik had zin om te zeggen dat ze haar kop moest houden, omdat ik waarschijnlijk doodging en wat ik echt wil doen, mevrouw Dinges, is ergens gaan zitten en nadenken over de komende zes maanden en hoe ik die wil doorbrengen, want ik kom net van de dokter. Eigenlijk is het een oncoloog en ze heeft het me net verteld.'

Ik pakte Susans hand weer. Ze huilde nu hard en ik ook. We huilden samen, veegden af en toe onze ogen af en keken uit over de velden. De zangers hadden eindelijk de dirigent tevredengesteld en de kapel was nu in duister gehuld.

DE VOLGENDE MORGEN stonden we op het perron van het stationnetje van Woolford te wachten op de trein naar Oxford. Ik wilde een paar uur rondlopen in de oude stad voordat ik de middagtrein naar station Paddington zou nemen. Een halve eeuw geleden had ik twee postdoctorale jaren in Oxford zwoegend op mijn victorianen doorgebracht. Ik ben sindsdien een aantal keer terug geweest, maar ik word het nooit moe om nog een keer dezelfde weg af te leggen door de straten en universiteitsgebouwen, die op mij niet de indruk maken dat ze veel veranderd zijn. Ik was me er ook van bewust dat dit op mijn leeftijd weleens mijn laatste keer kon zijn. Er viel een lichte regen en ik zei: 'Ik vrees dat ik je niet erg heb geholpen, Sue.' Ze deed een stap achteruit en schudde me zacht. Maar ze was blij dat het bezoek voorbij was. Dat kon ik merken.

'Dat je er was, heeft me enorm geholpen', zei ze. 'Wat kun je anders doen? Ik moet hier zelf doorheen.'

'Dat is waar', zei ik.

'Bedankt dat je gekomen bent, papa', fluisterde ze. 'We zullen moeten afwachten wat Patel van plan is. Wie weet? Misschien heb ik wel geluk.'

Ze moest naar een vergadering en was bezorgd dat ze te laat zou komen. Mijn plichtsgetrouwe dochter. Zelfs als kind stond ze op punctualiteit en was vaak woedend op speelkameraadjes die het wel hadden beloofd en vervolgens toch niet op tijd kwamen. Dus namen we afscheid en ik wachtte te midden van de forenzen met mijn exemplaar van *The Guardian*. Het was vroeg, nog geen acht uur, en ik keek het parkeerterrein over, waar Susan het raampje van haar kleine rode auto had geopend. We zwaaiden elkaar gedag en ze reed weg naar haar vergadering.

Mijn retourvlucht was pas op zondag en mijn plan was vrijdag en zaterdag in Londen te blijven en naar het Victoria and Albert Museum te gaan om, zoals ik al zo vaak heb gedaan, de kunstvoorwerpen van een andere tijd te bekijken. Ik had een kamer geboekt in mijn favoriete hotel, het Edward Lear in Seymour Street, bij Marble Arch. Ik had het vele jaren geleden uitgezocht omdat Lear een vriend van Tennyson was geweest en daar op kamers had gewoond. Voor dat deel van Londen is de prijs ook redelijk en op de placemats in de ontbijtzaal staan limericks en gedichten van een van de meest excentrieke en innemende genieën van de negentiende eeuw. Als ik daar ontbijt, word ik er steeds aan herinnerd hoe leuk mijn vijfjarige dochter het vond om Lears verrukkelijke onzin te horen.

De poes zei: O uil, wat zing jij mooi,
al ben j'een ondeugende vleier.
Maar geef me een ring en dan trouwen wij,
want zo lang ben je al mijn vrijer.

Het hotel is ook vlak bij Wimpole Street, waar Tennyson als jongeman vaak bij de familie Hallam verbleef. Ik ben altijd gek geweest op Mayfair. Veel te duur voor mijn soort, maar ik wandel graag door de straten en stel me Alfred in een andere eeuw voor, slenterend door Hyde Park, misschien vol bewondering of ontzetting voor de vele mirakels van zijn tijd op de Wereldtentoonstelling van 1851. De door stoom aangedreven apparaten onderzoekend, turend naar de hefbomen en tandwielen van een machtig nieuw tijdperk. De arme Alfred was vol ontzag voor het wetenschappelijk materialisme, maar ook doodsbang voor wat het zou kunnen betekenen voor het zielenleven. Ik ben nog steeds dol op het grote park en de brede straten, die sinds Alfreds tijd van karakter zijn veranderd door de auto's met de zonen van Saoedi-Arabische oliesjeiks achter het stuur en de prachtig geklede Aziatische vrouwen. Het is nu een soort sprookjeswereld en je eraan vergapen is plezierig. In elk geval leidde het mijn gedachten af van kanker en chemotherapie. Rondom me gingen mensen door met hun leven en onder het lopen naar hen kijken hielp me de dag door.

Zo liep ik op vrijdagmiddag door Park Lane, van tijd tot tijd opkijkend naar het grijze licht tussen de takken van de platanen, de vale aanblik van een herfsthemel in Londen wanneer er een bui dreigt, me bewust van de zachte, vervuilde lucht met de geuren van uitlaatgassen en hondenpoep, mijn zintuigen zo scherp als maar mogelijk is bij een man op gevorderde leeftijd. Tegelijkertijd woog ik mijn eigen droefenis af tegen de vluchtige euforie van een verblijf in mijn favoriete stad, heel goed wetend maar niettemin door de wetenschap gekweld dat alles – de groene vlakte van het park, de kleurig geklede Japanse vrouwen met hun pakjes, de hondenpoep – er nog steeds zou zijn nadat Susan was overleden. Er was ook de massieve, verfijnde aanwezigheid van The Dorchester, met de portier in livrei, een fantastisch stukje ouderwetse verkleednonsens uit de tijd van huisknechten. Hij stond bij de ingang van het hotel toezicht te houden op de aankomst van een grote Amerikaanse wagen en te kijken hoe een jongeman in een donker pak een rolstoel uitklapte. Ik bleef ook staan kijken. Toen de jongeman klaar was, boog hij zich over de achterbank en kwam even later tevoorschijn met een oudere man in zijn armen, die hij behoedzaam in de rolstoel zette. Maar niet zonder protest. De beweging had of ongemak of een rimpeling van het evenwicht veroorzaakt, want ik hoorde duidelijk de uitroep van de oude man: 'Kalm aan, Adam, *for crying out loud.*'

For crying out loud. Dat was toch zeker een uitdrukking uit de vuilnisbak van het Amerikaanse slang. Die had ik in jaren niet gehoord. Maar hier, voor het Dorchesterhotel, werd ze uitgeroepen door die verschrompelde, ineengedoken gedaante in de rolstoel. Over hem heen gebogen was de jongeman aan het tutten met een sjaal. Ik stond misschien tien meter van hen vandaan en kon het profiel zien van de oude man, die ondanks zijn broosheid nog steeds knap was. Maar het was die uitdrukking uit de jaren veertig en de gemelijke toon die mijn aandacht hadden getrokken. Zou het kunnen? vroeg ik me af. Was deze oude kerel de door de tijd getransformeerde versie van de jongen van wie ik de rolstoel zestig jaar geleden door een dorp in Quebec had geduwd? Het leek onwaarschijnlijk, toch zat hij daar en de zekerheid nagelde mij plotseling aan de grond. De jongeman knielde nu om iets aan de achterkant van de stoel bij te stellen en mensen die het hotel uit kwamen, liepen met zijdelingse blik en respectvolle glimlach om hen heen. Hier werd een ouwe snuiter het hotel in geduwd. Waarschijnlijk iemand die belangrijk was. Misschien beroemd. Een bejaarde magnaat of zo, goed inpakt in zijn warme sjaal. Toen ik naderbij kwam, was ik er absoluut van overtuigd dat het inderdaad Gabriel Fontaine was. Tegelijkertijd vroeg ik me af of het niet beter was om gewoon onopgemerkt voorbij te lopen, de vreemdheid van het leven erkennend, maar het daarbij latend. Ik betwijfelde of Gabriel me zelfs maar zou herkennen en het kon een scène in gang zetten. Wie is die man in de sjofele regenjas? Waarom valt hij me lastig? De portier in zijn fraaie apenpak die fronsend zegt: loopt u alstublieft door, meneer. Zes decennia is een ontzettend lange tijd om je iemand nog te herinneren, laat staan iemand die maar acht weken in je leven heeft gefigureerd. Toch hadden we elkaar gedurende die zomer heel vaak gezien. En natuurlijk was Odette er ook geweest.

Op een meter afstand bleef ik staan en zei: 'Gabriel, ben jij het echt?'

Op hetzelfde moment besloot de jongeman de sjaal om Gabriels hals recht te trekken en kreeg voor zijn moeite een klap op zijn hand. Nou, Gabriel was in sommige opzichten geen spat veranderd; in de tijd die we samen hadden doorgebracht liet hij zich door niemand aanraken. Behalve door Odette. Hij hechtte er altijd veel waarde aan om zijn eigen weg te gaan in het leven, dwarsgezeten maar niet verslagen door de polio waaraan hij toen al een aantal jaren leed. Hij had toen de neiging zich uit zijn rolstoel omhoog te worstelen, zich vastklampend aan wat er voorhanden was, een reling, een trapstijl, terwijl hij zijn verwoeste benen achter zich aan sleepte en er volmaakt tragisch uitzag, zijn knappe, jonge gezicht verwrongen van inspanning, het toonbeeld van jeugdig heroïsme. Geen wonder dat de meisjes hem aanbaden. Misschien kwam het door het horen van zijn voornaam, want wie zou hem per slot van rekening in Londen zo noemen? In elk geval keek hij meteen op en richtte die boze blik op me die ik me zo goed herinnerde van de momenten dat hij ongeduldig of uit zijn humeur was. Er lag nu een verachtelijke uitdrukking op het grauwe gezicht en ik stelde me voor dat zijn oude brein mijn woorden probeerde te laten passen bij de grijze man die voor hem stond. Dus bespaarde ik hem de vermoeiende vragen.

'Volgens mij ben jij Gabriel Fontaine', zei ik. 'Ik heb je voor het laatst gezien in het weekend van Labour Day in 1944. Voor het St. Lawrencehotel in Percé. Jullie gingen na de zomer in Quebec terug naar Amerika. Ik vrees dat we niet al te vriendschappelijk uit elkaar zijn gegaan. Ik ben James Hillyer.'

Een glimp van belangstelling en toen pakte hij mijn hand en grijnsde.

'Het is James, hè?' zei hij. 'Jij kwam vaak naar het hotel met je oom. Ja, en je was waanzinnig verliefd op dat meisje.'

'Ja', zei ik. 'Odette.'

'Maar ze viel op mij', zei hij met een bulderende lach.

Hij was duidelijk opgetogen met de herinnering en ik weet nog hoe graag Gabriel bij alles wilde winnen: rummy, cribbage, dammen, meisjes.

'Hoelang geleden was dat?' vroeg hij.

'Zestig jaar.'

Gabriel schudde zijn hoofd. 'Zestig jaar. Godallemachtig. Het jaar voor de oorlog was afgelopen. We zochten naar Duitse onderzeeërs in de Golf van St. Lawrence. Ik had een verrekijker.'

'Ja, dat weet ik nog.'

'We hebben er nooit een gezien. Maar ze waren er wel. Jaren later heb ik erover gelezen. Ze lagen daar recht voor onze neus.'

'Ja.'

Hij had mijn hand met beide handen vastgepakt. Arme Gabriel. Een smekende uitdrukking op zijn gezicht. Ik zag dat het weerzien met mij hem opwond.

'Maar dit is geweldig', zei hij met een grijns. 'Wat doe je in Londen, James? Woon je hier?'

'Nee, ik woon in Toronto', zei ik. 'Ik ben hier om persoonlijke redenen.'

Maar hij luisterde amper, ik neem aan dat hij zijn geheugen afzocht naar herinneringen aan ons.

'Je heet Hiller of Miller. Het komt weer bij me boven.'

'Hillyer', zei ik. 'James Hillyer.'

'Ja, natuurlijk. James Hillyer. Wat geweldig om je weer te zien.'

Hij had mijn hand nog steeds vast. 'Dit is Adam, tussen twee haakjes', zei hij. 'Mijn oppasser. Heel vervelend om hem om me heen te hebben, maar hij zorgt voor me. Natuurlijk wordt hij daarvoor betaald. En heel royaal ook, mag ik wel zeggen.'

De jongeman haalde met een flauwe glimlach zijn schouders op. Wat moest hij anders? Met zijn blonde haar en prettige, open gezicht leek hij heel erg op de jonge nieuwslezer, gespeeld door William Hurt, in *Broadcast News*, een film uit de jaren tachtig die ik vreemd genoeg niet zo langgeleden tijdens een slapeloze nacht op de televisie had gezien. Adam zag eruit als een Amerikaan uit het Midwesten met Duitse of Zweedse voorouders; hij had een argeloze, voorkomende manier van doen en ik vond hem het type jongeman dat op een snelweg midden in Wisconsin of Minnesota zou stoppen om een hulpeloze reiziger te helpen. Hij zou zijn jasje uittrekken, zijn mouwen opstropen en op zijn hurken gaan zitten om de auto op te krikken en het wiel te verwisselen. Zonder een stuiver voor de moeite te willen. Ik was benieuwd waarom hij voor een prikkelbare, oude man zorgde en niet achter de meisjes en een carrière aan zat.

'Ben je vanavond vrij, James?' vroeg Gabriel. 'Zou je met mij willen eten? Hier in het hotel. Ik kan je een goed maal beloven. Adam zegt dat de biefstuk voortreffelijk is. Ik kan geen biefstuk meer weg krijgen, maar er is geen reden waarom jij er niet van kunt genieten. Je ziet er kras genoeg uit.'

Hij wilde mijn hand niet loslaten en het was een beetje gênant daar voor het hotel. De portier zag het verwonderd aan.

'Het is zo'n genot om je te zien, James, na al die jaren', zei Gabriel. 'Zeg alsjeblieft dat je vanavond komt eten.'

Ik was geroerd door zijn hulpeloosheid en zijn overduidelijke hunkering naar mijn gezelschap. Gabriel was kennelijk een van 's levens stereotypes geworden: de rijke, eenzame, oude man. Maar vanaf het moment dat hij het aanbood, had ik in feite zijn uitnodiging al aangenomen. Ik heb na de dood van mijn vrouw tweeëntwintig jaar geleden zo veel mogelijk gereisd. Mijn beide kinderen waren toen ieder op hun eigen manier al min of meer gesetteld en ik wilde dolgraag van tijd tot tijd de deur uit. En dus nam ik elke gelegenheid te baat om conferenties en symposia bij te wonen, 's zomers ging ik bij oude vrienden langs en in de loop der tijd heb ik mijn rantsoen aan sabbatsjaren opgebruikt. Maar wat ik aan het reizen niet fijn vond was 's avonds alleen eten. Veel mensen zijn volkomen op hun gemak met een boek of krant en letten niet op anderen om hen heen. Ik heb hen in de eetzalen van hotels en trans-Atlantische lijnboten gezien. Maar in mijn eentje voel ik me daar altijd kwetsbaar. Ik verbeeld me dat anderen medelijdende blikken op me werpen en een eenzame, oude kerel zonder vrienden zien. Dus stond het idee van alleen eten in Mayfair, als een personage in een roman van Anita Brookner, me niet bepaald aan. Bovendien was ik nieuwsgierig naar Gabriel. Hoe was het hem vergaan in de zestig jaar nadat ik hem voor het laatst achter in de taxi in dat dorpje in Quebec had gezien? Het was geen moeilijke beslissing.

'Toevallig ben ik vanavond vrij, Gabriel, en ik wil graag met je eten.'

'Geweldig,' zei hij en hij liet eindelijk mijn hand los.

Het was gaan regenen, eerst zacht en toen veel harder, we hoorden het sissen onder de banden van passerende auto's. Mensen hadden een paraplu opgestoken of snelden, terwijl ze een krant of aktetas boven hun hoofd hielden, naar een portiek. Adam was weer bezig met de sjaal om Gabriels hals.

'Het wordt een beetje fris, meneer', zei hij.

De onschuldige vriendelijkheid van die Amerikaanse stem in de vochtige, Engelse lucht – maar de oude man sloeg zijn hand weer weg.

'Hou in godsnaam op met dat getut.' Gabriel keek mij aan. 'Adam kan niet wachten om naar binnen te gaan en zijn vriendje in Amerika te bellen. Om hem te vertellen wat een rottijd hij heeft met die ouwe klootzak.'

Er was geen verstandig antwoord mogelijk op die opmerking en dus luisterden we naar de regen. Gabriel, zo herinnerde ik me, bezat een waar talent voor wreedheid en daar leek met het verstrijken van de jaren geen verandering in te zijn gekomen.

'Laten we zeggen zeven uur in de grillroom, James', zei hij. 'Ik moet tegenwoordig vroeg eten. Ik ga ook vroeg naar bed. Net een kind. Sonny boy hier stopt me stipt om negen uur onder de wol, hè, maat?'

Gabriel glimlachte tegen de jongeman en vervolgens tegen mij. Na al die jaren nog steeds hulpeloos en furieus omdat hij in die rolstoel zat.

'Goed,' zei hij, 'de grillroom om zeven uur. Ik verheug me erop, James, stel me dus niet teleur. Een geweldige verrassing om je hier in Londen te zien.'

Hij wees al naar de hoteldeur en met één snelle beweging stapte de portier achteruit en maakte de weg voor hen vrij. Adam duwde de stoel naar voren en toen ze me passeerden, groette Gabriel me zwierig. Wachtend tot de wolkbreuk afnam, verbaasde ik me erover hoe makkelijk het was om de jaloezie en het venijn – en ook de genegenheid, moet ik toegeven – op te roepen die ik ooit jegens Gabriel Fontaine had gekoesterd.

Terwijl ik naar de beregende straat stond te kijken, herinnerde ik mezelf er ook aan dat ik minstens tien minuten niet aan Susan had gedacht.

Toen ik Gabriel voor het eerst zag, was hij zestien, een buitensporig knappe jongen, die door had kunnen gaan voor de jongere broer van het matinee-idool Tyrone Power. In het donkere haar, glad geolied volgens de mode van die tijd, was een kaarsrechte scheiding getrokken. Hij zat voorovergebogen en praatte met een jong stel dat op huwelijksreis was. Gabriel zei iets wat hen aan het lachen maakte. Ik zou er al snel achter komen dat hij vol wellustige speculatie zat over wat ze 's nachts in hun kamer echt uitspookten. Gabriel droeg een bandplooibroek, een bij zijn hals openstaand, wit overhemd en een spencer met een motief van marcherende olifantjes. Wit met bruine schoenen. Ik weet nog zo precies wat hij aanhad omdat ik jongens op Groveland dezelfde kleren had zien dragen en om redenen die ik niet kan verklaren, zelfs niet voor mezelf, verachtte ik de ballerige uitrusting die in de jaren veertig populair was bij een bepaalde klasse. Een klasse, moet ik erbij zeggen, waar ikzelf ook bij hoorde. Dit deed zich voor op de veranda van het St. Lawrencehotel in Percé, Quebec. Op een zonnige middag in juli 1944. De Amerikaanse feestdag zou halverwege de daaropvolgende week worden gevierd en ter ere van die gebeurtenis en om de Amerikaanse gasten een plezier te doen had het hotelpersoneel de stars-and-stripes al gehesen. Hij wapperde achter het hotel in de wind boven aan de vlaggenmast, waaromheen een kring van witgekalkte stenen was gelegd. De veranda keek uit op de Golf van St. Lawrence en het eiland Bonaventure. Van daar kon je ook de beroemde Percérots zien die uitstak in zee.

Eerder had mijn oom me verteld dat de jongen die ik die middag zou ontmoeten polio had en dat ik niet naar zijn benen mocht staren, een waarschuwing die me stilletjes woedend maakte, want het was weer een voorbeeld van hoezeer oom Chester zich in mij vergiste. Tenminste, volgens mijn inschatting. Ik verwachtte iemand die er bleek en geschonden uitzag door de ziekte. Polio, wist ik, kon je kansen op een normaal leven bederven en het trof voor het merendeel jongelui van mijn leeftijd. Het dook op in het seizoen waar je het meest naar uitkeek en je vreesde het vanaf de eerste warme dagen van juni tot het koelere weer na Labour Day. Poliomyelitis wierp zijn lange schaduw over de zomers van mijn generatie, want we wisten dat het iedereen, van hoog tot laag, kon treffen. De president van de Verenigde Staten had polio, en hoewel hij het machtigste land ter wereld leidde, moest hij dat vanuit een rolstoel doen en al zijn geld en invloed konden daar geen verandering in brengen. Voor gewone mensen kon polio verwoestend zijn. Artsen stopten je in een ontzagwekkend toestel dat een ijzeren long heette, waarin je lag te snakken naar adem. Je sidderde bij het zien van foto's in tijdschriften van de enorme metalen cilinder waaruit aan een kant het hoofd van een kind stak. Je stelde jezelf voor in dat ding. Tijdens de zomermaanden maakte mijn moeder zich vreselijk bezorgd over polio; ze stond erop dat ik mijn handen een paar keer per dag met ontsmettende zeep waste. Vanaf begin juli mocht ik niet meer in de buurt komen van een openbaar zwembad. Een klasgenoot van mij op Groveland had een jonger broertje met polio en het kind kwam een keer met zijn ouders naar school; het was een mager kereltje van twaalf, maar in zijn rolstoel met een plaid over zijn benen zag hij er maar half zo oud uit. Ik herinner me dat ik hem gadesloeg terwijl hij naar de jongens op het sportveld keek en dat ik me voorstelde dat hij een leven voor zich zag van dingen, zoals achter een bal aan hollen, die wij als vanzelfsprekend beschouwden, maar die hij moest missen. Dat verwachtte ik te zien in de jongen met wie oom Chester mij wilde laten kennismaken, die Amerikaan met zijn uitzonderlijk theatrale naam, Gabriel Fontaine. Hij klonk me vals in de oren.

Het was het begin van mijn zomervakantie en zeer tegen mijn

zin bracht ik de daaropvolgende paar weken door in een vissersdorp aan de kust van Gaspé, met mijn geërgerde en ergerlijke oom. Toen ik Gabriel de eerste keer ontmoette, logeerde ik pas een week bij oom Chester, maar we waren elkaar al beu, hij mijn stuurse afwijzing van alles om me heen en ik zijn aanstellerige, verwaande manier van doen. De waarheid is dat we al vanaf dat ik klein was niet bij elkaar op ons gemak waren. Tegen die zomer was ik getransformeerd van het jongetje dat mijn oom zich herinnerde in een verlegen, klungelige veertienjarige met te veel strokleurig haar dat boven op mijn nogal grote hoofd alle kanten op stak. In de voorgaande paar maanden was ik zo'n centimeter of tien gegroeid en het leek of ik steeds op het punt stond om te kantelen. Tenminste, dat dacht ik. Mijn onbevallige gehang op banken, stoelen en bedden irriteerde mijn oom blijkbaar, die zelf fijngebouwd, precies en netjes tot op het pietluttige af was. Ik was, zoals hij me onveranderlijk aan vreemden voorstelde, zijn slungelige, slome neef. Ik moet toegeven dat ik een moeilijke logé was, die nukkig in huis rondhing en er geen doekjes om wond dat ik bijna overal liever zou zijn dan daar. Die zomer verdroeg oom Chester mijn aanwezigheid als gunst jegens de familie.

Aan het einde van het schooljaar was mijn moeder ziek geworden. Niet lichamelijk, maar geestelijk. En dus moest er iemand op mij passen. Mijn vader was een drukbezet man, een belangrijk man, die het grootste deel van de tijd in Ottawa zat, waar hij voor Mackenzie Kings liberale regering werkte. In zijn telefoontje naar de school had vader me gezegd dat mijn moeders zenuwen haar weer parten speelden. Het was het soort omzichtige woordkeuze dat in die dagen werd gebruikt om kwalen of tegenslagen te beschrijven die als vagelijk beschamend voor de reputatie van een familie werden beschouwd. Maar ik kon tussen de regels door lezen. Ik had de uitdrukking 'zenuwinzinking' eerder gehoord. Zo nu en dan was die gevallen in opgevangen gesprekken. Geesteszickte, zo begreep ik, was op de een of andere manier verbonden met een storing in het zenuwstelsel, zo hoorde ik mijn ouders soms praten over een kennis die zo'n 'zenuwinzinking' had gehad. Ik kwam tot de conclusie, hoe gebrekkig ook, dat de term een algeheel verval van de wil aanduidde, een zich terugtrekken van de wereld in zichzelf. Kennelijk overkwam het voornamelijk vrouwen, maar soms ook onzekere jongemannen, die dan plotseling naar huis terugkeerden na op spectaculaire wijze op de universiteit of in hun eerste baan mislukt te zijn. Vervolgens woonden ze min of meer permanent bij hun ouders en gingen incidenteel naar een inrichting voor elektroshocktherapie, iets wat op mij mysterieus en beangstigend overkwam. Zo'n jongeman woonde in de straat naast de onze en soms zag ik hem voor een raam op de bovenverdieping van zijn ouders' huis staan. Ik was een beetje bang van die donkere, gekwelde gedaante, die neerkeek op de mensen die beneden op straat langsliepen. Ik vroeg me af hoe het voelde om met elektriciteit gevuld te worden en waar de jongeman de hele dag aan dacht daar achter de slaapkamergordijnen.

Dat jaar – mijn eerste jaar op Groveland – had ik net de derde klas gedaan. Groveland lag honderdtien kilometer ten oosten van Toronto, het was een kostschool voor vijfhonderd jongens in een heuvelachtig gebied omgeven door bossen en landbouwgrond, vlak bij een stadje aan de oever van Lake Ontario. Mijn oom had erop gezeten en was tussen 1930 en 1940 een aantal jaren teruggekeerd om er les te geven. Veel van de docenten dachten nog met genegenheid aan hem en ze werden het niet moe om mij te vertellen wat een vermakelijk kereltje hij was geweest. De docenten van Groveland waren er trots op dat ze hem hadden gekend, want hij was nu de schrijver van een populaire serie jongensboeken over de avonturen van Billy Benson, die op een school zat vergelijkbaar met Groveland. Tot de uiteenlopende heldendaden van Billy hoorden het verijdelen van de plannen van bankrovers, kidnappers en nazispionnen. Ik verafschuwde de boeken, maar dat hield ik voor me, want de leraren hadden allemaal groot respect voor Chester Ames. Per slot van rekening was hij er een van hen geweest, een oud-leerling, een collega en nu een schrijver. Stel je voor!

Mijn vader had in Engeland op een school als Groveland gezeten en mijn moeder had ook particulier onderwijs genoten. Vader had een geslaagde carrière opgebouwd bij een groot accountantskantoor in Toronto en toen de oorlog uitbrak, werd hij door machtige vrienden in de regering gesteund om voor een nieuw ambtenarenapparaat te gaan werken dat de Wartime Prices and Trade Board heette, een instelling die de prijzen van goederen reguleerde en toezicht hield op de rantsoenering van alles, van suiker tot benzine. Er werd beweerd dat mijn vader en anderen zoals hij maar één dollar per jaar betaald kregen en het maakte me trots wanneer andere jongens in de eerste dagen op school vroegen wat mijn vader deed in de oorlog. Sommigen van hun vaders zaten in het leger, maar de bijdrage van mijn dollar-per-jaarvader aan de oorlogsinspanning, zei ik tegen hen, was ook niet min. Bovendien was hij ouder dan de andere vaders, hij had in het Engelse leger gediend tijdens de Eerste Wereldoorlog en was onderscheiden. Als gunst aan de directeur kwam hij een keer, vlak voor de vakantie van Thanksgiving, naar school en hield een praatje in de kapel over zijn ervaringen van dertig jaar eerder in Vlaanderen, waarbij hij woorden als 'opoffering' en 'trouw' en 'dienst' aan het Britse Rijk gebruikte. Hij was indrukwekkend, terwijl hij achter de lessenaar stond in zijn donkerblauwe pak, met de gouden horlogeketting bungelend uit zijn vestzak, en zijn afgebeten, beschaafde Zuid-Engelse accent. Ik neem aan dat ik trots op hem was. Ik weet dat zijn praatje die dag mijn verhouding met een of twee jongens versterkte en mijn eerste trimester op school vergemakkelijkte. Daarvoor was ik in elk geval dankbaar.

Zijn telefoontje over moeders zenuwen kwam op de middag voor de prijsuitreikingsdag en ik werd prompt gesommeerd naar de kamer van de directeur te komen, die me in mijn eentje op een stoel voor zijn bureau liet wachten. Zijn secretaresse, een goedhartige, oudere vrouw, had een glas melk en een koekje achtergelaten en ik nam aan dat dit voor mij bedoeld was, dus dronk ik onder het wachten de melk en at het koekje. Ik weet nog hoe raar het voelde om alleen in de kamer van de directeur te zitten, terwijl het schoolleven om me heen doorging. Ik herinner me een bijna overweldigende aandrang om op de stoel van de directeur te gaan zitten, maar ik was bang dat hij ieder moment kon binnenkomen en dat ik voor schut zou zitten. Mijn vader belde uit Toronto. Hij had een vroege trein uit Ottawa genomen en was thuis met mijn moeders zus, tante Margery. Hij zei dat ze de volgende dag niet voor de ceremonie konden komen, dus kon ik net zo goed alleen de trein nemen, dan zou hij me van Union Station ophalen. Het was jammer, maar zo lagen de zaken nu eenmaal op dat moment.

Ik bedacht dat het maar goed was ook. Ik zou de volgende dag geen enkele prijs winnen. Ik was van zelfs de geringste beloning uitgesloten, zoals het Derde Diploma voor Zwementhousiasme, of Meest Gevorderde Klokkenspelspeler. Ik blonk nergens in uit, ik was enkel een gemiddelde leerling met een nukkig karakter en ongetwijfeld een teleurstelling voor mijn vader. Ik weet het niet. We praatten nooit veel. Ik denk dat hij het veel te druk had met andere zaken, zijn baan, zijn zieke vrouw, zijn vriendin in Ottawa – een onthulling die me pas jaren later door tante Margery werd gedaan. Hoe dan ook, hij was een afstandelijke man, J.T. Hillyer, in elk geval tegenover mij en tegenover moeder ook, denk ik. Op zijn eigen wijze goedhartig, en vrijgevig in het verschaffen van comfort aan ons, oprecht bekommerd om ons welzijn en geluk, dat weet ik zeker. Maar niettemin afstandelijk. Misschien was het zijn leeftijd, zijn vele vrijgezelle jaren in het gezelschap van militaire vrienden in de sociëteit en op de squashbaan. Hij zou zelfs wezenlijk ongeschikt voor het huwelijksleven kunnen zijn geweest. Ik geloof dat zulke mensen bestaan. Mijn eigen dochter, bijvoorbeeld.

Toen ik vader die dag sprak, zei hij dat er als gevolg van moeders ziekte die zomer een paar veranderingen zouden worden doorgevoerd. Dat beviel me helemaal niet en tot de dag van vandaag schaam ik me te moeten bekennen dat het idee van wijzigingen in mijn plannen voor die zomer mij veel meer dwarszat dan mijn moeders toestand. Ik had mijn eerste jaar op Groveland niet erg fijn gevonden en ik keek uit naar de lange middagen in het huis aan Crescent Road wanneer ik Charles Dickens kon lezen. Ik hield van de hitte en leegte van onze straat in de zomer, wanneer de gezinnen uit de buurt in vakantiehuisjes in Muskoka en Georgian Bay zaten. En ik geloof dat mijn levenslange interesse in de victorianen dat jaar op Groveland is begonnen, toen ik *A Christmas Carol* en *Oliver Twist* en in het laatste trimester *Nicholas Nickleby* heb gelezen. Ik hield van de manier waarop Dickens de steegjes en binnenplaatsen van Londen beschreef, de wanordelijke levens van straatjochies, de ritten per koets over landweggetjes, het komen en gaan van mensen die honderd jaar voordat ik was geboren leefden. Ik verheugde me op het lezen van *Great Expectations* die zomer, liggend op mijn bed, van tijd tot tijd opkijkend naar de grote bomen voor mijn raam en de schaduwen van bladeren op de muren van mijn kamer gadeslaand. Eindelijk rust en alleen. Het klonk precies goed voor de dromerige, tamelijk luie jongen die ik toen was. Dus mijn vaders waarschuwing over een wijziging in de plannen maakte me nijdig. Ik was bereid om bokkig te zijn en dwars te liggen, maar ik wist dat ik me uiteindelijk niet al te zeer zou verzetten.

Dit gebeurde allemaal een paar dagen na de invasie op D-day en de kranten stonden vol nieuws over de gevechten in Normandië. Praktisch iedereen op Groveland was een gretig krantenlezer. We gingen allemaal op in het enorme verhaal dat zich overzee ontwikkelde, vooral in Europa. De oorlog in de Pacific tegen de Japanners leek een verafgelegen, exotische strijd, hoewel we op zaterdagmiddag in de plaatselijke bioscoop de Amerikanen toejuichten in films als *A Yank in the R.A.F.* of *Flying Tigers*. We zaten samen gekropen in een rij en negeerden de natte papierproppen die de ons verachtende binken van het stadje naar ons gooiden. In de kapel werden preken gehouden door doctor

Wende en er werd een minuut stilte voor de gesneuvelden, onder wie zo nu en dan een oud-leerling, in acht genomen. De oorlog raakte ons allemaal persoonlijk omdat er oudere broers, neven, ooms en jongens die een paar jaar terug nog in het voetbal- of hockeyteam hadden gespeeld bij betrokken waren. Toch gaat het gewone leven door, het wil per se gehoord worden, zelfs midden in een groot publiek drama. Mensen maken ruzie, hebben affaires, krijgen inzinkingen en zoeken hun bed op. Gewoon ongeluk houdt niet op voor oorlogen. En zo was het ook bij ons thuis. Toen ik terugkeerde naar de donkere gangen onder de grote loofrijke bomen, keerde ik terug naar een huis van schimmen en gefluister. Mijn vader en tante Margery zaten vaak aan de eettafel op gedempte toon te overleggen, mijn vader in vest en broek luisterde met gebogen hoofd naar zijn schoonzus' kijk op de zaak. Mijn tante fluisterde en sloeg haar bleke, sproetige armen over elkaar alsof het ijskoud was in huis. Intussen lag mijn moeder boven met de gordijnen dicht. Ze was voor de rest van het jaar naar bed gegaan.

Tante Margery moet toen ongeveer veertig zijn geweest. Ergens heb ik nog een oude krantenfoto van haar, een jonge vrouw in het soort jurk dat in de jaren twintig mode was, lachend voor de camera met drie andere bevoorrechte, jonge Torontonianen op een lang vervlogen feestavond. Het St. Andrews Bal of zoiets. In haar tijd was tante Margery een schoonheid, maar ze moet te kieskeurig zijn geweest en na een tijdje waren alle begerenswaardige mannen of ingepikt of weggekwijnd in dronkenschap of mislukking. Of misschien stond het idee van alleen blijven haar wel aan. Ze was een zelfstandig, no-nonsense soort persoon en door de jaren heen had ze een droog humoristische kijk op zichzelf ontwikkeld. Samen met een andere vrouw leidde ze een boekwinkeltje aan Eglinton Avenue. Enige jaren later was er een hoorspel op de radio dat *Our Miss Brooks* heette, waarin Eve Arden de rol van een alleenstaande vrouw, een gevatte lerares, speelde. Als ik haar hoorde, moest ik steevast aan tante Margery denken.

Mijn vader ijsbeerde door het huis, erop gebrand dat de rust terugkeerde. 'Ja, ja, dat is veruit het beste, Margery. Jij zorgt daar wel voor, hè?' Hij kon nauwelijks zijn ongeduld verbergen om op de volgende trein naar Ottawa te springen. Maar eerst moesten de zaken geregeld, plannen gemaakt en de orde hersteld worden. Hij was daar goed in. Hij zou je nooit in de steek laten, zoals men vroeger zei. Er werden artsen bij geroepen en geld opzijgelegd voor zorg. Er zou een lange periode van herstel volgen. Uit de gesprekken die ik dat weekend opving, voegde ik stukjes en beetjes aan informatie samen. Waarschijnlijk wist mijn moeder iets over vaders affaire in Ottawa. Ze moet een verandering in hem bespeurd hebben. Of misschien was er een aanwijzing geweest. Een veeg lippenstift, een vleug parfum op een overhemd. Het is moeilijk om de hele tijd zo secuur te zijn, zelfs voor een man als mijn vader. Het zou allemaal te zijner tijd aan het licht komen, maar die zomer was alles in nevelen gehuld en was de sfeer in huis beladen met angst en onzekerheid. Het moet beslist bijgedragen hebben aan moeders ziekte. Hoe kon het anders? Daar lag ze dan in een kamer boven, niet in de ouderslaapkamer, maar in een kamertje aan de achterkant van het huis dat over de tuin uitkeek en dat een eigen kleine bibliotheek had, waar ze haar boeken bewaarde. Er stond een oorfauteuil onder een lamp met een kap versierd met kwastjes. Daar zat ze tot in de rustige vroege uren van elke nieuwe dag te lezen.

Wat moest er dus met mij gebeuren, de jongen die alleen maar naar huis had willen komen om, als het erop aankwam, ongeveer hetzelfde te doen als wat mijn moeder deed? Een ander bed in huis bezetten met de jonge Pip als gezelschap. Ik kan het me niet meer herinneren, maar ik denk dat ik er zwakjes voor heb gepleit, misschien dat ik erop heb gewezen dat ik het gras kon maaien en de vuilnisbak buiten kon zetten. Twee vrouwen hadden toch zeker iemand nodig voor dergelijke klussen. Maar mijn vader wilde me die zomer weg hebben en mijn tante, normaal een bondgenoot, was het met hem eens. Het zou een strikt vrouwelijk huishouden zijn; de twee zussen hadden heel veel te bespreken en er was geen plaats voor een veertienjarige jongen. Mijn plaats zou bij oom Chester zijn, die de zomermaanden in zijn vissersdorp in Quebec doorbracht, waar hij zijn vreselijke Billy Bensonboeken schreef. Ik sprak er met mijn moeder over. Ze keek me in haar stoel bleek en beheerst over haar leesbril heen aan en merkte op dat ik zo veel was gegroeid tijdens de maanden op school. Ze zei me dat ik geduld moest proberen te hebben met haar broer. Ze was de enige in het gezin die scheen te begrijpen dat oom Chester en ik niet goed bij elkaar pasten, maar het kon niet anders en per slot van rekening was het maar voor een paar weken. Waarop ik, herinner ik me, antwoordde: 'Nou nee, eigenlijk niet, moeder. In feite zal het een aantal weken zijn. Acht om precies te zijn. Acht is geen aantal dat je als een paar kunt omschrijven.' En dat allemaal tegen mijn ziekelijke moeder, van wie ik zielsveel hield. Wat kunnen we op die leeftijd toch akelig zijn tegen onze ouders! Zo'n dertig jaar later zou ik dezelfde behandeling krijgen van mijn zoon David.

Oom Chester kwam me van het dorpsstation ophalen in een corduroy broek, wit overhemd en een trui die met de mouwen om zijn hals geknoopt nonchalant over zijn schouders gegooid was. Hij was altijd vrijgezel gebleven en hij was in goede conditie en voor die tijd lang, misschien een meter vijfenzeventig of een meter tachtig. Zijn haar werd dunner en alsof hij dit verlies wilde compenseren, had hij een rossig snorretje laten staan, een tooi die hij voor de rest van zijn leven zou behouden. Ik weet zeker dat hij homofiel was, van het ouderwetse soort, dat vanuit de kast vol bewondering naar jeugdig mannelijk schoon gluurt. Getweeën vulden we zijn kleine Willys en nadat hij naar moeder had gevraagd, wilde hij alles over Groveland weten. Wie van de eindexamenklas zouden allemaal dienst nemen? Hoe had het eerste cricketteam het gedaan? In zijn tijd was mijn oom een van de beste bowlers van de school geweest. Hij wilde ook weten hoe het met die ouwe dinges was, waarmee hij verwees naar vrienden in het docentenkorps die absurde bijnamen als Topper of Pudge hadden.

Jarenlang al huurde mijn oom kamers in een groot, wit huis aan de rand van het dorp. Het was eigendom van mevrouw Moore, een weduwe van in de zestig die elke dag een vormloze jurk met een schort ervoor droeg, behalve op zondag, dan trok ze een donkerblauwe jurk aan, witte handschoenen en schoenen en reed ze in haar oude Essex naar een Engels kerkje ten westen van het dorp. In de daaropvolgende weken was mij het plezier gegund om haar in dit antieke geval, met rook sputterend uit de uitlaat, de laan uit te zien rijden. Ik wist dat mevrouw Moore, net als iedereen, haar auto spaarzaam moest gebruiken, omdat mijn vader haar benzine rantsoeneerde ter ondersteuning van de oorlogsinspanning. Mettertijd zou mevrouw Moore me eraan herinneren dat ze afstamde van de United Empire Loyalists, die voor de gruwelen van de Amerikaanse republikeinse politiek waren gevlucht en een schuilplaats hadden gevonden in deze buitenpost van de Britse beschaving te midden van Frans-Canadese houthakkers en vissers. Mevrouw Moore mocht mij kennelijk net zomin als oom Chester mij mocht. Misschien had hij haar mening over mij al vergiftigd voordat ik arriveerde, hoewel het waarschijnlijker is dat ze er gewoon niet blij mee was dat haar een nukkige jongen voor de voeten liep. Ze was er trots op dat mijn oom haar gast was en het was een gunst aan hem dat ik er überhaupt mocht zijn. Ze vertelde me meer dan eens dat hij een ontwikkelde, beschaafde man was. Ik zou het in de loop van de zomer beu worden om het woord 'beschaafd' te horen.

Het huis was groot en gebouwd op een hogergelegen stuk grond, ongeveer zeventig meter van een grindweg die door het dorp liep en in feite langs de gehele kust. Een paar populieren waren voor het huis geplant en ik vond het mooi zoals de bladeren hun zilverige onderkant lieten zien wanneer de wind van richting veranderde en er onweer op komst was. En dan waren er ook nog de zee, de onmetelijke hemel en in het westen de groene bergen. Het had allemaal een ruige grootsheid, hoewel ik de eerste weken met wanhoop dacht aan de weken die voor me lagen. Met de melodramatische verbeelding van een leesgrage veertienjarige zag ik mezelf als Nicholas Nickleby, alleen en zonder vrienden in Dotheboys Hall, waar de weerzinwekkende Squeers de baas was.

Ik had een kamer gekregen op de zolderverdieping, waar ik op moest letten dat ik me bukte voor het schuine dak, anders zou ik mijn hoofd tegen de balken stoten. Maar de celachtige eenvoud trok me aan: het smalle bed en de bruine deken, de ladekast voor mijn kleren, het bureautje waarin ik mijn Dickens kwijt kon en een kleine gebonden uitgave van *Selected Poems of Alfred Tennyson*, dat ik in een opwelling uit de schoolbibliotheek van Groveland had gestolen. In de trein was ik aan 'The Lady of Shalott' begonnen, waarvan ik me niet kan voorstellen dat iemand het tegenwoordig nog leest, tenzij het onder academische dwang is.

> *On either side of the river lie*
> *Long fields of barley and of rye,*
> *That clothe the wold and meet the sky:*
> *And thro' the field the road runs by*
> *To many tower'd Camelot.**

Ik herinner me mijn opwinding in de trein omdat ik een spelfout ontdekt dacht te hebben in de derde regel: 'wold' in plaats van 'world'. Ik zag mezelf hierover naar de uitgever in Londen, Engeland, schrijven. Pas veertien en al een betweter in de dop, afkoersend op een leven van beleren en muggenzifterij. En ik had het nog verkeerd ook, zoals ik ontdekte toen ik meer vertrouwd raakte met Tennysons Engelse landschap.

Binnen de kortste keren was ik gewend aan mijn zolderkamer, een soort arendsnest, geïsoleerd en Spartaans, een plek waar ik

---

* Aan elke kant van de rivier liggen/ lange velden van gerst en rogge/ die de wold bekleden en de lucht ontmoeten:/ en door het veld loopt de weg/ naar het veel getorende Kamelot.

aan mijn oom en de hospita kon ontsnappen, waar ik de zomer aan een andere tijd kon wijden. Het raam bood uitzicht op de Golf van St. Lawrence en ik kon de beroemde Percérots zien en de walvisachtige vorm van het grote eiland, befaamd vanwege de zeevogels. Een ander en verder weg gelegen uitzicht dan dat vanaf de veranda van het St. Lawrencehotel, dat ik binnen een week zou zien. Vanuit mijn raam kon ik ook een ongeverfd huis, grijs door de jaren en het weer, zien. Ik werd naar het raam gelokt door het geroep van kinderen en een hardnekkig gepiep, wat de katrol bleek te zijn van een waslijn waaraan werd getrokken. Op de kleine veranda voor het huis was een meisje bezig de kleren binnen te halen. Ze trok de broeken en flanellen hemden naar zich toe en stopte ze in een wasmand. Haar donkere haar waaide om haar gezicht heen en haar jurk werd plat tegen haar lichaam geblazen. Ik zag de contouren van haar borsten. Een onversneden verrukkelijke kwelling voor een jongen in een tijd dat de aanblik van meisjesborsten, zelfs de contouren, zeldzaam was en derhalve waardevol.

Achter het huis stonden een schuur, een houtmijt en een oude auto zonder wielen, die in de loop der jaren verroest en raamloos in het gras was weggezonken. Er renden verscheidene kinderen rond; een jongen probeerde een oud wiel met een stok te laten rollen en een meisje trok een kleiner kind in een wagentje over het pad naar het hek. Ze holde en het stof wervelde omhoog van het pad en werd door de wind weggegrist. Hoe volstrekt helder is mijn herinnering aan het erf van de Huards op die lang vervlogen zomermiddag! Ik zie nog voor me dat het meisje bij het hek te vlug draaide en dat het wagentje kantelde en het kind in het gras viel. Hij zette meteen een keel op en het meisje pakte hem op en droeg hem, zwoegend onder zijn gewicht, terug naar het huis. De anderen kwamen over het pad naar haar toe gehold, maar het meisje bij de waslijn negeerde de commotie en na de laatste trui van de lijn te hebben gehaald zette ze de mand op haar heup, opende de deur en verdween in het huis.

Dat was de eerste keer dat ik Odette zag, hoewel ik me haar

wekelijkse routine daarna algauw eigen maakte. Afgezien van maandag was ze meestal weg en ik nam aan dat ze ergens werkte. Om zeven uur 's ochtends liep ze het pad af naar het hek. Met mijn kin op de vensterbank sloeg ik haar door de hor gade. Na een paar minuten stopte er een oude Fordpick-up en ik hoorde stemmen die Frans spraken, de snelle, in elkaar overlopende klanken van een andere taal die in de vroege ochtendlucht over het veld zweefden. Er zat nog een meisje naast de bestuurder en vaak werd er gelachen wanneer Odette de cabine in klom. Ik heb me vaak afgevraagd hoe mensen zo vroeg op de dag al zo opgewekt konden zijn. Laat in de middag keerde de pick-up terug en dan stapte Odette uit, zwaaide gedag en liep het pad op, waar de kinderen haar roepend tegemoet holden: 'Odette, Odette, Odette.' Een zwart met witte hond rende opgewonden blaffend mee het pad af. Net als haar familie keek ik uit naar Odettes thuiskomst en nadat ze het huis in was gegaan, restten me in mijn dag niets anders dan het avondeten met mijn oom en de lange avond. Als een gevangene zette ik dan een grote X op de kalender om aan te geven dat er weer een dag voorbij was. Voordat ik uit het huis in Crescent Road vertrok had ik, in een nijdige bui, juli en augustus van de keukenkalender afgescheurd om mijn moeder en tante nadrukkelijk aan mijn verbanning te herinneren. De twee blaadjes van de kalender waren nu op de muur boven het bureau geprikt, en elke dag een lege ruimte opvullen met een grote X bezorgde me het bijzondere gevoel dat er iets voltooid was.

Wanneer ik er nu op terugkijk, zie ik hoe volstrekt onmogelijk ik geweest moet zijn, lusteloos rondhangend in huis, waar mevrouw Moore en ik voortdurend tegen elkaar leken te botsen bij het op en af lopen van de trap en het naar binnen en naar buiten gaan van kamers. 's Morgens werkte oom Chester en dus was ik gedwongen om stil te zijn en op mijn tenen langs zijn deur te lopen. De handhaving van de rust en de vrede was in handen van mevrouw Moore, trots als ze was om weer een zomer een auteur onder haar dak te hebben. Maar ik kon niet tegen het geluid van de ratelende typemachine of, erger, de plotselinge, bulderende lach wanneer mijn oom weer een poets had verzonnen die Billy en zijn makkers directeur Boyle konden bakken. Misschien ben ik te streng voor die arme Chester. Niet zo langgeleden heb ik een van zijn boeken gedeeltelijk herlezen en het was echt niet zo slecht voor die tijd en dat lezerspubliek. Ik weet niet hoe het al die jaren bij mij in de kast heeft kunnen blijven staan, maar daar stond het met zijn verschoten blauwe band, de stofomslag was langgeleden al verdwenen, het goedkope, ruwe papier met de zwart-witte illustraties van verbaasd kijkende jongens achter een zaklantaarn in een donkere kamer of van een motorboot waarmee in elkaar gedoken gedaantes het meer over worden vervoerd. Weer een avontuur voor Billy en zijn vrienden, met de hulp van Roberts de klusjesman, wiens tuinschuurtje achter de ijshockeybaan een middernachtelijke ontmoetingsplaats was. In mijn exemplaar stond voorin: Voor James van oom Chester. Kerstmis 1942.

's Middags reed mijn oom naar Percé, vijftien kilometer verderop, om te bridgen met vrienden in het St. Lawrencehotel. Mevrouw Moore wandelde meestal naar de winkel van Robin, Jones & Whitman of ging op bezoek bij vrienden in het dorp en dus was ik vrij om door het huis te dolen, de schilderijen aan de muur van de salon te bekijken of voorzichtig het deksel op te tillen van de oude platenspeler die op een stander in de hoek van de kamer stond. Tijdens zijn leven was de man van de weduwe eigenaar van een zagerij geweest en er was een foto van arbeiders in hemdsmouwen en met grote snorren die voor een gigantische houtstapel stonden, met midden op de foto meneer Moore in pak en een bolhoed op zijn hoofd. Misschien had een rondreizende fotograaf de oude man op een zaterdagmiddag toen het werk af was overgehaald tot de fotosessie. De baas en de arbeiders. Er hing ook een trouwfoto, waarop een jonge vrouw, die helemaal niet op mevrouw Moore leek, maar het wel moest zijn, naast een jonge man stond en ze allebei strak in de lens van de camera keken. Aan de muren hingen de huiselijke verzoeken aan God om bijstand en bescherming: 'Zegen dit huis, o Heer, bidden wij/ Houd het veilig bij tij en ontij.' Vaak ging ik ook mijn ooms kamer in, gluurde in zijn kast, snoof de tabaksgeur op die nog in de lucht hing en nam poses aan voor de spiegel. De schrijver thuis. De schrijver die een van zijn boeken signeert in T. Eaton Company in Toronto. En altijd trok ik mijn neus op voor de vreselijke netheid van zijn kamer. Een plaats voor alles en alles op zijn plaats. De kamer van een mentor nadat een jongere leerling die heeft moeten opruimen. Oom Chester was mentor geweest op Groveland. Als ik er nu aan denk, moet ik natuurlijk toegeven dat mijn eigen kamer op zolder veel weg had van die van mijn oom wat betreft de keurige opstelling van de spullen.

Na een week hadden mijn onhandelbare nukkigheid en be-studeerde onbeleefdheid het geduld van mijn oppassers duidelijk op de proef gesteld en op een avond na het eten onthulde oom Chester zijn plan. We zaten nog aan tafel, maar waren klaar met mevrouw Moores uitstekende vispastei en het gestoofde fruit en citroenbrood. Een tweede kop thee was ingeschonken en mijn oom had een pijp opgestoken.

'Nou, wat ga je deze zomer doen, James?'

Hij leunde achterover in zijn stoel en keek uit het raam naar het avondrood van de zonsondergang. De wolken boven de bergen schitterden majestueus rood en goud. Als je een troostend beeld wilde van de hemelse stad, dan was het daar in het westen in de lucht te zien. Het kan zijn dat mijn oom het uitzicht bewonderde, maar voor mij zag hij er precies uit als een leraar die je een vraag stelde en zich dan naar het raam toe draaide als om zijn intense verveling met de luiheid en onwetendheid van de wereld, waarvan jij de belichaming was, over te brengen.

'Je kunt niet alleen maar in huis blijven zitten, weet je. Je zult voor de voeten en in de weg lopen, nietwaar, mevrouw Moore?'

Mevrouw Moore was de tafel aan het afruimen en ze knikte instemmend, zoals ik ook helemaal van haar verwacht had.

'Dat zou ik wel zeggen, meneer Ames.'

'Inderdaad,' zei oom Chester, 'en het zou zomaar kunnen dat mevrouw Moore – en terecht, moet ik zeggen – het nodig vindt om de bezem op je los te laten, jongeheer. Heb ik gelijk, mevrouw Moore?'

'Volkomen, meneer Ames.'

Ik had zin om te lachen om deze dickensiaanse malligheid, maar gunde mijn oom de voldoening niet om te denken dat ik hem grappig vond. Hij keek nog steeds uit het raam naar de prachtig gekleurde hemel.

'Nou,' zei hij, 'ik denk dat ik het antwoord heb op de anomie van onze jonge vriend, mevrouw Moore.'

'Dat is fijn, meneer Ames', zei ze en ze droeg een stapel vuile borden de keuken in.

Ik weet zeker dat ze niet wist wat het woord 'anomie' betekende, maar dat wist ik evenmin, ik giste alleen dat het iets te maken had met mijn luiheid en onwetendheid.

'Een vriend van mij heeft een zoon, James', zei oom Chester en hij ging recht zitten en keek me aan, een en al zakelijkheid nu. 'Hij is een beetje ouder dan jij. Zestien, geloof ik. De arme knul heeft polio. Hij kan wel wat jeugdig gezelschap gebruiken. Ik heb het er met zijn moeder over gehad en ze is het ermee eens. Je zult hem wel aardig vinden. Gabriel is een intelligente jongen. Totaal niet geïntimideerd door zijn handicap. Geen spoortje zelfmedelijden. Een werkelijk bewonderenswaardige jongeman.' Het leek of hij de opmerkingen dicteerde die op Gabriel Fontaines eindrapport moesten komen staan. 'Ik denk dat jullie twee geweldig met elkaar overweg zullen kunnen,' zei hij en hij voegde eraan toe: 'maar probeer niet naar zijn benen te staren, James. Op dat punt is hij begrijpelijkerwijs heel gevoelig.' Dol makend, zoals ik al eerder heb gezegd.

En zo verzeilde ik op de veranda van het St. Lawrencehotel in Percé, Quebec, op die zaterdag in juli 1944, en zag ik dat Gabriel Fontaine zich vooroverboog en iets zei wat het jonge stel op huwelijksreis aan het lachen maakte. Ik weet zeker dat ik die middag geïrriteerd werd door alles wat ik zag: de aanblik van lachende, welgestelde mensen die bediend werden door Frans-Canadese kelners in zwarte broek en wit overhemd. Ik vond het allemaal te lichtzinnig voor woorden. Was er soms geen oorlog aan de gang? Waren de geallieerden soms niet nog maar een maand geleden in Normandië geland? Het lot van de vrije wereld stond op het spel enzovoort, enzovoort. En die mensen zaten zich aan te stellen alsof er helemaal niets van enig belang aan de hand was. Ze praatten en lachten terwijl op datzelfde moment nazionderzeeërs onder het water waar we op uitkeken, langs konden glijden. Wat ik precies verwachtte dat die mensen eraan deden, wist ik niet, maar hun luchtigheid kwam me op de een of andere manier verkeerd voor. Maar ik geloof niet dat mijn houding van bezadigde, jonge spelbederver iemand van zijn stuk bracht.

Oom Chester stelde me voor aan mevrouw Fontaine en aan de Porters, een vermogend echtpaar uit Boston, dat hun klinkers op een vreemde manier uitsprak. Zo klonk het tenminste voor mij.

Ze zaten allemaal in grote essenhouten stoelen op de veranda en zwaaiden naar ons toen we naderbij kwamen. Mevrouw Fontaine riep uit: 'Daar ben je dan eindelijk, stoute man. We wachten al een eeuw.'

Mevrouw Porter zei: 'Chesta, ik zou doodsbang zijn als ik in dat autootje door de heuvels moest rijda.'

'En dit is dus je neef?' vroeg mevrouw Fontaine.

'Ja', zei Chester. 'Dit is mijn slungelige, slome neef James.'

'Wat een knappe jongeman', zei mevrouw Fontaine.

Ik wist dat ze loog. Ik was helemaal niet knap. Ik wist wat ik was: een onhandige, vlasharige jongen die de afgelopen paar maanden een centimeter of tien was gegroeid en zich nog niet op zijn gemak voelde met zijn nieuwe lijf, zijn schenen stootte tegen lage tafeltjes, op onverklaarbare wijze dingen liet vallen en een norsheid voorwendde die hopelijk voor ernst doorging. Maar links als ik was, ik kon zelfs toen al zien dat mijn oom en mevrouw Fontaine zich onledig hielden met een ingewikkeld spel van zich vermaken door anderen buiten te sluiten; hun taalgebruik en gedrag waren vaak buitensporig theatraal en waar het allemaal op neerkwam, bedacht ik, was een nauwelijks verhulde minachting voor het merendeel van hun medemensen. De jongere mevrouw Fontaine moest een opvallende schoonheid zijn geweest en ze had nog steeds de houding van iemand die gewend is aan bewondering. Ze was toen begin veertig en ze had een glanzende, lichte huid, lichtbruin haar en donkere ogen. Ze droeg een wit overhemd met een kleurig sjaaltje om haar hals geknoopt en het soort wijde broek dat tijdens de oorlogsjaren populair was bij vrouwen. Door de broek en het overhemd had ze die dag een verfrissende mannelijke schoonheid, iets exotisch en glamourachtigs wat me deed denken aan niemand minder dan Wallis Simpson, de gescheiden Amerikaanse die een koning had betoverd en hem in een gewone hertog had veranderd. Haar foto stond vaak in *Life* en andere populaire tijdschriften.

Ik keek om me heen in de verwachting iemand te zien die broos en klein wegkwijnde in een stoel zoals de broer van mijn klasgenoot op Groveland. Dus was ik verbaasd toen mevrouw Fontaine naar de knappe jongen riep die aan de andere kant van de veranda met het jonge stel zat te praten. Ik had geen rolstoel gezien. Hij kwam langzaam overeind, wuifde en begaf zich op weg naar ons. Anderen gingen opzij om hem door te laten. Met behulp van twee wandelstokken ging hij van start en ik vroeg me af waarom hij dat deed. Waarom onderging hij de vernedering van ons laten zien wat een ontzettende beproeving het was om je alleen maar over een volle vloer voort te bewegen? Ik voelde me in zijn plaats opgelaten, maar zoals gewoonlijk begreep ik het verkeerd. Steunend op de wandelstokken sleepte Gabriel zijn voeten mee met martelend inspannende rukken, maar niettemin grijnzend, en ik geloof dat ik iets opving in zijn boosaardige grijns wat zei: kunnen jullie het goed zien, stelletje rotzakken? Dan nog had ik het gevoel dat hij ieder moment kon vallen en wat dan? Zouden anderen toeschieten om hem te helpen en zou hij hen dan uitschelden en op de vloer in het rond grabbelen naar zijn stokken? Je kon je voorstellen dat een poliopatiënt dat wat hij deed onderging in een sportzaal, waar een trainer aan het ene uiteinde van de brug hem aanspoorde, maar niet speciaal ontzet zou zijn als hij viel. Maar daar op de veranda? Het leek zo'n vertoon van bravoure. Geen haar op zijn gladde hoofd was van zijn plaats gekomen terwijl hij de bruin met witte schoenen over de vloer sleepte. Tyrone Powers brutale broertje. En hij haalde het ook nog, licht hijgend van inspanning. Zijn moeder raakte zijn arm zacht, bijna timide, aan.

'Gabriel, dit is Chesters neef, James. Hij is hier ook voor de zomer. Ik weet dat jullie de beste vrienden zullen worden.'

'Hoe kun je dat nou in vredesnaam weten, moeder?' vroeg Gabriel tegen mij glimlachend, terwijl hij rommelde met de stokken, zodat hij een hand vrij had om de mijne te schudden.

Het was een fantastische sneer, vond ik.

Mevrouw Fontaine glimlachte. 'Dat weet ik gewoon, lieverd.'

Ik was langer dan Gabriel en ondanks zijn knapheid kon ik zien dat de ziekte haar werk had gedaan. Van dichtbij zag hij er ineengekrompen uit. Zijn schouders waren licht gebogen. De grijns leek geforceerd. Zijn eerste woorden tegen mij hadden de vorm van een sarcastische vraag.

'Wat vind je ervan om een eindje met mij te gaan rijden, James? Moeder, kun je een van die mannetjes de wagen laten halen?' Hij gaf een goede imitatie van de Engelse acteur Ronald Colman en lachte al om zijn eigen grapje.

Maar waar ging het allemaal over? Een eindje rijden? De wagen? Ik had het gevoel dat hij de spot met me dreef. Maar er werd een kelner geroepen om zijn rolstoel te brengen en Gabriel ging erin zitten en keek vriendelijk naar mij omhoog.

'We moeten door de foyer, ouwe jongen', zei hij. 'Dan krijgt iedereen de kans om de lamme te zien. Daar worden ze vrolijk van. *Schadenfreude* en zo.'

Ik wist niet wat het woord betekende, maar het klonk Duits en als de vurige, jonge patriot die ik was, vond ik het maar niets.

Evenmin stond het me aan om de bediende te spelen van deze rijke, Amerikaanse wijsneus met zijn kakkerige kleding en zijn nepaccent. Ik begon al een hekel aan mijn oom te krijgen vanwege diens oplossing voor mijn 'luiheid' en 'anomie'. Mevrouw Fontaine had ons abrupt alleen gelaten en was bij de anderen gaan zitten, die popelden om hun partijtje bridge te beginnen. Door een raam zag ik de Porters en oom Chester, die de kaarten schudde, om een tafel in de conversatiezaal zitten.

Gabriel had gelijk. Mensen staarden. Maar niet alleen omdat hij verlamd was. Daarin had hij ongelijk. Ze staarden omdat ze een knappe jongeman zagen met een verwoest lichaam. We worden geïntrigeerd door de grillen van het noodlot, hoe geluk en ongeluk vaak aan elkaar gekoppeld zijn. Wat konden mensen anders dan staren naar een jongen met een knap uiterlijk en geld, maar die geconfronteerd werd met een vertraagde reis door het leven, volkomen afhankelijk van bedienden of de goodwill van onaanzienlijke kerels zoals ikzelf. En zo duwde ik hem door de hotelfoyer naar de vooringang. Dit was lang voordat openbare gebouwen van hellingen waren voorzien voor de gehandicapten – de getroffenen moesten het doen met wat er was – en het hotel had twee planken aan het ene einde van de veranda neergelegd, zodat de zware houten stoel omlaag naar het gras en het trottoir gemanoeuvreerd kon worden. In de dorpsstraat stapten leuke meisjes in rok en blouse, glimlachend tegen de jonge prins, maar met amper een blik in mijn richting, opzij om ons door te laten. Terwijl ik op Gabriels schouders en het donkere haar met de kaarsrechte scheiding neerkeek, vervloekte ik zwijgend mijn eigen springerige bos strohaar. Wat ons allemaal niet kwelt wanneer we jong zijn.

Gabriel praatte over zijn vader, die hoogleraar economie was en in Washington werkte, ook al was hij republikein en verachtte hij de meeste mensen van de New Deal daar. Ik kreeg de indruk dat professor Fontaine veel ouder was dan zijn mooie vrouw. Het was een interessant toeval, vond ik, dat mijn vader ook voor de regering werkte en ik mompelde iets over J.T. Hillyer, de man van een dollar per jaar, die in Ottawa zijn bijdrage aan de oorlog leverde. Maar Gabriel knikte slechts en ik bleef zitten met het gevoel dat Ottawa niet te vergelijken was met Washington.

Op de kade keken we naar de toeristenboten die naar de Percérots en het grote eiland tuften. Ik vrolijkte wat op toen Gabriel me een sigaret aanbood. Ik had er in mijn hele leven maar een of twee gerookt, maar zijn Camels zagen er geweldig exotisch uit. Ik had er advertenties voor gezien op de achterkant van Amerikaanse tijdschriften. Gabriel zei dat zijn moeder het niet erg vond dat hij rookte, zolang hij het maar niet deed waar andere volwassenen bij waren. Het was een regeling tussen hen beiden en ik begreep dat ze er daar in de loop van hun leven samen verschillende van hadden uitgewerkt. We keken naar meisjes die arm in arm met hun vriendjes, sommigen van hen militairen, naar het einde van de kade slenterden om naar het water te turen, zoals mensen doen bij een meer of de zee. Oudere echtparen in pak en jurk kwamen Frans sprekend voorbij met hun kinderen. Voor mij was het alsof ik in het buitenland was, met de geur van vis en de zeelucht in mijn neus en de klanken van een andere taal in mijn oren.

Toen we terug waren in het hotel dirigeerde Gabriel me naar de dienstlift bij de keuken. Door een deuropening zagen we mannen en vrouwen in witte kledij aan het werk en hoorden we het gerammel van potten en pannen. Het St. Lawrencehotel had maar twee verdiepingen en dus was er geen lift voor de gasten, die via de brede, beklede trap naar hun kamers moesten zien te komen. De lift bij de keuken was voor het personeel, het was een kleine kooi waar ik met enige moeite de rolstoel in kreeg, want er was nauwelijks genoeg ruimte voor ons allebei. Gabriel tikte op de knop met een van zijn stokken en we schokten naar boven; we stopten op de tweede verdieping bij een opslagruimte, een gang waar aan beide zijden oude beddenspiralen en matrassen stonden, bijzonder brandgevaarlijk als ik er nu aan terugdenk. Ik duwde hem tussen al die rommel door naar een deur die naar een gang met de gastenkamers leidde.

Het was toen halverwege de middag en iedereen was beneden of genoot buiten van de zomerdag. De wereld en de oorlog leken ver weg daar in de hotelgang toen ik Gabriel naar zijn kamer duwde. Ik hoorde een radio of een langspeelplaat, een vrouwenstem die in het Frans zong. Toen we langs een openstaande deur kwamen, hief Gabriel zijn arm en riep: 'Halt.' Toen ik de kamer in keek, zag ik twee meisjes in een blauw met wit uniform. Het ene meisje was bezig een bed op te maken; met een sigaret in haar mond hield ze een kussen tegen haar borst en stopte het in een sloop. Ze kneep haar ogen half dicht tegen de rook. Het was het meisje naar wie ik iedere dag keek als ze naar haar werk ging en weer thuiskwam. Hoewel ik nog geen woord met haar had gewisseld, kende ik haar naam al. Odette Huard. Het andere meisje was kleiner en molliger en ook zij rookte terwijl ze de ladekast en de spiegel afstofte. Het liedje op de radio was weemoedig en terwijl ik luisterde, werd ik overspoeld door een van die ongenode golven van vervoering die Joost mag weten waarvandaan komen. Misschien was het door de aanblik van Odette, misschien was het door het sentimentele liedje op de radio of gewoon de vreemdheid van de hele ervaring. In elk geval was het een moment van onbegrijpelijk geluk.

Gabriel stak een vermanende vinger op naar de twee meisjes. 'Hoor eens hier,' zei hij met zijn Engelse accent, 'jullie horen niet te roken onder het werk. Ik heb veel zin om jullie aan te geven bij de directie. Misschien doe ik dat ook wel. *Comprenez-vous, mademoiselle?*' Het kleinere meisje lachte al, maar Odette glimlachte enkel. Gabriel wees de gang door en riep: 'Ho. Troep voorwaarts', en ik boog me over de handgrepen van de rolstoel. Zoals ik in de weken erna zou ontdekken was dit nog een van zijn wonderlijke leenuitdrukkingen uit de film. Als hoofd van de cavalerietroep had hij zojuist het verkenningsbericht gekregen dat de pas voor ons vrij was van indianen. Achter ons kon ik de twee meisjes in het Frans horen praten en lachen.

In zijn kamer vertelde Gabriel me dat het meisje dat het bed

61

op aan het maken was zijn vriendin was. 'Mijn lepe kamermeis-je', noemde hij haar. 'Ze spreekt Engels', zei hij. 'Die andere niet. Ik praat elke dag met Odette. Eigenlijk doen we veel meer dan praten.' Hij zette zijn handen op de wielen van zijn rolstoel en duwde zich de kamer door naar een kaarttafeltje waar een half afgemaakte legpuzzel lag. De afbeelding op de doos was van een schoener met drie masten die zich een weg zocht over een ruwe zee. Het zag eruit als een gigantisch moeilijke onder-neming, weken van stukjes in elkaar passen van de tuigage en de stormachtige lucht. Gedurende die zomer kozen Gabriel en zijn moeder en iedereen die verder op de kamer kwam, onder wie ikzelf, stukjes uit en brachten vervolgens een paar minuten bij het kaarttafeltje door, ons afvragend waar ze zouden passen. Ik weet het niet meer, maar ik geloof niet dat de puzzel ooit voltooid is. Toen Gabriel die dag aan de puzzel werkte, had hij het over een verpleegster van het ziekenhuis in Boston waarin hij had gelegen.

'Ze hebben me daar al die onderzoeken laten ondergaan,' zei hij, 'en die verpleegster, jongen, wat had die een voorkomen.' Hij hield zijn handen als een kom voor zich. 'Echt waar, zo groot. 's Nachts kwam ze altijd naar mijn kamer.'

Ik stond bij het raam dat uitzicht bood op het gazon en de vlaggenmast, en keek naar een man en een vrouw op de ten-nisbaan. Het was het stel dat op huwelijksreis was en ze renden meppend naar de bal over de baan heen en weer. Het was te zien dat het allemaal een nieuwe ervaring voor ze was; ze konden niet echt tennissen. Ik sloeg hen gade en luisterde naar het plok, plok van hun rackets die tegen de bal sloegen, terwijl Gabriel over zijn verpleegster vertelde en dat ze hem steeds om één uur 's nachts wakker maakte door bij hem in bed te kruipen.

'Dan werd ik wakker en was zij bezig haar uniform open te knopen en dan stapte ze in haar beha en onderbroek bij mij in bed.'

Ik wist niet of ik hem wel of niet moest geloven, maar ik probeerde me er een beeld van te vormen. Het leek in een bepaald opzicht onwaarschijnlijk. Knap of niet, hij was nog steeds wel een jongen in een rolstoel, niet dan? Konden jongens als hij seks hebben? Natuurlijk konden en kunnen ze dat, maar dat wist ik niet en misschien uit afgunst of wrok wilde ik dat het niet zo was. Ik wilde dat seks verboden terrein was voor Gabriel Fontaine, net als het voor de meeste jongens toen was. Seks was nog steeds een mysterieus en onbereisd gebied, iets waar de meeste jongens op Groveland alleen over praatten. We betastten onszelf natuurlijk, en lachten er onbehaaglijk om, een schuldig genot. We leefden allemaal met een eigen meisje uit een tijdschrift of een advertentie voor ondergoed uit de catalogus van Eaton. Maar weinigen van ons hadden daadwerkelijk een levend, naakt meisje aangeraakt, en toch zat hier die zestienjarige Amerikaan in een rolstoel mij te vertellen dat een weelderige verpleegster om één uur 's nachts seks had met hem. En dat was een jaar geleden, toen hij pas vijftien was. Het klonk te mooi om waar te zijn, de ultieme fantasie van een priapische jongen in 1944. Ik had mijn twijfels en draaide me om van het raam om de foto's van Hollywoodactrices aan de muur te bekijken. Betty Grable in haar langbenige pracht, Rita Hayworth die koket over haar blote schouder naar mij omkeek, een raadselachtige Veronica Lake, die een oog achter haar haar verborg. Er hing ook een groepsfoto van de Boston Red Sox uit 1943. Het deed me allemaal denken aan sommige kamers op Groveland.

Gabriel moest een spoor van twijfel aan zijn verpleegstersverhaal hebben bespeurd.

'Je gelooft me niet, hè, James?' zei hij. 'Je denkt vast dat ik omdat ik in die stoel zit geen seks kan hebben. Nou, dan heb je het verkeerd, maat. Ik kan net zo goed seks hebben als iedereen. Ik wil zelfs wedden dat ik er meer van krijg dan de meeste jongens van mijn leeftijd. Veel meisjes willen weleens zien hoe het is met iemand als ik. Anderen zullen wel medelijden hebben, neem ik aan, maar wat zou dat? Het punt is dat ik vaker van bil ga dan de meesten.'

Als ik gevat was geweest, had ik gezegd dat hij het met al die nieuwsgierige en medelijdende meisjes goed voor elkaar had. Maar uiteraard kwam ik daar pas uren later in bed op.

'Er zijn allerlei soorten vrouwen, weet je', zei Gabriel. 'Die verpleegster in Boston. Ze vond het lekker om me te pijpen. Dat was nog eens wat, dat kan ik je wel zeggen.'

Een verpleegster *die hem pijpte?* Kon dat waar zijn? Ik had het woord op school gehoord en geprobeerd me de feitelijke ervaring in te denken, maar het kwam me allemaal te zonderling voor. *Hem pijpte.* Ik luisterde zowel geboeid als woedend. Ik stelde me voor dat ik zijn stoel kantelde en hem languit op het kleed achterliet, zijn armen graaiend naar iets van houvast, maakte niet uit wat, zoals de gestrande krab die ik die ochtend op het strand had gezien.

Gabriel had zich de kamer door gerold en was bezig een van de dikke, zwarte platen op de draaitafel van de platenspeler te leggen en de naald in een groef te zetten. Hij draaide zijn stoel naar me toe en hield zijn vuist voor zijn mond als een denkbeeldige microfoon. 'En nu, dames en heren, is het de makers van Old Goldsigaretten een waar genoegen om u vanuit de balzaal van het Waldorf-Astoria, hartje Manhattan, te presenteren: de muziek van Freddy Martin en zijn orkest.' Hij hief zijn handen alsof hij een concertpianist was en mimede de openingsakkoorden van Martins herkenningsmelodie, Tsjaikovski's eerste pianoconcert in bes klein, en begon de muziek te dirigeren, star glimlachend tijdens zijn hele opvoering. Zijn timing was foutloos. Hij moet urenlang geoefend hebben op die stunt en ik begon te lachen om zijn capriolen. Goed, hij mocht dan een onuitstaanbare Amerikaanse opschepper zijn, hij was wel vermakelijk.

Die middag luisterden we naar de muziek van de dansorkesten. Tommy Dorsey, Benny Goodman, Artie Shaw. Hij had ook een plaat van de musical *Oklahoma!*, waar zijn moeder hem in New York mee naartoe had genomen. Klaarblijkelijk gingen ze vaak naar de magische stad om toneelstukken en muzikale komedies te zien of naar het Yankeestadion wanneer de Red Sox in de stad waren. Hield ik van honkbal? Hadden we dansavonden bij mij op school of op een meisjesschool in de buurt, zoals bij hem? Waren de meeste rijke meisjes niet stom en saai? Hij gaf de voorkeur aan verpleegsters en dienstmeisjes. Die stonden met beide benen op de grond en wisten waar het in het leven om ging. Tijdens mijn jaar op Groveland was ik gewend geraakt aan het gepoch van kostschooljongens. Maar ik had nog nooit iemand ontmoet die zo opzichtig vol was van zichzelf als Gabriel Fontaine. En ik moet het perfecte publiek voor hem zijn geweest, een provinciaal die echt nergens was geweest. Maar ik raakte algauw vertrouwd met Gabriels gewoontes; voor mijn gevoel raakte ik er die middag al mee vertrouwd, ik merkte dat mijn woede en jaloezie afnamen, want hij had een openheid en een beminnelijkheid die moeilijk te weerstaan waren, hoewel die, zoals ik mettertijd ontdekte, een geduchte wreedheid maskeerden. Ik neem aan dat sommigen, misschien vrouwen, dit charme zouden noemen. Ik weet dat ik die zaterdagmiddag veel te lang in zijn hotelkamer bleef. Door het raam zagen we de schaduwen op het gazon en de lege tennisbaan langer worden en nog steeds zaten we naar muziek te luisteren en Camels te roken. Ik zeg roken, maar in mijn geval deed ik alsof; ik had niet echt geleerd om te inhaleren. Maar desondanks voelde het geweldig volwassen om daar met een sigaret in mijn hand te zitten.

We wisselden verhalen uit over onze school, hoewel ik merkte dat Gabriel niet bijzonder geïnteresseerd was in mijn ervaringen. Dat was hij nooit. Hij luisterde en knikte, maar was er steeds op gebrand om terug te keren naar zijn eigen relaas, waarvan ik moest toegeven dat het boeiender was dan het mijne. Vijf jaar eerder tijdens een zomerkamp had hij polio gekregen. Een aantal jongens was erdoor getroffen. De artsen hadden gezegd dat hij nooit meer zou kunnen lopen, maar dat weigerde hij te geloven enzovoort. Het bekende verhaal van heldhaftigheid tegen alle verwachtingen en tegenstemmers in. Telkens wanneer ik aanstalten maakte om te vertrekken, drong hij me nog een cola of sigaret op en ondanks het feit dat ik niet inhaleerde, begon ik een beetje misselijk te worden. Maar ik wist dat mijn oom waarschijnlijk razend zou zijn en dat hielp. Gabriel wilde weten of oom Chester een flikker was. Hij dacht van wel, gezien zijn maniertjes. Er zaten mannen zoals oom Chester bij hem op school, zei hij. Ik antwoordde dat ik het echt niet wist en dat het me niet kon schelen, en ik zag dat hij mijn achteloosheid daarover een tikje merkwaardig vond. Misschien dacht hij die middag dat ik ook homoseksueel was.

Om ongeveer vijf uur klopte zijn moeder op de deur en kwam naar binnen. Ik dacht dat ze geïrriteerd zou zijn over de rokerige, stinkende lucht – we hadden allebei de hele middag winden zitten laten, zoals jongens doen – maar mevrouw Fontaine lette er niet op. Daar stond ze met haar stralende glimlach en ze riep uit: 'Dus hier zitten alle knappe jongens van de stad.'

'Hallo, moederlief', zei Gabriel.

De manier waarop hij het zei, klonk niet helemaal zoals het hoorde. Dreef hij de spot met haar, vroeg ik me af. Maar ze zei alleen: 'We hebben overal naar jullie twee gezocht. We dachten niet dat jullie op zo'n mooie dag hier zouden zitten. James, je oom is buiten zichzelf. Ik ben bang dat je het rooster van die arme Chester in de war hebt geschopt. Hij maakt zich ongerust over jullie hospita en etenstijd.'

Ik was blij dat ze er was. Ik keek bijna even graag naar mevrouw Fontaine als naar Odette Huard. Ik kwam erachter dat er allerlei vrouwelijk schoon is in de wereld. De muziek van de dansorkesten op de platenspeler had nu een Zuid-Amerikaans tintje, een rumba of een samba, en mevrouw F. was gecharmeerd van het aanstekelijke ritme. Ze trok de sjaal van haar hals af en hield hem boven haar hoofd, terwijl ze op de muziek heen en weer wiegde. Misschien was ze een beetje aangeschoten. Ik meende drank te ruiken toen ze de kamer binnenkwam. Het deed er niet toe. Ik was een mot in haar vlam, aangetrokken door de aanblik van deze vrouw van middelbare leeftijd, de moeder van een jongen, die voor ons danste, en gebiologeerd door haar slanke achterste en de rode teennagels in haar sandalen toen ze ingewikkelde pasjes perfect op de maat van de muziek uitvoerde. Vanuit zijn rolstoel riep Gabriel: 'Olé.'

DIE VRIJDAGAVOND WANDELDE ik opnieuw door Park Lane, maar deze keer op weg naar The Dorchester om met Gabriel Fontaine te gaan eten. Het schemerde en de taxichauffeurs hadden hun lichten aangedaan. Mensen lieten hun hond uit of haastten zich naar een vroege maaltijd voor de theatervoorstelling. De gedachte dat ik met Gabriel zou eten ontroerde me. Wat had hij in al die jaren gedaan sinds we elkaar voor het laatst hadden gezien?

Ik voelde een lichte trilling van opwinding, maar ik werd ook geroerd door de avond zelf, de herfstlucht. Het weer in al zijn vormen heeft altijd invloed op me uitgeoefend. Mijn moeder had dat ook. Ze was vaak op de veranda voor ons huis in Crescent Road te vinden, omhoog turend naar de lucht tussen de takken van de bomen door, op haar hoede voor elke verandering van de wind. Als kind hoorde ik haar in de winter, terwijl er buiten een storm woedde, soms voor het krieken van de dag opstaan. Dan ging ik ongezien boven aan de trap zitten en keek hoe ze haar overschoenen en een jas aandeed en haar oude, bruine baret opzette. Wat had ik een hekel aan die baret! Ik vond dat ze er een beetje waanzinnig uitzag met dat ding op. Dan opende ze de voordeur voor al dat geloei en nadat ze die achter zich had dichtgedaan, had ik het gevoel alsof ze mijn leven uit was gelopen en nooit meer terug zou komen. Toch weet ik nu waarom ze die dingen deed. Ze wilde de razernij ervan ondergaan en misschien zag ze er ook schoonheid in. Op kille ochtenden in april ging ze op een bank aan het einde van de tuin, met haar winterjas dicht om zich heen getrokken, haar baret op haar hoofd, zitten wachten tot de vogels wakker werden en begonnen te fluiten. Vaak stond ik op en zag ik, op mijn knieën voor het raam, haar gestalte uit het donker tevoorschijn komen. Dus zelfs daar, in hartje Londen, voelde ik me nog omringd door de natuur, misschien vanwege het grote park aan de overkant van de straat, de platanen tegen de achtergrond van de donker wordende lucht. In elk geval viel het me op hoe gelukkig ik zou zijn geweest als ik geen dochter had gehad die stervende was, want natuurlijk dacht ik ook aan Susan.

Ik bedacht dat ze zo'n honderd kilometer naar het noordwesten in Oxfordshire door dezelfde avond zou wandelen. Ik zag voor me hoe ze de sportvelden overstak, de meisjes gadesloeg die op weg waren naar de bibliotheek of na het eten terugkeerden naar hun slaapzaal. Ik wist dat Susan ook geroerd zou zijn door de simpele schoonheid van de avond. Ze zou die in zich opnemen en nu halverwege haar zesenveertigste levensjaar zou de gedachte misschien bij haar opkomen of het soms te veel gevraagd was om haar de komende jaren nog meer avonden als deze te gunnen. Maar van sommige mensen wordt zo'n verzoek niet ingewilligd en nu hoorde ze bij die 'sommige mensen'. Wat je in dergelijke omstandigheden als eerste opvalt, is de verschrikkelijke onrechtvaardigheid ervan. Maar in welk opzicht onrechtvaardig? De notie van rechtvaardig en onrechtvaardig in het leven veronderstelt orde en zin, een onpartijdige hand die het menselijk lot bepaalt. Met andere woorden, het geloof in een god. Woolford Abbey was ogenschijnlijk een christelijke school, hoewel aan de leerlingen te zien minstens een derde moslim of hindoe of iets anders moest zijn. Maar dan nog was het, althans in naam, een gemeenschap van gelovigen. De kerkdienst was anglicaans en als directrice zou Susan op z'n minst een aantal geloofsartikelen moeten onderschrijven. Of niet? Zou een sollicitatiecommissie tegenwoordig nog zulke vragen stellen? Ik sta buiten die dingen en weet het antwoord op dergelijke vragen niet. Het was raar, maar het onderwerp was tijdens mijn verblijf bij haar geen enkele keer ter sprake gekomen. Dat zou op zichzelf veelzeggend genoeg kunnen zijn, hoewel ik op z'n minst vermoedde dat Susan agnostisch was. Niemand om je gebeden aan te richten dus, of je vuist tegen te schudden. En zelfs al was het mij gevraagd, dan had ik nog geen troost kunnen bieden.

Een voormalige vriendin, Catherine Parmeter, en ik spraken vroeger vaak over zulke zaken en ofschoon we beiden onze stellingen hadden betrokken, genoten we er nog steeds van om over religie te praten. Catherine is lid van een anglokatholieke gemeente in Toronto en zo nu en dan ging ik met haar mee naar de kerk. Ik luisterde graag naar de taal van het gebedenboek en de lofzangen van het koor. Het was allemaal aangenaam op een esthetische manier, maar meer dan dat was het niet voor mij. Het was net zoiets als naar een recital of een concert gaan. Ik miste Catherine. Ze zou de perfecte persoon zijn geweest om mee te praten na Susans telefoontje, maar ze zat in Nieuw-Zeeland voor haar sabbatsjaar en ongetwijfeld sliep ze met de man van wie ik wist dat hij haar uiteindelijk zou teleurstellen.

Catherine is dertien jaar jonger dan ik en ze speelt nog steeds een zeer actieve rol in de seksuele komedie. De man was het jaar daarvoor naar Toronto gekomen als gastprofessor. Zijn terrein was het katholieke denken en de katholieke literatuur van Newman tot Greene. Zoiets. Het is vreemd hoe het katholicisme hoogopgeleide, getalenteerde mensen tot vleselijkheid lijkt te inspireren. Ik geloof dat Greene een gretige echtbreker was en er aanhoudend mee op de proppen kwam in de biechtstoel. Al heel vroeg had ik het gevoel dat er iets tussen Catherine en die kerel speelde. Telkens wanneer ik voor haar had gekookt of wanneer we samen naar het theater gingen, viel zijn naam wel een keer. 'Een fascinerende man' noemde ze hem meer dan eens. Ik weet zeker dat ze hun affaire die herfst zijn begonnen. Ik heb hem maar eenmaal ontmoet, tijdens een diner met oud-collega's van het instituut Engels. Hij was de eregast, een blozend, potig type van in de vijftig. Best knap op een losbandige manier. Waarschijnlijk een zuiper. Ik kon hem tijdens een zware maaltijd in elkaar zien zakken. Of na de seks. Hoe dan ook, Catherine viel op het beest en tijdens een vakantie op Bermuda, tussen Kerst en Nieuwjaar (de dag nadat Susan naar Engeland was vertrokken), vertelde Catherine me dat haar sabbatsjaar goedgekeurd was en dat ze die zomer naar Auckland zou gaan. Waarop ik zoiets nuffigs onnozels zei als: 'Goed dan' of 'Als het per se moet.' Ik was jaloers en kwaad, hoewel Catherine me niets verplicht was, laat staan levenslange kameraadschap. Maar desondanks mis ik haar. Dus voelde ik me heel alleen toen ik door Park Lane liep die vrijdagavond. Alleen met de ontzettende conclusie: Susan kon heel goed eerder dan ik de wereld verlaten en dan zou ik haar nooit meer terugzien. Nooit meer met haar naar een film kijken of een boek bespreken. *Nooit, nooit, nooit, nooit, nooit.* De jammerklacht van de oude koning, maar een betere weet ik niet. Maar hoe snel worden onze gedachten en gevoelens, hoe somber ze ook zijn, tijdelijk op een zijspoor gezet door een verandering van omstandigheden of omgeving; ons brein moet onmiddellijk in de weer met de nieuwe ervaring.

In de hotelfoyer bevond ik me meteen tussen mensen die professioneel in de watten werden gelegd; met een vriendelijkheid die niets gekunstelds had werden er diensten verleend en mensen van gemakken voorzien. Er was geen sprake van de grimas van de koffiebar of de broodjeswinkel, die 'een fijne dag nog'-grijns. Niets ervan. In een hotel als The Dorchester word je een natuurlijker schikking van de gelaatstrekken geboden, een glimlach die de indruk wekt dat je onder dit dak goed verzorgd zult worden. Mijn twintig jaar oude regenjas, bijvoorbeeld, werd zonder een zweem van neerbuigendheid aangenomen door een aantrekkelijke jonge vrouw. Een andere leidde me langs de tafels met tafelzilver en gevouwen servetten. Het was nog niet druk in de eetzaal, een viertal Japanners, een ouder echtpaar aan een tafel in de hoek, een oudere man en een jonge vrouw die het glas hieven in een toost. Een romantische ontmoeting? Een saluut aan het vooruitzicht van erotische nieuwigheid? Ik moest aan Catherine en haar Kiwi hebben gedacht.

Gabriel zat alleen aan tafel, met zijn rolstoel tegen de muur, zodat ik slechts een kleine, bleke gedaante achter de bloemen kon zien. Hij droeg een donker pak met een wit overhemd en een mooie, roodbruine stropdas. Toen ik dichterbij kwam, dacht ik aan al dat gedoe met aankleden, de vele jaren van hemdsmouwen en broekspijpen ontwarren, de hulp met het ondergoed, je geslachtsdelen te kijk voor degene die je toevallig assisteerde. Vreemd genoeg wist ik nog dat ik ongeveer hetzelfde dacht toen ik zestig jaar geleden voor het eerst achter zijn rolstoel stond. Toch zag Gabriel er, ondanks de verschrompeling en duidelijke broosheid, op een droefgeestige manier gedistingeerd uit. Volgens mij kwam het door het haar, nu lang en zilvergrijs en zorgvuldig geborsteld. Ik stelde me Adam voor die naast Gabriel stond en al dat haar borstelde, terwijl de oude man zijn ogen genietend sloot. Het was een behoorlijk indrukwekkende bos en opgeteld bij de fronsende blik gaf hem dat het uiterlijk van een oude, chagrijnige, orkestrale figuur, type Herbert von Karajan. Zoals altijd voelde ik me hopeloos alledaags in zijn gezelschap.

'James,' zei hij naar me opkijkend, 'fijn dat je op zulke korte termijn kon komen. Wat een genot is dit voor mij. Om je na al die jaren terug te zien. Ik heb de hele middag aan je gedacht.'

Hij had zich geschoren, of waarschijnlijk was hij geschoren, want ik zag nu dat zijn handen beefden. Een lichte vorm van parkinson? Ik rook ook lotion. Een veel voorkomende gewoonte van oudere mensen om zich van geurtjes te doordrenken in de hoop de lucht van ouderdom en ziekte te maskeren.

Een kelner kwam vragen wat we wilden drinken. Gabriel drong aan dat ik iets moest bestellen. 'Het zal me goed doen om naar je te kijken', zei hij. 'Ik kan zelf niet meer drinken.'

Dus trakteerde ik mezelf op een twaalf jaar oude single malt, waarvan ik het genoegen al in tijden niet meer had gesmaakt. Gabriel zei dat ik ook moest nadenken over wijn bij het eten.

'Ze hebben hier een uitstekende kelder, James. Als je van goede wijn houdt, had je niet naar een betere gelegenheid kunnen komen.' Hij vertelde dat zijn lichaam alcohol niet meer kon afbreken. Het liet hem in de steek, zei hij. 'Het hele verdomde geval houdt er gewoon mee op en maar goed ook. Het is tijd. Naar de duivel ermee.'

Hij klonk bijna opgewekt toen hij dit zei en vervolgens zwegen we allebei. We leken plotseling opgelaten in elkaars gezelschap. Ik dacht terug aan de knappe jongen in Percé, Quebec, in 1944, en keek naar de lange, witte hand die naar het glas met water reikte en dat trillend naar zijn mond bracht. Op zulke momenten zijn we vaak gedwongen om eenvoudige handelingen gade te slaan en te hopen dat ze verricht kunnen worden zonder de gêne van een overhemd vol vlekken. Toen hij eindelijk een slok had genomen en erin geslaagd was het glas terug op tafel te zetten, vroeg ik wat hem naar Engeland had gevoerd. Hij lachte onaangenaam, alsof ik een domme vraag had gesteld.

'Ik ben alleen op doorreis', zei hij. 'Ik ben op weg naar Zürich, Zwitserland. Ik vertrek zondagmorgen.'

Wat kon ik me de klank van dat smalende lachje nog goed herinneren en ik voelde bijna meteen de oude woede weer opkomen. Ik kon het niet helpen. Ik was er nog geen vijf minuten en ik werd al boos op hem. De arme stumper.

Hij viel nu aan op een hard broodje, zijn vingers groeven zich in en scheurden aan de korst, en hij ging er zo in op als alleen oude mensen dat kunnen wanneer ze worstelen met iets wat vroeger kinderspel was. We waren allebei stil terwijl hij hiermee bezig was. Ik bedacht dat hij heel rijk moest zijn. De snit van zijn kleren. Een verblijf in The Dorchester. Een man die voor hem zorgde. Er was veel geld voor nodig om op zo'n manier te reizen. Maar toen ik erover nadacht, was Zürich niet een van de Europese centra voor bank- en geldzaken? Ging Gabriel daarheen om zijn rekeningen op nummer te checken, zijn goudvoorraad aangelegd voor het geval de markt instortte?

De kelner bracht mijn drankje, net toen Gabriel zijn gevecht met het broodje had gewonnen en een stukje begon te beboteren. 'Je zou de biefstuk moeten proberen, James. Volgens Adam is die de beste die hij ooit heeft geproefd.'

Maar door de jaren heen ben ik geleidelijk mijn voorkeur voor rood vlees kwijtgeraakt. Ik eet nog steeds de roastbeef van mijn schoondochter, wat in wezen dezelfde maaltijd is als die ik als kind in Crescent Road elke zondag kreeg voorgezet. Ik eet het omdat het een uitgebreide verklaring zou vereisen om het niet te doen en ik nooit zin heb om daar met Brenda op in te gaan. Ze is van het ouderwetse slag dat zich onbehaaglijk voelt bij verandering. Van tijd tot tijd heb ik me afgevraagd of mijn zoon, David, bij haar is weggegaan omdat hij het gewoon beu werd om op zondag steevast roastbeef te moeten eten. Dus koos ik de zalm met een glas chablis, terwijl Gabriel 'Hetzelfde als anders' tegen de kelner mompelde.

'Ik heb de hele middag aan je gedacht, James', zei hij. 'Ik heb teruggedacht aan die zomer in Quebec. Je was toen een goeie vriend voor me. Je hebt me dat hele stadje rond geduwd.'

Wat kuisen wij oude overlevenden onze herinneringen toch! Was hij vergeten hoe kwaad ik die laatste dag op hem was?

'Herinner je je dat Franse meisje, Yvette, nog?' vroeg hij. 'Dat was een knap ding. We hebben samen veel lol gehad.'

'Ze heette Odette, Gabriel.'

Hij fronste zijn wenkbrauwen. 'Odette? Dat is gek. Ik herinner me haar als Yvette.'

'Nee, nee', zei ik. 'Ze heette Odette. Odette Huard. Ze woonde naast het huis waarin ik met mijn oom logeerde. Odette Huard. Dat was haar naam en misschien nu nog wel, wie weet. Ze zou nog in leven kunnen zijn. Ze was ongeveer even oud als jij. Een jaar jonger, als ik me goed herinner. Die zomer was ze vijftien. Jij dacht dat ze zestien was, maar dat was ze niet. Ze was pas vijftien.'

We waren allebei verbaasd over mijn uitbarsting en hij keek me aan met de houding van iemand die geen tegenspraak gewend is en zich nu afvraagt hoe hij verder zal gaan. Maar toen zag hij er plotseling ook intens vermoeid uit. Hij leek slap in de rolstoel te hangen en met een schouderophalen glimlachte hij enkel zwakjes. Ik hoorde een flauwe intonatie van de oude Humphrey Bogart toen hij zei: 'Nou, als jij het zegt, maat, maar ik herinner me haar als Yvette.'

De whisky had me moed gegeven en ik zei tegen mezelf dat

het niet zo zou worden als vroeger. Ziek en zwak als hij was, ik zou me door Gabriel Fontaine niet laten ringeloren. Na een ogenblik leunde hij naar voren.

'Ben je hier voor zaken, James, of op vakantie?'

'Ik ben hier om mijn dochter te zien', zei ik. 'Het gaat niet goed met haar. Helemaal niet goed.'

Gabriel knikte, maar typisch voor hem vroeg hij niet om bijzonderheden en ook dat was irritant. Zelfs geen simpele vraag of uiting van medeleven. Wat is het probleem? Wat is er met haar? Dat is erg. Het spijt me dat te horen. Tegenover me zat dezelfde oude Gabriel, egocentrisch en fundamenteel onverschillig voor het leven van iemand anders.

'Hoelang blijf je in Engeland?' vroeg hij.

'Ik ga zondag terug naar Canada', zei ik. 'Waarom vraag je dat?'

'Ik neem aan dat je gepensioneerd bent van wat het ook is wat je deed.'

'Hoogleraar victoriaanse literatuur, ja.' De toon van mijn stem, de korte antwoorden op zijn vragen, niets ervan wekte zijn nieuwsgierigheid of ontsteltenis.

'Dus je hebt geen definitieve plannen? Je hoeft niet per se terug naar Canada op zondag?'

'Nee, niet per se, hoewel er natuurlijk mensen zijn die me verwachten.'

'Dat is enkel een kwestie van contact opnemen', zei hij. 'Een telefoontje of een mailtje, als je dat liever doet. Een simpele wijziging van je plannen.' Dit zei hij met een vage glimlach.

'Dat zal wel, ja,' zei ik, 'maar wat bedoel je daarmee?'

'Zou je me een groot plezier willen doen, James?'

'Dat hangt ervan af wat het is', zei ik. 'Luister, Gabriel, we hebben elkaar in zestig jaar niet gezien en om eerlijk te zijn, toen ik je eerder vanmiddag zag, of beter gezegd, hoorde, was ik bijna voorbijgelopen omdat ik dacht: hij zal niet meer weten wie ik ben, dus waarom de moeite nemen? Dus is de band tussen ons, dat moet je toegeven, op z'n best gezegd tamelijk zwak. En ik heb een paar zware dagen achter de rug met mijn dochter, die ernstig ziek is. Dus wanneer je me vraagt om een gunst, moet ik echt weten wat je van me wilt, voordat ik ja of nee zeg.' Na die korte recapitulatie leegde ik mijn glas.

'Het spijt me, James', zei hij. 'Ik had naar je dochter moeten informeren.'

Ik wachtte even en vroeg toen: 'Heb jij kinderen, Gabriel?'

'Nee', zei hij en hij pakte zijn glas water weer op. 'Geen kinderen. Drie echtgenotes in mijn hele leven, maar geen kinderen. Ik heb ze nooit echt gewild.'

Ik had naar je dochter moeten informeren. Maar dat had hij niet gedaan, wel dan? En terwijl ik de bibberige gang van het glas naar zijn mond gadesloeg, hoopte ik dat hij het meeste zou morsen op zijn stropdas van honderd dollar. Toen vroeg hij of ik met hem mee naar Zürich ging.

'Alle onkosten zullen vergoed worden. Eerste klas. Een paar dagen daar en dan vliegen we je terug naar Canada. Opnieuw eerste klas. Dinsdag of woensdag ben je weer thuis. Of je kunt zo lang blijven als je wilt. Voor een korte vakantie misschien.'

Ik wilde dat er nog wat whisky in mijn glas zat. 'Waarom wil je dat ik met je mee naar Zwitserland ga, Gabriel?'

'Ik wil een vriend mee hebben', zei hij. 'Ook al is het een vriend van meer dan een halve eeuw geleden. Toen we vanmiddag voor het hotel stonden te praten kwam het bij me op dat jij weleens de beste vriend zou kunnen zijn om mee te hebben. We zouden kunnen praten over die zomer samen. Het komt allemaal weer bij me boven sinds ik je vanmiddag zag, James.'

Hij kauwde op een stukje van zijn broodje en de ironie ervan ontging me niet; zo vermogend als hij leek te zijn, bleef hem nu kennelijk toch niets anders over dan een dieet van water en brood.

'Adam is op zijn manier een goeie vent', zei hij. 'Hij zorgt voor me. Voert me 's morgens mijn cornflakes als ik me te zwak voel. Zet mijn dagelijkse dosis pillen klaar. Veegt mijn achterste af na de ochtendpoeperij. Als en wanneer ik kan poepen.

's Avonds stopt hij me onder. Maar hij wordt daarvoor betaald. De man is opgeleid als verpleger. Dat is wat hij doet voor de kost. Ik zou graag een vriend mee hebben – en toen jij vanmiddag ineens opdook, leek dat … ik kan verdomme niet op het woord komen.'

'Een gelukkig toeval?' opperde ik.

'Een gelukkig toeval. Precies. Dat is het.'

'Waarom ga je naar Zürich?' vroeg ik.

'Ik ga ernaartoe om te sterven, James', zei hij. 'Maak je geen zorgen, het is allemaal legaal. In dat soort zaken zijn ze heel verlicht, de Europeanen. Ze verlossen je snel en pijnloos uit je lijden. Ik heb contact opgenomen met een organisatie daar en Adam en ik zijn een paar weken geleden naar Zürich gevlogen. Het weekend van Labour Day. Je moet een gesprek met hen hebben, zodat ze je zaak kunnen controleren, je medische geschiedenis enzovoort. Het einde moet nabij zijn voordat ze met je in zee gaan. Aardige lui. Zeer professioneel. Het is allemaal geregeld voor maandagmorgen tien uur.'

'Je gaat dus zelfmoord plegen?'

Gabriel leunde achterover in zijn stoel, hij zag er moe uit, maar wel ingenomen met zichzelf.

'Bij wijze van spreken, ja. Maar het gebeurt allemaal professioneel in aanwezigheid van een arts. Ik ga die stomme stoel niet van een berg afrollen, of een kogel door mijn kop jagen. Het zal op een goeie manier gebeuren. Goeie god, man, als je naar me kijkt, kun je toch zeker wel zien dat ik nog maar een paar maanden heb en elke dag is een kwelling. Ik heb alvleesklierkanker. Ik kan nauwelijks wachten tot het voorbij is.'

Nog meer kanker dus. Maar waarom zou me dat verbazen? dacht ik. Het was de plaag van een vergrijzende maatschappij. Leef langer lijd meer. En Gabriel was al een dagje ouder. En ik ook, als het erop aankwam. Vroeg of laat zul je ergens aan moeten overlijden. Maar Susan daarentegen … Maar op dat moment kon ik daar niet verder op doordenken.

De kelner bracht ons eten, mijn bord met zalm en groenten

en Gabriels gerecht dat eruitzag als rijstebrij, maar dat risotto was. Ik dacht na over zijn voorstel. Om hem naar Zwitserland te vergezellen, waar hij zich wilde laten afmaken. Ik kon me een krantenartikel herinneren over euthanasie in Zwitserland. Blijkbaar hadden een paar leden van hun parlement stampei gemaakt over het toelaten van buitenlanders die het land alleen wilden bezoeken om hun eigen overlijden te regelen. Volgens deze politici projecteerde Zwitserland het verkeerde beeld naar buiten toe, met die zogenaamde toeristen des doods. Toentertijd had ik me afgevraagd of die verontwaardigde parlementariërs gelukkiger waren met het beeld van het land als plek waar Amerikaanse gangsters en Afrikaanse dictators hun miljoenen konden wegbergen. Overal heerste morele verwarring. Wat zou Alfred T. ervan gevonden hebben?

Ik zei tegen Gabriel dat het me speet om te horen dat zijn gezondheid zo slecht was, maar hij wuifde het enkel met een lome hand weg.

'Dat hoeft niet. Ik ben er klaar voor. Ik kijk ernaar uit.' Hij boog zich over zijn kom rijst en ik zag dat de beweging hem pijn bezorgde.

'Ik ben in maanden niet zo gelukkig geweest', zei hij, ineenkrimpend toen hij achterover ging zitten. 'Maar het zou fijn zijn', zei hij, 'om iemand als jij mee te hebben. Iemand die me kent. Of in elk geval een beetje kent. Iemand die niet alleen betaald wordt om er te zijn.'

Dit zei hij met zijn oude jongensachtige glimlach. Het was alsof hij vroeg of ik hem naar de kade wilde rijden. Hem voor een 'ritje' mee wilde nemen, zodat we konden kijken of er nog leuke meisjes gearriveerd waren.

'Wat vinden je artsen van je beslissing?' vroeg ik.

Gabriel haalde zijn schouders op. 'Wat kan mij het schelen wat die vinden. Die rotzakken moeten je in leven houden, maakt niet uit hoe verkloot je bent. Dat is hun werk. Dit gaat om mij, niet om hen.'

De mensen aan het tafeltje naast ons hadden hem kennelijk

gehoord en wierpen blikken onze kant op. Ik weet niet waarom, maar ik vond het vermakelijk – Gabriels lef ten opzichte van de medische stand, die zo vaak klakkeloos gerespecteerd wordt. Het werd drukker in de eetzaal.

'Gabriel,' zei ik, 'ik zou geen bezwaar hebben tegen nog een glas van deze werkelijk voortreffelijke wijn.'

Dit verrukte hem. 'En dan zul je het krijgen, onmiddellijk.' Hij wenkte de kelner al.

'Hoe gaat het in zijn werk?' vroeg ik.

'In Zürich, bedoel je?'

'Ja.'

'Ze hebben het allemaal duidelijk uitgelegd toen we daar verleden maand waren. We gaan maandagmorgen naar een huis ergens in de stad en daar zijn dan een arts en een verpleegster. Die geven me een slaapmiddel en na een paar minuten krijg ik mijn glas dollekervel. Ik moet het zelf opdrinken. Ik zal algauw in slaap vallen en vervolgens de geest geven. Dan zorgen zij ervoor dat ik gecremeerd word en dat mijn as naar Amerika wordt gestuurd om bijgezet te worden in het familiegraf.'

Het klonk allemaal zo rationeel. Zo verstandig. Want hoe sterven de meesten van ons wanneer je erover nadenkt? Vaak snakkend naar adem, terwijl we ons met zweterige doodsangst vastklampen aan de dekens. Of we wachten krimpend van pijn op de verpleegster met de volgende pijnstillende injectie, zoals ik vermoedde dat Gabriel op dit moment deed. Hoevelen van ons hadden het geluk om in onze slaap te sterven en onbewust de vergetelheid in gedragen te worden?

'Ik nader mijn einde', zei hij. 'Wat mij betreft is naar Zürich gaan een stuk beter dan de komende drie maanden in bed liggen en verzorgd worden door vreemden. Wegterend. Dat is wat er gebeurt, weet je. Je teert weg. Kanker vreet je letterlijk van binnenuit op. Denk daar maar eens over na, James.'

Dat deed ik. Ik dacht er al de hele week over na, zoals hij geweten zou hebben als hij de moeite had genomen naar mijn dochter te vragen. Toch had ik, ondanks de oude, weer gewekte irritatie, medelijden met hem. Hij was ook een lijdende sterveling. We zaten allemaal in hetzelfde schuitje. Hij wilde het hebben over de volgende dag – zijn laatste in Londen – wanneer Adam en hij per huurauto de oude stad voor de laatste keer zouden bekijken. Het was zijn bedoeling om, voorzover zijn geheugen het toestond, zijn eerste bezoek te herhalen. Een zondagmiddag in de zomer van 1938. Hij was tien jaar. Die dag zaten hij en zijn ouders in een enorme, zwarte auto met een chauffeur achter het stuur. Ze stuitten op een betoging. Vlak bij St. Paul's Cathedral. Mannen in een zwart overhemd marcheerden met spandoeken en werden uitgedaagd door mensen aan weerskanten van de straat. Anderen betuigden luidkeels hun steun. Er ontstonden vuistgevechten en er waren een hele hoop agenten op de been. 'Bobby's' werden ze toen genoemd en ze hadden van die hoge helmen op en een van hen wuifde de grote auto een zijstraat in, weg van het tumult. Gabriels vader stond achter de betogers. Die waren tegen de communisten en verdienden daarom een applausje. Zijn moeder was het ermee eens. Het was een dag, zei Gabriel, die hij nooit zou vergeten. Maar het ophalen van herinneringen leek hem te vermoeien en hij zag er niet goed uit. Toen de kelner nog een glas wijn bracht voor mij, zei Gabriel dat hij wilde dat iemand naar zijn kamer belde. Zijn risotto had hij amper aangeraakt.

Rondom ons werd gelachen en klonken de gesprekken van mensen die genoten van hun vrijdagavondmaal zonder enige gedachte, daar ben ik zeker van, aan hun eigen vergankelijkheid. En waarom zouden ze die moeten hebben? Maar ik dacht aan Susan en ons maal een paar avonden daarvoor in het kleine restaurant in Woolford. Keek Gabriel ook naar andere mensen met de afgunst van de verdoemde? Maar eigenlijk leek hij te ziek om zich daar nog druk om te maken.

Ik weet niet of ik het allemaal goed doordacht had. Ik geloof van niet, maar desondanks zei ik dat ik met hem naar Zürich zou gaan. Meteen greep hij over de tafel heen met beide handen de mijne.

'Bedankt daarvoor, James', zei hij en toen zwegen we allebei, opgelaten door de emotie tussen ons.

Ik dronk van mijn wijn en Gabriel keek boos het restaurant rond, terwijl we wachtten op Adam, die een paar minuten later met een bezorgd gezicht kwam aanlopen, onberispelijk gekleed in een chic grijs pak. Ik stelde me voor dat hij de hele avond in dat pak op zijn hotelkamer had gezeten, zonder dat hij ergens anders heen kon dan naar de eetzaal om zijn heer en meester op te halen.

'Haal me hier weg', zei Gabriel.

'Natuurlijk, meneer.'

Gabriel wees met zijn vinger naar mij. 'Meneer Hillyer gaat zondag met ons mee, Adam. Ik wil dat je de nodige regelingen treft.'

'Jawel, meneer', zei Adam, die zich al achter de oude man had geposteerd om hem de zaal uit de duwen. Maar toen stak Gabriel zijn hand op in het oude 'wacht even'-gebaar, dat ik zo goed van hem kende.

'James,' zei hij, 'waarom ga je na het eten niet naar de bar voor een glas cognac? Neem een lekker slaapmutsje, terwijl Adam me instopt. Dan komt hij daarna even bij je zitten. Hij zal je vlucht-informatie moeten weten, zodat hij je vlucht kan omzetten. En dan kunnen jullie elkaar leren kennen. Per slot van rekening worden we reisgenoten. Wat vind je daarvan?'

'Prima, Gabriel', zei ik. 'Ik heb geen haast.'

'Mooi. En neem een taxi terug naar je hotel. Je weet maar nooit wie hier tegenwoordig op straat rondzwerft. We willen niet dat je wat overkomt, hè, Adam?'

'Zeker niet, meneer.'

'Dan zie ik je zondagmorgen, James', zei hij en hij wees met een lange, benige vinger voor zich uit. 'Kom, we gaan.'

In de bar bestelde ik een calvados, een drankje dat Catherine Parmeter en ik soms samen dronken na het eten. Ik had in jaren niet op een barkruk gezeten en terwijl ik daar zat, had ik het gevoel dat ik aan een avontuur begon met maar een vaag idee van de afloop. Zulke momenten kunnen natuurlijk stimulerend zijn en naarmate we ouder worden, zijn ze maar al te zeldzaam. Ik had er ongeveer twintig minuten met mijn calvados gezeten toen Adam Trench eindelijk arriveerde. Tijdens ons gesprek vertelde hij me zijn achternaam. Adam dronk geen alcohol en bestelde sodawater. We zaten naast elkaar en zagen er misschien wel uit als een oude man en zijn jonge minnaar. Ik vroeg hoe hij aan zijn baan was gekomen en hij vertelde dat hij als verpleger in een ziekenhuis in Boston werkte toen hij een jaar geleden een advertentie las waarin om een persoonlijk assistent met een medische achtergrond werd gevraagd. De vergoeding was aantrekkelijk en er waren veel sollicitanten, maar, zo vertelde Adam, succes in deze branche hing in grote mate af van de chemie tussen de patiënt en de persoon die hem bijstond. En tussen meneer Fontaine en hem bleek het meteen te klikken.

Ik bracht naar voren dat het zwaar moest zijn om voor iemand als Gabriel, die zo veeleisend was, te werken. 'Je moet een heilige zijn', zei ik.

'Zeker niet, doctor Hillyer', zei hij. 'Ik ben echt geen heilige.'

'Nou, voor mij kom je in de buurt', zei ik. 'En alsjeblieft, als je het moeilijk vindt om een oude vent als ik bij zijn voornaam te noemen, dan volstaat meneer Hillyer. Geen doctor Hillyer, alsjeblieft. Die benamingen worden alleen serieus genomen binnen de academische wereld en zelfs daar alleen door degenen die kleingeestig of misleid zijn.'

Adam was het met me eens dat meneer Fontaine lastig kon zijn, maar je moest niet vergeten dat hij ernstig ziek was en de helft van wat hij zei niet meende. 'Het is mijn taak om het hem comfortabel te maken en niet om over zijn manieren te klagen.'

Wat een fatsoenlijke kerel was hij, deze jonge man uit Indianapolis met zijn knappe, blonde uiterlijk en kalme gereserveerdheid! Ik slaagde erin hem aan de praat te krijgen over zichzelf, hoewel hij behoedzaam en selectief was wat de details betrof.

Zijn vader was arts bij de luchtmacht geweest en toen hij klein was, was het gezin van de ene basis naar de andere verhuisd, zowel in Amerika als in Europa. Toen hij de tienerleeftijd bereikte, had hij zich ingeschreven op een militaire academie, waar hij de volgende paar jaar doorbracht. Het was een ongelukkige tijd, want hij was van nature ongeschikt voor de rigoureuze machosfeer van dergelijke oorden. Hij wilde arts worden net als zijn vader, maar zijn cijfers waren niet goed genoeg en hij moest genoegen nemen met verpleegkunde, wat dokter Trench kennelijk niet bepaald aanstond. Adam ging weg uit het Midwesten en verhuisde naar Boston en een paar jaar later viel hem het geluk ten deel om 'de liefde van zijn leven' te leren kennen, die tien jaar ouder en kunsthandelaar was met zijn eigen galerie. Adam leek trots op hem. Dit had hem allemaal nog meer van zijn familie vervreemd, maar hij was gelukkig nu, hij woonde in een stad waar hij aan gehecht was geraakt, en met iemand die van hem hield en hem begreep. Donald en hij waren bahai. Ik had nooit eerder iemand ontmoet van de bahaigemeente en ik was nieuwsgierig. Maar Adam was niet bepaald toeschietelijk; hij zei alleen dat ze niet aan evangelisatie deden, maar geloofden in tolerantie en respect voor het geloof van anderen. Ik vroeg wat hij vond van Gabriels beslissing om in Zürich een einde aan zijn leven te maken.

'Dat is zijn keuze, meneer Hillyer. Het is niet aan ons om te oordelen. We moeten iemands beslissingen respecteren.' Hij keek recht voor zich uit en voelde zich er blijkbaar ongemakkelijk bij om zulke zaken te bespreken.

Ik zei: 'Nou, Gabriel boft dat hij jou heeft om voor hem te zorgen nu hij het einde van zijn leven nadert.'

Maar Adam was niet geïnteresseerd in complimenten en met een glimlach zei hij: 'Meneer Fontaine heeft me verteld over uw zomer samen in Quebec jaren geleden. Hij zei dat u een goede vriend voor hem was en dat u een geweldige tijd samen hebt gehad.'

'Gedeeltelijk waar', zei ik.

'Het is heel vriendelijk van u om met ons mee te komen, meneer. Het betekent heel veel voor meneer Fontaine.'

Ik wilde iets weten over Gabriels evidente rijkdom. Wat voor werk had hij zijn hele leven gedaan? Had hij eigenlijk wel gewerkt? Adam vertelde dat hij Gabriel natuurlijk pas een jaar kende, maar hij had begrepen dat meneer Fontaine vennoot was geweest van een groot makelaarskantoor. En de familie had ook geld gehad. Maar ik zag dat Adam zich zorgen begon te maken omdat hij zo lang bij zijn patiënt weg was. Hij wilde spijkers met koppen slaan en vroeg waar ik verbleef, zodat hij kon bellen over de bijzonderheden voor zondagmorgen. Met welke vliegtuigmaatschappij vloog ik nu en wanneer wilde ik naar Canada terugkeren?

'Ik denk dat het net zo goed op dinsdag kan zijn, Adam', zei ik.

'Ik zal ervoor zorgen.'

Hij schreef het allemaal op in een klein notitieboekje en terwijl ik naar hem keek, voelde ik de lichte onrust die we soms ervaren wanneer we iemand dat zien doen – dingen opschrijven die ons leven net even anders zullen inrichten. Maar het was te laat om nog van gedachten te veranderen.

Terwijl hij schreef, zei Adam: 'Morgen gaat meneer Fontaine voor het laatst Londen bekijken. Hij vertelde me dat zijn vader en moeder hem toen hij tien jaar was meegenomen hebben voor een rondrit door de stad. Ze waren op vakantie, alleen zij drieën in een grote zwarte auto met chauffeur. Het was de zomer van 1938. Hij vertelde dat hij zich alles van die zondag kan herinneren. Er waren politieke demonstraties op straat. Betogende mannen in zwart overhemd. Ik vond het boeiend om naar te luisteren. Het was de zomer voordat hij polio kreeg. De laatste zomer dat hij zou lopen en rennen. Hij wil de rondrit morgen weer maken. Door de Strand en langs St. Paul's Cathedral.'

Terwijl ik luisterde naar wat ik al wist, verbaasde ik me over Adam, want die leek zich er oprecht op te verheugen om op een zaterdagmiddag aan de nostalgische verlangens van een oude man tegemoet te komen, iets wat de meeste mensen toch dodelijk vervelend zouden vinden. Of speelde hij enkel de rol van de trouwe, bereidwillige knecht? Het was moeilijk te zeggen. Hij zei toen dat hij echt terug moest naar de suite en dat we nog contact zouden hebben. Hij zei ook dat ik een taxi moest nemen naar mijn hotel. Meneer Fontaine stond erop en alles was geregeld met de portier. Ik hoefde het alleen maar te vragen.

ELKE DAG SLOEG ik Odette Huard gade vanuit mijn raampje met hor op de zolder van mevrouw Moore. Ik sloeg haar gade als ze 's ochtends vertrok en als ze laat in de middag uit Percé terugkeerde. Ik sloeg haar gade wanneer ze een oogje hield op de capriolen van haar broertjes en zusjes tijdens de lange avonden vroeg in de zomer. De Huards waren erg op zichzelf en hadden blijkbaar geen andere speelkameraadjes dan elkaar, dus werd er nogal eens gekibbeld en geruzied en ik zat op mijn knieën te luisteren naar het gelach en gehuil van de wisselende stemmingen, terwijl ze in het Frans naar elkaar riepen. Soms deed Odette mee met hun spelletjes en gooide ze een bal of rende om het huis achter een broertje of zusje aan. Maar meestal zat ze hen op de treden van de veranda in de gaten te houden. Zo nu en dan kwam de moeder, een bleke, magere vrouw, naar buiten en ging naast haar oudste kind zitten. Waar, zo vroeg ik me af, was meneer Huard? Waar leefden ze van? Ze waren arm. Dat was zo te zien, maar dan nog moesten ze eten en kleren kopen en hout voor de kachel. Achter mijn raam keek ik hoe Odette haar blote voeten onderzocht of aan haar achterste krabde. Ik had evenveel aandacht voor dit slanke, donkerharige meisje aan de andere kant van het weiland als de eerste de beste verdwaasde voyeur. Ze was het voorwerp van de vrijwel ontoombare wellust die zich in elke jongen aan het begin van zijn seksuele leven ontwikkelt, als hij het gemak ontdekt waarmee hij een staat van gelukzaligheid kan bereiken. Wanneer mijn knieën moe werden, trok ik mijn stoel naar het raam, maar dan moest ik me bukken en algauw zat ik weer met een zere nek op mijn knieën.

's Maandags had Odette vrij en om even te ontsnappen aan de drukte op het erf, ging ze 's ochtends een paar uur in haar eentje op pad. Er was een week verstreken sinds mijn zaterdagmiddag met Gabriel en ik was niet meer in het St. Lawrencehotel teruggeweest. Mijn oom was boos op me. Door de gastvrijheid van de Fontaines af te wijzen, zei hij, was ik onbeleefd en obstinaat en bracht ik hem persoonlijk in verlegenheid. Het was waar en het deed me deugd om hem van streek te zien, maar ik was niet van plan om van gedachten te veranderen. Wat mij betrof, mocht dat rijke, Amerikaanse joch iemand anders zoeken om zijn rolstoel rond te duwen. Ik zei tegen oom Chester dat ik de rest van de zomer aan de studie van trigonometrie zou wijden, waarop hij alleen maar meesmuilde. In werkelijkheid las ik *Great Expectations* en leerde ik een paar van Tennysons gedichten van buiten. *The splendour falls on castle walls/And snowy summits old in story.* Ik besloot dat dit samen met het beloeren van Odette Huard mijn tijdverdrijf voor die zomer zou zijn.

Die maandagochtend zag ik Odette het pad af lopen in een mouwschort en vest, met aan haar voeten de vreselijke schoenen met bandjes en enkelsokjes die meisjes toen droegen. Bij het hek bleef ze staan om te mopperen op een jonger kind dat haar achternagelopen was en ze wees naar het huis tot het kind gehoorzaamde. Ook dat vond ik verleidelijk, dat mengsel van moederlijke bezorgdheid en seksualiteit. Ze leek jaren ouder dan ze eruitzag, maar ik vermoedde dat ze hoogstens zestien was. De aanblik van haar op die zomermorgen maakte me woest van begeerte. Ik volgde haar en zag haar met teleurstelling de kruidenier binnengaan. Ze moest dus een boodschap voor haar moeder doen. Ik had gehoopt dat ik haar voorbij het dorp kon volgen naar een pad langs het klif, waar ik me voorstelde dat ze zou blijven staan om over zee uit te kijken, als een meisje op de kaft van een romannetje, een meisje dat benieuwd was naar wat er voor haar lag en waar de jongen bleef die haar zou redden van een leven als kamermeisje en plaatsvervangende moeder, een jongen wiens hart ook vol van verlangen en poëzie was.

In plaats daarvan nam ik in mijn eentje het pad langs het klif en volgde toen een ander omlaag naar een inham, waar ik graag op de rotsen zat. De dag na mijn aankomst in het dorp had ik de inham ontdekt – een afgezonderd plekje waar ik veilig dacht te zijn voor nieuwsgierige ogen. Daar, onder aan het klif, was ik vrij om me uit te leven in de droom dat ik Odette Huard uitkleedde. En dat deed ik, en in een paar heftige minuten verspilde ik weer eens het zaad van Onan op de grond. Maar toen ik hijgend tegen de rotswand leunde, hoorde ik iets boven me, geritsel van het onkruid en de wilde bloemen. Losse steentjes vielen tussen het gras door. Haastig knoopte ik mijn broek dicht, maar ik bestierf het toen ik omhoogkeek en Odette Huard over het pad omlaag zag komen.

Had ze me gezien? Zou ze lachen bij de gedachte dat ze het aan het andere kamermeisje in het St. Lawrence kon vertellen en misschien zelfs aan Gabriel Fontaine? Ik had zin om er langs de kust vandoor te gaan, zo snel als mijn benen me konden dragen. Terug naar mijn zolderkamer, waaruit ik tot het einde van de zomer niet meer tevoorschijn zou komen. Mevrouw Moore kon mijn eten voor de deur achterlaten. Maar ik bleef alleen maar staan kijken hoe Odette over het pad omlaag kwam. Ze lachte niet, ze fronste geconcentreerd haar wenkbrauwen, want het pad was steil en gevaarlijk. Toen ze dichterbij kwam, kon ik zien dat ze licht loenste, een oog was enigszins naar rechts gedraaid. Daar moest Gabriel aan hebben gedacht toen hij haar zijn lepe kamermeisje noemde.

Ze scheen niet verrast om me daar te zien. 'Jij logeert bij Moore, hè?' zei ze.

'Ja.'

'Ik heb je verleden week in het hotel gezien. Je was bij die invalide Amerikaanse jongen.'

'Ja, dat klopt.'

Ze had haar vest uitgedaan en zette een hand tegen de rotswand. 'Het wordt vandaag warm', zei ze en ze deed ook haar schoenen en sokken uit.

Ik zag de zwelling van haar borsten en het haar in haar oksel toen ze eerst op het ene been en vervolgens op het andere ging staan. Met haar schoenen en sokken in haar hand sprong ze licht tussen de rotsen door naar het zandstrandje, waar ze even in het water ging staan. Toen kwam ze terug en ging op het zand zitten.

Ze keek om naar mij en riep: 'Die vriend van jou is heel grappig.'

'Het is mijn vriend niet', zei ik en ik liep naar haar toe.

Ze moet iets gehoord hebben in mijn stem, want ze glimlachte. 'Waarom kom je niet zitten en even met me kletsen? We zijn toch buren, niet?'

'Ik neem aan van wel, ja.'

Het is niet gemakkelijk voor een meisje om in een jurk op het zand te zitten met een jongen naast zich. Ofwel ze trekt haar knieën op en slaat beide armen er zedig om heen of ze strekt haar benen. Odette strekte haar benen, leunde achterover op haar ellebogen en keek naar het water. Ik kon mijn ogen niet van het zand afhouden dat aan haar voeten plakte. Ze keek me aan.

'Vind je het leuk hier in het dorp? Zo veel is er niet te beleven. Je spreekt geen Frans, hè?'

'Nee', zei ik.

Ze haalde haar schouders op. 'Het maakt niet uit. Het is meest Engels hier. Ik kom uit Montreal. Mijn vader is geld aan het verdienen voor ons en daarom wonen wij hier zolang.' Ze keek nog steeds naar mij. 'Hoe heet je?'

'James', zei ik.

'Ik heet Odette.'

'Ja, dat weet ik.'

'Waarom is je gezicht zo rood? Het is net een grote tomaat. Je oren zijn ook rood.' Ik wendde mijn ogen af. 'Misschien praat je niet vaak met meisjes', zei ze. 'Is het daarom?'

'Zoiets zal het wel zijn.'

'Nou, wees maar niet bang, ik bijt niet.'

'Ik ben niet bang.'

Het was rustig weer en boven het water hing een nevel. Meeuwen vlogen krijsend in kringen rond. Zo nu en dan hoorden we boven het geruis van de zee uit een auto langsrijden over de weg boven op de kliffen.

'Vind je het hier leuk?' vroeg Odette.

'Ja', loog ik. 'Het is hier heel mooi.'

'Ik dacht al dat je dat zou zeggen', zei ze. 'Dat zegt iedereen die hier komt. En het is ook zo, denk ik. Maar vind je het hier echt léúk? Je doet niets anders dan in huis zitten en naar mij kijken.'

Geschokt? Ja, natuurlijk, hoewel van de wijs een betere beschrijving was. Ze had dus de hele tijd geweten dat ik haar gadesloeg, mijn ongelukkige gezicht als een maan achter het raam, op mijn manier zo gekweld en krankzinnig als de man die vol zat met elektriciteit in de straat naast de onze in Toronto.

'Ja,' zei Odette, 'ik heb je wel door je raampje naar me zien kijken.' Toen deed ze iets geweldigs. Een wonder voor mij. Ze ging rechtop zitten en alsof we oude vrienden waren, omhelsde ze me vluchtig. 'Och, je moet het niet zo serieus nemen', fluisterde ze. 'Ik plaag je maar. Het kan me echt niet schelen. Het is leuk als er iemand naar je kijkt.' Haar warme adem in mijn oor. Ik was nog nooit zo dicht bij een meisje in de buurt geweest. Ze steunde weer achterover op haar ellebogen. 'Ik wist ook al voor vandaag hoe je heette. Van Gabriel.'

'Heb je hem verteld dat ik alleen maar uit het raam naar jou kijk?'

Ze lachte. 'Nee. Waarom zou ik?' Ik haalde mijn schouders op en ze zei: 'Hij vraagt zich af waarom je niet nog een keer langs bent gekomen. Dat zei hij een keer. Hij vindt je aardig. Hij heeft niet vaak gezelschap.'

Ik stelde me hen beiden voor terwijl ze over mij praatten.

'Die Gabriel,' zei ze, 'hij spot altijd met Pauline en mij, maar hij meent het niet echt. Het is gewoon zijn manier van doen. Hij is heel gul. Hij geeft ons dingen.'

'Zoals wat?' vroeg ik.

Ze zat rechtop nu, met haar armen om haar knieën, en keek

over het water uit. 'Sigaretten. Coca-Cola. Vorige week kreeg ik een boek. Ik zei dat ik graag las en hij gaf me een boek.' Ze lachte. 'Er staan een paar schunnige stukken in. Die heeft hij onderstreept.' Ik keek naar het loensen van haar ene lichtbruine oog. Ik vond het leuk. 'Gabriel is grappig', zei ze. 'Hij draait dansmuziek als Pauline en ik zijn kamer schoonmaken. Dan zit hij het orkest te dirigeren en dat vind ik altijd ...' ze zweeg. 'Er is een woord dat heel grappig betekent. Het begint met een ha.'

'Een ha?'

'Ja. Ha zoals in heuvel en hoed.'

'Hilarisch?'

'Ja. Hilarisch, dat is het.' Langzaam sprak ze alle drie de lettergrepen uit. 'Het is hilarisch als hij dat doet.' Ik zei niets en ze vervolgde: 'Maar hij is ook dapper. Gabriel zal nooit op die muziek kunnen dansen en dat is heel treurig als je erover nadenkt.'

'Dat zal wel', zei ik. 'Ik ken hem niet zo goed. Ik heb hem alleen die ene keer ontmoet. Die zaterdag dat je ons samen hebt gezien. Mijn oom wilde dat ik hem leerde kennen. Het was allemaal zijn idee.'

Ze keek me van opzij aan en legde haar hoofd op haar knieën. 'Vind je Gabriel niet aardig?'

'Gaat wel.'

Odette pakte haar vest en vormde het tot een kussentje achter zich. Ze ging liggen en hield haar hand boven haar ogen tegen de zon. Ze keek weer naar me op. Het was gek, maar het leek allemaal zo vanzelfsprekend om daar samen met haar te zijn. We kenden elkaar pas tien minuten, maar ze had een bepaalde manier van doen, een openhartigheid waardoor je haar onmiddellijk in je leven toeliet. Met slechts een handjevol bij elkaar geraapte feiten als leidraad ging ze je voor, zodat je binnen de kortste keren het gevoel had dat het je vrij stond je mening te geven of met haar te bekvechten.

'Je oom schrijft toch boeken, hè?' vroeg ze.

'Ja', zei ik. 'Boeken voor kinderen. Ze zijn niet zo goed. On-nozel eigenlijk.'

Met het afdakje van haar hand boven haar ogen staarde ze omhoog naar de lucht.

'Nou,' zei ze, 'het is best bijzonder om boeken te schrijven. Wat voor boeken dan ook. Ik zou ook weleens een boek willen schrijven. Je zou trots op je oom moeten zijn.'

Trots op oom Chester? De gedachte was nooit bij me opgekomen.

Misschien dat ik weer mijn schouders ophaalde of dat ze iets op mijn gezicht bespeurde, want ze zei: 'Waarom ben je trouwens zo'n mopperkont? Je vindt Gabriel niet aardig. Je vindt dat je oom onnozele boeken schrijft. En alles wat je op deze mooie plek doet is in die kamer blijven zitten en naar mij gluren terwijl ik de slipjes van de familie ophang.' Ze ging zitten en gaf me een duwtje dat me uit mijn evenwicht bracht. Ik viel bijna om. 'Volgens mij ben je gewoon niet gewend aan meisjes', zei ze. 'Hoe oud ben je eigenlijk?'

'Zestien', zei ik.

'Ha, ha. Wedden van niet. Je klinkt niet als zestien.' Ze ging weer liggen. 'Meer als vijftien, zou ik zeggen. Misschien zelfs veertien …'

'Heeft Gabriel gezegd hoe oud ik ben?'

Ze glimlachte. 'Misschien.'

'Waarom vraag je het dan als je het al weet? Om me voor de gek te houden?'

'Misschien.'

'En hoe klinkt zestien trouwens? Zeker net als Gabriel.'

Odette had haar ogen gesloten en nu kon ik haar bekijken terwijl ze daar lag.

'Gabriel', mompelde ze, alsof ze sliep met haar arm over haar voorhoofd, waardoor er een borst onder het dunne mouwschort werd opgetrokken. Het was of ze in haar slaap praatte. 'Gabriel zei dat je pas veertien was. Ik heb je dus al op een leugen betrapt. De eerste keer dat we met elkaar praten, lieg je tegen me.' Toen ging ze abrupt zitten. Ze wist dat ik naar haar had zitten staren. Ik was kwaad.

'Je bent Frans', zei ik. 'Waar heb je Engels leren spreken?'

'In Montreal', zei ze. 'Ik ben opgegroeid in Montreal. Ik ben hier maar voor een poosje. Mijn vader woont in Montreal. Hij werkt in een fabriek waar ze geweerpatronen en bommen maken. Hij is heel lang werkeloos geweest, maar nu verdient hij goed. Dit is pas ons eerste jaar hier. Mijn vader heeft ons hier afgelopen oktober naartoe verhuisd, omdat het goedkoop is. Het huis is van een neef van ons. Hij werkt in dezelfde fabriek als mijn vader, maar hij heeft niet zo veel kinderen, dus heeft hij zijn gezin daar naartoe verhuisd. Ik heb zeven broertjes en zusjes. Probeer maar eens een huurhuis voor tien personen in Montreal te vinden. Maar mijn vader spaart geld voor ons.' Ze schudde het zand uit haar vest. 'Volgende maand komt hij hierheen. Ik kan bijna niet wachten. Hij brengt een paar boeken voor me mee. Misschien een nieuwe jurk of een rok. Mijn vader kan echt kleren voor vrouwen kopen. Hij koopt alle kleren voor mijn moeder. Er zijn maar weinig mannen die dat kunnen.'

Ik voelde me op mijn plaats gezet door haar verhaal en wilde haar een compliment geven. 'Je Engels is echt goed.'

Ze keek me aan alsof ik haar had beledigd en dat had ik natuurlijk ook. Mijn opmerking was bevoogdend, hoewel het niet mijn bedoeling was geweest. 'Ik spreek goed Engels,' zei ze, 'omdat ik dat van mijn vader heb geleerd. Ik spreek ook goed Frans, maar mijn vader zegt dat je Engels nodig hebt om vooruit te komen. De Engelsen hebben in Quebec de leiding. Ze beheren de banken, de spoorwegen en de grote warenhuizen, zoals Eaton, Simpson en Morgan. Je hebt meer kans als je Engels spreekt ...'

Ze zweeg en zei toen: 'Mijn vader is een interessante man. Ik ben heel trots op hem. Hij spreekt Engels, Frans en Latijn. Hij heeft Latijn op het seminarie geleerd. Ben jij katholiek?'

Ik schudde mijn hoofd.

'Ik dacht al van niet. De meeste Engelsen zijn niet katholiek. Daarom hebben ze alles in handen, zegt mijn vader. Hij geeft niets meer om de Kerk. Hij praat er alleen met mij over, mijn moeder wordt er kwaad om, want zij is heel vroom. Als ze mijn broertjes en zusjes zondags mee naar de kerk neemt dan kun je het zelf zien. Ik werk op zondag, maar ik ga nog steeds naar de mis als ik kan, maar ik lijk meer op mijn vader dan op mijn moeder. Mijn vader zou priester worden, maar hij heeft het opgegeven. Hij zei dat het niet werkte voor hem. Het beviel hem niet wat ze hem vertelden. Hij houdt ook van lezen, maar er waren veel boeken die hij niet mocht lezen en dat vond hij niet kloppen. Boeken over religie, wetenschap en filosofie. Daar is mijn vader in geïnteresseerd en hij mocht daar van hen niet over lezen, dus is hij ermee gekapt. En zijn vader en moeder, zijn broers en zussen, niemand van hen praat nou nog met hem. De hele familie is tegen hem.' Ze boog zich voorover, sloeg haar armen om haar knieën en schommelde licht heen en weer. 'Het zal fijn zijn om hem weer te zien en met hem te praten. Als ik met hem praat, krijg ik ruimte in mijn hoofd.'

Intussen was het warm geworden op het zand. We keken uit over zee en zagen de wolken vanuit het zuidwesten opkomen. Verderop op het strand waren kinderen onder de spoorbrug, waar het water warmer was, aan het spelen. De grote ijzeren brug boven de kinderen overspande de rivier tot de zandbank die een natuurlijke barrière vormde tussen de zee en de lagune, een grote getijdenpoel waar zeevogels uitrustten en zich voedden met eilandjes moerasgras. Aan de zeekant van de zandbank was een lang gebogen stuk strand dat zich om de baai bijna tot het dorp Percé uitstrekte.

Odette wendde haar blik af van de kinderen en keek me aan. 'Je moet naar Gabriel toe gaan', zei ze. 'Hij heeft een vriend nodig voor de zomer en jij ook. De jongen zit in een rolstoel. Het zal je het vel toch niet van het gezicht halen om hem mee naar buiten te nemen om naar de meisjes en de toeristen te kijken, wel? Die moeder van hem heeft het te druk met haar vrienden en hun kaartspel. Hoe heet het? Bridges?'

'Bridge', zei ik. 'Enkelvoud en de uitdrukking is "vel over de oren halen".'

'O, ja?' zei ze. 'Nou, het zal het vel toch niet over je grote oren halen om een vriend te zijn voor die jongen. En jij hebt ook een vriend nodig, meneer de mopperkont. Je kunt niet de hele zomer bij Madame La Plotte binnen blijven zitten.'

'Noem me alsjeblieft niet zo', zei ik.

'Hoe?'

'Meneer de mopperkont.'

'Je hebt niet veel humor in je.'

'Ik word niet graag voor gek gezet, nee.'

'Ik plaag alleen maar. Je moet het niet zo sterk opnemen.'

'Zwaar', zei ik. 'Het niet zo zwaar opnemen.'

'Oké. Je moet het niet zo zwaar opnemen.'

Ik haalde mijn schouders weer op. Ze had gelijk. Ik nam mezelf te serieus, en als ik zo dicht bij haar in de buurt wilde zijn, dan zou ik moeten leren om haar spottende opmerkingen af te weren en me aan haar achteloze manier van doen aan te passen. Ik wist niet hoe je met een meisje moest praten, maar ik zwoer dat ik het zou leren. Terwijl ik die dag naast haar op het strand zat, besefte ik dat ik nooit haar vriendje zou worden. Ik was te jong, te groen voor haar; ik had de rol van onschadelijke eunuch al toebedeeld gekregen, de platonische vriend, het jongere kind dat enkel snuffelend rondhangt. Maar het was beter dan niets. Zo dicht bij haar kon ik nog steeds genieten van haar lichtelijk ranzige geur, het moedervlekje op haar niet helemaal schone nek, het loensen van haar lichtbruine ogen en het zand tussen haar tenen.

Toen we langs de kust terugliepen, droeg ze haar schoenen, sokken en vest. Omdat ik een beetje achter haar liep, kon ik de mooie vorm bewonderen die haar voeten in het zand aan haar bleke kuiten gaven. Ik vroeg waarom ze mevrouw Moore Madame dinges noemde.

'Madame La Plotte', zei ze. 'Dat oude wijf vindt ons maar niets. Ze vindt ons maar een stel domme Frans-Canadezen met

95

te veel kinderen onder één dak. We rennen voortdurend rond in huis en gaan tegen elkaar tekeer. Ze denkt dat ze beter is dan wij, maar ik wed dat ze niet zo veel boeken heeft gelezen als mijn vader, God verdomme haar ogen.'

'Maar wat betekent dat woord?' vroeg ik.

Lachend draaide ze zich om en liep achteruit. 'Wat het betekent? Ik denk niet dat je al oud genoeg bent om dat te weten.'

Ik sprong naar voren en gaf haar een zet, de schoolpleinimpuls van een veertienjarige jongen die zich, ook al is het niet gemeend, uitgedaagd en beledigd voelt, en ik betreurde het op hetzelfde moment dat ik haar aanraakte. Ze struikelde achteruit en viel. 'Het spijt me', zei ik en ik stak mijn hand naar haar uit. 'Het was niet mijn bedoeling.' Maar toen ze overeind krabbelde, sloeg ze mijn hand weg.

'Wat een bullebak ben je voor je leeftijd, je slaat nou al meisjes.' Ik moet er schuldbewust genoeg hebben uitgezien, want ze lachte. 'Vergeet het maar. Als ik echt iets wilde doen, zou ik je tegen je ballen schoppen. Wacht maar eens af.'

'Je mag me schoppen,' zei ik, 'maar niet daar, alsjeblieft.' Daar lachten we allebei om en ik voelde een golf van blijdschap, want ik wist dat we vrienden zou worden. Ik had haar schoenen opgeraapt en klopte het zand eruit.

'Zeg maar tegen je oom', zei Odette, 'dat je vanmiddag met hem naar Percé wilt. Zeg maar dat je Gabriel weer wilt zien. Dat je zijn vriend wilt worden.'

'Hij heeft al een vriend', zei ik. 'Hij heeft jou.'

'Ik?' zei ze. 'Een vriend?'

'Zeker, tegen mij heeft hij gezegd dat jullie goede vrienden waren.'

'O, ja? Nou, dat is dan zijn mening. We hebben lol samen als ik zijn kamer schoonmaak. Maar vergeet niet dat ik zijn kamer schoonmaak. Dat doen vrienden niet. Dat doen mensen als ik. Mensen als ik zijn alleen maar bedienden voor Gabriel en zijn moeder. En voor jou en je oom als je in het St. Lawrencehotel zou logeren. Jullie zijn allemaal rijk.'

Ik wilde zeggen dat ik niet rijk was, dat de rijken in een ander kamp zaten, waar ik niet thuishoorde of wilde thuishoren. Maar ik was met de trein vanuit Ontario naar Gaspé gereisd, in een slaapcoupé die door mijn vader voor mij was geboekt. Mijn oom schreef boeken, tenniste, speelde bridge en reed in een auto. Ik zat op een even dure school als Gabriel. Ik wilde dolgraag aan haar kant staan, maar hoe kon ik dat? Die ochtend moest ik genoegen nemen met de gedachte dat ik op z'n minst een bruggenhoofd had geslagen, een woord dat ik opgepikt had toen ik na D-day de krant in de bibliotheek van Groveland had gelezen. Hoe sullig en klungelig Odette Huard mij ook vond, we hadden contact gemaakt en ik was bereid stappen te ondernemen. Ik was erachter gekomen dat je bij meisjes stappen moest zetten. Je moest je belangstelling tonen. Voordat we uit elkaar gingen, zei ik iets over samen wandelen op een andere maandag. Ze was waarschijnlijk alleen maar geamuseerd door mijn voorstel en zei enkel: 'Goed hoor', en: 'Als je wilt.'

Die dag ging ik na de lunch naar mijn oom om het nukkige stilzwijgen waarin we vervallen waren en dat nu al een week duurde te verbreken. Om elkaar te ontlopen waren we zelfs op verschillende tijdstippen gaan eten. Zodra ik zijn voetstappen de trap op hoorde komen en de deur van zijn werkkamer dichtging, ging ik naar beneden naar de eetkamer. Mevrouw Moore leek te berusten in dit vreemde gedrag, en hoewel het hinderlijk geweest moet zijn voor haar, zei ze er niets van, in elk geval niet tegen mij. Maar die maandag ging ik naar mijn oom in zijn kamer, waar hij na de lunch een uur doorbracht om zijn werk van die dag door te lezen, zijn pijp te roken en te grinniken om de streken van Billy en zijn maatjes. Toen ik aanklopte, klonk hij onmiskenbaar als een schoolhoofd.

'Ja', riep hij.

Toen ik binnenkwam, zat hij me over zijn leesbril heen aan te kijken met de vermoeide blik van iemand die de stilte heeft doorstaan en er als overwinnaar uit is gekomen, maar die nu toch wel bereid is de smeekbeden van de overwonnene in overweging te nemen. Hij wachtte tot ik begon.

'Gaat u vanmiddag naar Percé?' vroeg ik.

'Nee, eigenlijk niet', zei hij. 'Ik ga naar Gaspé om de auto na te laten kijken. Waarom vraag je dat?'

'Nou, de volgende keer dat u naar Percé gaat, wil ik graag mee.'

Het leek of hij me heel lang aankeek, hoewel het waarschijnlijk maar een paar minuten waren. 'Zijn we verstandig geworden?'

'Ja,' zei ik, 'dat zijn we.'

De volgende dag ging ik met hem mee. Onweer trok over de heuvels en het was regenachtig en grijs. De ruitenwissers van de kleine Willys werkten niet goed en oom Chester klom bijna over het stuur heen om de weg te kunnen zien als we de bochten namen langs de witte palen die de grindweg van de steile ravijnen scheidde. Ik probeerde er niet naar te kijken, maar staarde naar het hoofd van mijn oom, dat langs het dak streek terwijl hij door de voorruit tuurde.

In het St. Lawrencehotel was mevrouw Fontaine opgetogen om mij te zien en ik werd overdreven omhelsd. Ik kom uit een familie die lichamelijk niet demonstratief is en om zo vurig omarmd te worden door een knappe vrouw was heerlijk verwarrend.

'Wat fijn om je weer te zien, James', zei ze. 'Gabriel heeft naar je gevraagd. Hij zit op zijn kamer. Ga maar naar hem toe.'

Hij zat naar muziek op de platenspeler te luisteren toen ik binnenkwam. Van tijd tot tijd had ik thuis hetzelfde op de radio gehoord. Toen kende ik de naam ervan niet, maar nu weet ik zeker dat het uit de *Grand Canyon Suite* van Ferde Grofé was. Destijds vond ik het heel intellectueel. Gabriel zag er zelfingenomen uit toen hij zijn stoel wegrolde van het raam, waar hij met een verrekijker naar buiten had zitten kijken.

'Ik moet je iets vertellen', zei hij. Dat waren die dag zijn eerste woorden tegen mij. Niet 'hallo' of 'hoe gaat het met je?' Maar gewoon 'ik moet je iets vertellen.' Alsof ik twintig minuten weg was geweest en nu weer binnen kwam lopen.

'Wat dan?' vroeg ik, op een toon alsof ik boven alle gekrakeel verheven was, maar niettemin licht geamuseerd werd door de romantische verwikkelingen van anderen, want ik vermoedde wel waarover hij het wilde hebben.

'Op zaterdag had ik het bijna voor elkaar', zei hij.

'Waar heb je het over?'

'Dat meisje, dat meisje', zei hij. 'Dat Franse kamermeisje. Het was bijna gelukt.'

Ik moest het wel vragen. 'Wat is er gebeurd?'

'Ik was nog in mijn pyjama toen ze met z'n tweeën aan de deur kwamen. Ik had het zo gepland. Dus ik zei: "Ga je gang. Let maar niet op mij." Odette en ik doen dit spelletje en die dikkerd weet ervan en speelt mee. Als ze het meeste schoonmaakwerk gedaan hebben, gaat Pauline naar een andere kamer en blijft Odette hier om het af te maken. We kussen elkaar en zo nou al een paar weken en als ze het bed opmaakt, mag ik aan haar zitten. Dan zeg ik: "Krijg ik nog een kusje, Odette?" En dan zegt zij: "Oké." Maar zaterdagmorgen trok ik haar omlaag en vroeg of ze op mijn schoot kwam zitten. Even maar. O, ik had zo'n paal, James. Dat moet ze gevoeld hebben. Dus we begonnen te kussen en het werd behoorlijk heftig, dat kan ik je wel zeggen. Ik had mijn hand onder haar jurk, maar ze greep mijn pols. Jongen, het was zo frustrerend. Toen moest ze gaan. Maar ik ben er bijna, James, ik voel het gewoon. Deze week lukt het me. Ik heb mijn kapotjes bij de hand.'

Kapotjes? Had hij kapotjes? Ik had die dingen alleen voor de grap gebruikt zien worden. Een jongen die ik kende had ze na de vakantie mee naar school genomen. Hij had ze uit zijn vaders ladekast gepikt, zei hij. We vulden ze met water en zwaaiden met de grote zakken in de gemeenschappelijke douche, waar ze dan heel plezierig tegen iemands achterste uiteenspatten. Maar ik wist wel dat dit weinig te maken had met hoe ze eigenlijk gebruikt moesten worden. Verfraaide Gabriel zijn wellustige verhaal alleen om indruk op mij te maken? Zoals hij het beschreef, klonk het overtuigend. Ik kon me voorstellen dat Odette bij hem op schoot zat en dat hij haar betastte. Ja, ik zag het allemaal helder voor me. Natuurlijk zei ik niet tegen Gabriel dat ik de vorige ochtend met haar had doorgebracht en dat ze me een enigszins andere versie had gegeven van wat zich op zijn kamer had voorgedaan. Ik heb een stiekeme kant. Ik luister graag naar de geheimen van anderen en door de jaren heen hebben veel mensen hun hart gelucht bij mij. Deze eigenschap maakt dat ik betrouwbaarder overkom dan ik werkelijk ben. In mijn voorgaande leven als hoogleraar is het een waardevolle gave gebleken, waardoor ik vaak op de hoogte was van wat zich echt afspeelde in de kieren van de academische politiek; en het heeft me geholpen vriendschappen, of wat daar dan ook voor doorging in het universitaire leven, te smeden en mijn vijanden waakzaam en vol ontzag te houden. Wanneer ik er nu op terugkijk, word ik vervuld van een vage afkeer voor die neiging van mij. Achteraf lijkt het me zo'n enorme tijdverspilling. Catherine Parmeter zei een keer dat ik een perfecte renaissancehoveling zou zijn geweest.

'Zo iemand als Osric, bedoel je?' vroeg ik.

'Nou, nee, niet Osric', zei ze. 'Osric is een komische figuur, Shakespeares parodie op een elizabethaanse ja-knikker. Ik dacht meer aan iemand die serieuzer is, die behoorlijk intelligent is, maar niet bijzonder ambitieus, zelfs een tikje lui, die niet uit is op publiciteit, iemand die zijn mond kan houden, naar beide zijden kan luisteren en de koning wijze raad kan geven.'

'Een sluwe gluiperd dus', zei ik. 'In de geschiedenis verloren die lui vaak hun hoofd.'

'Maar organisaties hebben ze nodig', zei ze. 'Rechtbanken, bedrijven, universiteiten, ambtenarenapparaten. Die hebben mensen als jij nodig.'

'En het kost ons niet langer de kop?'

'Strikt gezien niet, nee.'

Geen bijzonder vleiend beeld van mij, maar zo zit ik in elkaar en op die dag in Gabriel Fontaines kamer probeerde ik zijn verslag van de gebeurtenissen af te wegen tegen wat Odette me had verteld. De zinloze speculaties van de hopeloos verliefde toeschouwer. Ik geloof dat Gabriel me die dag zijn nieuwe verrekijker, een recent cadeau van zijn vader in Washington, leende. Gabriel wist dat ik veel meer interesse had in de oorlog dan hij en hij zei dat ik nu in ernst naar onderzeeërs kon speuren. Maar ik wilde de verrekijker eigenlijk gebruiken om Odette op onbewaakte momenten te observeren. Ik wilde haar op de veranda zien zitten als ze zich vooroverboog om haar teennagels te knippen. Ik wilde de lens scherpstellen op dat moedervlekje in haar nek, vlak achter haar rechteroor. Ik wilde haar knieën bestuderen als ze haar rok optrok voor wat zon op die fraaie, bleke benen. De verrekijker zou helpen.

HET WAS NIETS voor mij om zomaar mijn plannen te veranderen en dat wist mijn familie, dus was het belangrijk dat ik ze over Zwitserland vertelde. Toen ik die vrijdagavond in mijn hotel terug was, zat ik er een hele poos op bed over na te denken. Ik moest het mijn kinderen laten weten. Maar wat kon ik zeggen? Dat ik naar Zürich ging om bij een man te zijn die ik in zestig jaar niet had gezien en die van plan was een einde aan zijn leven te maken? Het klonk bizar. Hadden we niet al genoeg morbiditeit te verwerken? Als Catherine Parmeter nog in mijn leven was geweest, zou ik haar alles hebben kunnen vertellen. Ik stelde me haar opgetrokken wenkbrauwen voor. 'James, wat in vredesnaam …?' Euthanasie ging niet goed samen met Catherines geloof. We moeten het tot het bittere einde volhouden. Het leven is heilig enzovoort. David zou zich waarschijnlijk niet buitensporig druk maken om de waarheid. 'Tuurlijk, pap, waarom niet? Nog een paar dagen? Ik neem aan dat je vriend alles betaalt?' Door zijn boekhoudmentaliteit is David onwrikbare trouw verschuldigd aan het roemruchte eindsaldo. Maar Susan kon ik onmogelijk het hele verhaal vertellen. Het zou gemakkelijker zijn om iets te verzinnen. Mijn oude kennis was rijk, eenzaam en verveelde zich. Hij had behoefte aan gezelschap. Wat, wanneer ik erover nadacht, niet eens zo heel erg bezijden de waarheid was.

Het was nog tamelijk vroeg in de avond, misschien half tien, toen ik Susan belde en het haar vertelde. Ze klonk verbaasd, zoals ik had verwacht. 'Wat gek. En na zestig jaar herkende je die man nog?'

'Ja. Natuurlijk nog steeds in een rolstoel en het gezicht was oud en gerimpeld. Het gaat niet zo goed met Gabriel, maar ik kon nog steeds de jongen die ik ooit heb gekend in het gezicht van die oude man terugzien.'

'Waarom Zwitserland, pap? Ik heb gehoord dat het er nogal saai is. Ik kan me niet voorstellen dat je gaat skiën.'

'Nee, skiën staat niet op het programma.'

'Jammer dat hij je niet mee gevraagd heeft naar Italië of Frankrijk. Om de druivenoogst mee te pikken of zo.'

Door haar licht spottende toon was het weer mogelijk om grapjes te maken. 'Als ik aan Zwitserland denk,' zei ze, 'denk ik aan die film. Ik weet zeker dat we die samen op de televisie hebben gezien. *The Third Man*.'

'Ja. Geschreven door Graham Greene.'

'Dat is hem. Herinner je je die scène nog in het reuzenrad, waar het personage van Orson Welles zijn misdadige gedrag op de zwarte markt verdedigt door te suggereren dat het kwaad er altijd is geweest. Hij heeft het over de Renaissance in Italië en de Borgia's en beweert dat uit die corrupte beschaving met al haar oorlogen en conflicten grote kunst is ontstaan. Maar Zwitserland, zegt hij, heeft vijfhonderd jaar van vrede gehad en wat heeft dat voortgebracht?'

We zeiden het daadwerkelijk tegelijk terwijl we lachten. 'De koekoeksklok.'

'Een beetje onaardig voor de arme ouwe Zwitsers', zei ik.

'Maar hoe dan ook, het is leuk voor je, papa.' Vervolgens verraste ze me door precies dat te zeggen wat ik van David had verwacht. 'Ik neem aan dat je vriend voor alles betaalt.'

'Ja hoor. Geld is blijkbaar geen probleem voor Gabriel.'

'Nou, mooi zo. Bel me als je volgende week terug bent in Toronto. Rond vijf uur is het beste. Dan zit ik nog in mijn kamer op school. Dat is rond twaalf uur voor jou.'

'Hoe voel je je?' Ik stelde me voor dat ze in de komende maanden die vraag meer dan beu zou worden. Misschien was ze het al, maar ik moest het toch vragen.

'Ongeveer hetzelfde, pap. Er is niets veranderd. Ik voel me nu prima. Een beetje moe, misschien. Ik heb het trouwens gisteravond aan Esther verteld. Ik had haar bij mij thuis uitgenodigd voor een borrel. Ze was fantastisch. We zijn overeengekomen dat ik maandag tijdens de samenkomst de school zal toespreken. Ik zal vertellen wat nodig is. Dat ik ziek ben en verlof neem. Ik zal niet in details treden. Alleen de leerlingen en het personeel op de hoogte brengen. Ik heb al met de voorzitter van het bestuur gesproken en zij was ook geweldig. Zij zal het begin volgende week op de vergadering aan de anderen doorgeven.'

'Heb je nog verder nagedacht over de behandeling?'

'Ik heb nagedacht. Sophie is verpleging in een hospice aan het uitzoeken voor mij. Het ziet ernaar uit dat teruggaan naar Toronto het verstandigste is. Wanneer dat precies is, weet ik nog niet. Ik wacht ermee tot na de operatie. Ik weet het gewoon nog niet.'

'Natuurlijk niet. Bekijk het per dag.'

Susan klonk bijna opgewekt en misschien is dat wat er gebeurt. Een deur gaat op een kier open. Een glimpje licht in een donkere kamer. Of komt het doordat je je nieuws met anderen deelt? Je leert ermee leven. Wat ongetwijfeld gevolgd zal worden door periodes van wanhoop. Maar nu wisten anderen het ook en ze wilden op alle mogelijke manieren helpen en dat was tenminste iets.

'Veel plezier in het saaie, ouwe Zwitserland, papa. Geef in elk geval wat geld van je rijke vriend uit.'

'Ik zal mijn best doen.'

Het voelde vreemd dat ik haar niet de reden voor mijn reis had verteld, en toen ik had opgehangen had ik het gevoel dat ik was vastgelopen, terwijl ik daar op mijn bed in het Edward Learhotel in Seymour Street zat. Ik besefte dat het niet in Susans belang was om haar de hele waarheid te vertellen, maar omdat we normaal gesproken altijd proberen om eerlijk te zijn tegen elkaar, voelde ik me ongemakkelijk. Het liep al tegen vijven in Toronto, waarschijnlijk te laat om David nog op zijn werk te bereiken, want hij gaat op vrijdag vroeg naar huis, maar ik probeerde het toch en kreeg van zijn secretaresse te horen dat hij inderdaad al vertrokken was voor het weekend. Dus belde ik hem thuis. Hij woont nu in een appartement aan de voet van Bay Street met uitzicht op Lake Ontario. Hij deelt die ruimte met Nikki Martin, die achtentwintig is en op een reclamebureau werkt. Er nam niemand in levenden lijve op, maar ik kreeg wat zeker een van de meest sexy stemmen van het westelijk halfrond was te horen. 'Hoi. Je bent verbonden met Nikki en David. We zijn op het moment geen van tweeën bereikbaar. Als je een bericht inspreekt, bellen we je terug. Nog een hartstikke fijne dag.' Ik sprak een bericht in.

De volgende was mijn schoondochter Brenda, op wie ik gesteld ben, ofschoon de bitterheid waarin ze was ondergedompeld me vaak afmatte. Brenda is diep gekwetst, daar is geen twijfel over mogelijk en ik leef grotendeels met haar mee. Gedurende de eerste jaren van haar huwelijk met David had Brenda de gewoonte op een onschuldige manier met mij te flirten en ik was natuurlijk wel gevleid door haar aandacht. Het kon ook gewoon medelijden van haar kant zijn geweest voor een eenzame, maar nog presentabele weduwnaar. In elk geval had ze zich ten doel gesteld om mijn hart te veroveren en dat is haar gelukt. Ze was zwanger toen David met haar trouwde en ze verkeerde in de foute veronderstelling dat ik de hele overeenkomst als onverstandig en onbezonnen beschouwde. In feite was ik opgetogen voor hen allebei en vond dat er van Brenda een kalmerende invloed op mijn zoon uitging. Maar ze scheen de angst te koesteren dat ze niet geaccepteerd zou worden in onze familie en dus was ze vastbesloten om een liefhebbende echtgenote en schoondochter te zijn. Ze had ontzag voor Susan en wilde heel graag haar goedkeuring, die ze al snel verwierf. Toevallig mag Susan haar schoonzus ook heel graag.

Brenda is verpleegkundige en heeft volgens mij een overdreven respect voor zogenaamd ontwikkelde mensen. Ze is een nuchtere vrouw, die het als kind niet makkelijk heeft gehad; een moeilijke jeugd in een noordelijk gelegen stadje, heen en weer geschoven tussen een alleenstaande moeder en grootouders. Ze verhuisde in haar eentje naar Toronto en werkte als serveerster in een cocktailbar terwijl ze daarnaast een verpleegopleiding volgde. Ze heeft met heel weinig een bestaan weten op te bouwen en daar bewonder ik haar om. Ze leerde mijn zoon kennen toen hij met een blindedarmontsteking in het ziekenhuis lag. Ze was sexy en levendig en David, die ik misschien onterecht altijd nogal pedant heb gevonden, moet overweldigd zijn geweest door het idee dat hij dat spectaculaire lichaam voor zich alleen zou hebben.

Na de geboorte van Gillian vroeg Brenda mij om een lijst met boeken om te lezen. Ze vond dat ze iets was misgelopen en wilde haar achterstand inhalen. Dus gaf ik haar een lijst, die ze plichtmatig afwerkte, hoewel ze onwillig leek om over welk van de boeken dan ook te praten. Het was alsof het voldoende was om ze gelezen te hebben. Op een zeker moment stelde ik voor dat ze zich voor een avondcursus op de universiteit zou laten inschrijven. Om respons van anderen te krijgen over wat ze las. Dus volgde ze een overzichtscursus, van Chaucer tot Eliot of zoiets. Maar dat was geen succes; óf ze was te ongeduldig óf het verveelde haar en haar belangstelling verflauwde en doofde vervolgens uit. Brenda lijkt vast te zitten in plots opkomende passies en de behoefte om te weten. Maar wat te weten? vroeg ik haar een keer. Gewoon weten wat ontwikkelde mensen weten, zei ze. Ik had haar kunnen vertellen dat dit niet veel inhield, als ze met 'ontwikkelde mensen' de lui bedoelde die een paar jaar op de universiteit hadden gezeten. Maar dat zei ik niet. Ik wilde mijn lichtgeraakte, defensieve en ontzettend sympathieke schoondochter aanmoedigen, die nu op het randje van veertig, met een mooie, nukkige tienerdochter en een zoon van twaalf, in een comfortabel huis woonde aan Melrose Avenue, in wat vroeger Noord-Toronto heette.

Brenda was ook niet thuis. In plaats daarvan kreeg ik mijn kleinzoon Brian aan de lijn, die me in sommige opzichten aan mezelf doet denken op die leeftijd, maar die zelfs nog een tikkeltje eigenaardiger is dan ik toen was. Ondanks zijn gesloten karakter vertelde Brian me een keer uitgebreid over zijn vreemde angsten. Een tijdlang had hij internet afgezocht naar sites gewijd aan de ontregelende verhalen over kinderen die te kampen hadden met uitzonderlijke rampspoed. Hij vertelde, bijvoorbeeld, over een jongen van zijn leeftijd die door een hersenbloeding blind, doofstom en verlamd was geraakt. Brian vroeg zich af hoe iemand zo kon leven. Een ander kind had afgrijselijke verwondingen over zijn hele lichaam. Zijn huid kon de lichtste vorm van bedekking amper verdragen. Weer een ander had geen keel en werd intraveneus gevoed. Op een dag vroeg Brian hoe het voelde om oud te zijn en ik zei dat je lichaam kraakte en pijn deed. Je snurkte ook en liet veel winden. En daar moest hij natuurlijk vreselijk om lachen. Ik lachte mee en allebei hadden we veel lol om het idee van al die winden. Maar in het algemeen is hij een ernstig jongetje, klein voor zijn leeftijd, op zijn hoede en verbijsterd door zijn vaders besluit om ergens anders te gaan wonen. Voorlopig ziet het ernaar uit dat Brian tot de slotsom is gekomen dat de volwassen wereld te gecompliceerd is om bij in de buurt te komen en dus brengt hij uren achter zijn computer in zijn slaapkamer door met het uitroeien van horden buitenaardse wezens. Ik heb hem bezig gezien en was verbaasd over de bedrevenheid waarmee hij onze planeet redde.

Algauw hoorde ik zijn hijgerige stemmetje. 'Hallo, opa, ik dacht dat je in Engeland zat.'

'Daar zit ik ook, Brian.'

Op de achtergrond kon ik het gebonk van rapmuziek en gezang horen. Gillian en haar nieuwe vriendje, Jermaine Clifford, zaten waarschijnlijk naar die herrie te luisteren. Jermaine met zijn slobberbroek en assortiment aan sieraden. Hij heeft hard gewerkt aan de norse blik van de rapzanger en ik geloof dat hij het leuk vindt om dit dreigende imago aan het blanke volk te presenteren. Maar ik vermoed dat het enkel pose is; hij kan zelfs geen aanspraak maken op het geldende onderscheid binnen de rapcultuur dat je arm geboren moet zijn om de geloofwaardigheid te hebben die jongeren uit de middenklasse wordt ontzegd. Zijn moeder is hoogleraar sociologie en zijn vader werkt voor de gemeente. Gillian heeft me verteld dat Jermaines cijfers op Lawrence Park rond de acht liggen. Hij is duidelijk op weg naar de universiteit. Toch heeft Brenda veel moeite met het idee dat haar dochter een zwart vriendje heeft.

'Hoe gaat het met je, opa?' vroeg Brian. 'Hoe gaat het met tante Susan?'

'Met mij gaat het best, maar met je tante niet, vrees ik.'

'Gaat ze dood, opa?'

'Dat weten we nog niet, Brian. We moeten de onderzoeken afwachten. Er wordt goed voor haar gezorgd.'

'Dat is fijn. Mama is er nu niet. Alleen Gillian en Jermaine. Mama is bij mevrouw Taylor aan de overkant.'

'Dat is oké. Zeg haar maar dat ik zondag terugbel. Zeg maar dat mijn plannen zijn veranderd. Ik ben een oude vriend tegengekomen en ik ga een paar dagen naar Zwitserland met hem. Kun je dat onthouden?'

'Natuurlijk kan ik dat, opa.'

Ik heb Brians nuchtere manier van doen en zijn ingehouden belangstelling voor het leven van volwassenen altijd amusant gevonden. Toen David me op de zaterdag na Susans telefoontje naar het vliegveld bracht, zat hij achter in zijn vaders auto, als een gewichtig persoontje, zoiets als de zoon van een vorst uit het Midden-Oosten, met zijn donkere ogen en olijfkleurige huid, die zowel hij als zijn vader van wijlen mijn vrouw, die joods was, heeft geërfd. Zonder de schijn te wekken dat hij luisterde, hoorde Brian wat er gaande was. Ik had gebruik willen maken van de limousineservice; op zulke momenten vind ik de ordelijkheid prettig van op mezelf zijn en de onpersoonlijke beleefdheid van de chauffeur die je, als je wilt, alleen laat met je gedachten. En mijn gedachten waren uiteraard bij Susan. Maar David had erop gestaan en hij arriveerde bij mijn flatgebouw in Edmonds Avenue met de jongen vastgesnoerd op de achterbank. Ze hadden de dag samen doorgebracht. Ze hadden samen gegeten en waren naar de film geweest, hoewel ik begreep dat het geen doorslaggevend succes was geweest.

Toen we Avenue Road opreden naar de snelweg, wierp ik een zijdelingse blik op het verongelijkte profiel van mijn zoon. Een goed uitziende man met iets van de parmantige knapheid van J.T. Hillyer, op wie David lijkt qua temperament. Als tiener was hij stakerig en stuurs, en na de dood van zijn moeder leek hij weg te kwijnen. Ik maakte me toen ernstig zorgen om zijn gezondheid, maar was niet bij machte er iets aan te doen. Het leek of hij verontwaardigd was over het feit dat ik nog ademde en zijn moeder niet. Een aantal jaren ging het heel slecht tussen David en mij. Volgens mij staakte hij zijn studie aan de universiteit grotendeels uit wrokkigheid en woonde in verschillende samenstellingen met andere losgeslagen zielen in lofts en flats her en der in de stad. Hij was gekmakend emotieloos, werkte in een videotheek of als pizzakoerier, en ik neem aan dat hij veel cannabis rookte. Hij was pijnlijk mager, intens, fanatiek. Hij zag eruit als een jonge jezuïet en was een poos geïnteresseerd in scientology. Ik nam hem meestal mee uit eten op zondag en keek toe hoe hij roastbeef met aardappelpuree naar binnen schrokte. Tijdens die maaltijden spraken we amper een woord. Susan nodigde hem ook bij haar thuis uit. Ze slaagde er beter in om naar hem te luisteren en met hem te praten. Ik had geen geduld met zijn doelloosheid en zijn geschifte religie – en misschien, zoals dokter Schumann hem tijdens een langdurig en ongetwijfeld duur consult midden in zijn echtelijke opschudding twintig jaar later vertelde, heb ik hem op belangrijke punten in de steek gelaten in de tijd dat hij, in de woorden van de psychiater, 'naar zichzelf op zoek was na het verlies van zijn moeder'. Althans dat heeft hij me onlangs verteld. In elk geval was het een naargeestige periode in het leven van ons allebei en natuurlijk snap ik dat David altijd een hechtere band had met zijn moeder dan met mij en dat haar dood hem diep had getroffen. Toen, alsof hij uitgeslapen en alert wakker werd na een goede nachtrust, zette hij er serieus zijn schouders onder. Hij kwam op een dag bij me en zei dat hij terug wilde naar de universiteit. En dat deed hij. Hij werd een succesvolle accountant en, in wat maar een paar jaar tijd leek, tamelijk welgesteld. Maar toch blijft David chagrijnig.

Op weg naar het vliegveld beklaagde hij zich bitter over zijn dochter. 'Die knul met wie ze nou omgaat, dat zit me niet lekker. Begrijp me niet verkeerd, papa, ik heb niets tegen Afrikaanse Canadezen, maar ik mag hem gewoon niet. Hij loopt altijd rond met zo'n houding en kijkt je aan alsof je een hindernis bent waar hij voorbij moet.'

Ik opperde dat Jermaine Clifford waarschijnlijk niet zo gevaarlijk was als hij eruitzag, maar dat het nu tijd was voor een verkleedpartij en dat hij een rol speelde, net als miljoenen andere jongelui, of ze nu zwart, bruin, wit of geel waren. Wist David niet meer hoe humeurig en obstinaat hij als tiener was geweest? Ik probeerde hem op de kast te krijgen en op een bepaald moment keek ik op zoek naar een medeplichtige om naar de ernstige, kleine gedaante met de gordel schuin over zijn borst. Het leek of Brian opging in zijn elektronische spelletje, maar hij keek op met een blik die zei: dit is interessant. Ik wilde dat de jongen zich zijn vader kon voorstellen als een etter van zeventien.

We reden in westelijke richting op de linkerbaan van de grote snelweg, de zon ging schuil achter een wolkenbank, maar de stralen overstroomden de hemel. David rijdt altijd hard en agressief, hij kan het niet hebben dat er iemand voor hem zit en zijn auto is een grote, zilverkleurige dinges. Intregaal. Intergaal. Integriteit. Dat is het vast niet, maar auto's hebben zulke rare namen tegenwoordig! Hoe dan ook, we zaten op zwart leer met Pachelbels *Canon* op de geluidsinstallatie en ik probeerde te luisteren naar mijn zoon, maar was ook nerveus over hoe dicht David op de auto voor ons zat, die niet opzij wilde gaan. Ik zag geen bestuurder, alleen de hoofdsteun. Toen een nevel van achterlichten en ik hield mijn adem in toen David soepel remde en de grote wagen een meter achter de bestuurder zonder hoofd inhield. David haperde niet één keer in zijn felle tirade.

'Gills cijfers zijn ook heel laag. Als ze naar een goede universiteit wil, moet ze niet denken dat ze er met kousen en schoenen aan kan komen.'

Ik moet geglimlacht hebben om die oude uitdrukking. Wat was David toch snel van een lamlendige jongere veranderd in een schijnheilige volwassene. En hoe oud was hij nou helemaal? Tweeënveertig pas.

'Ik weet niet hoe Brenda het met haar uithoudt. Dat moet ik haar wel nageven. Je zou eens moeten horen hoe dat kind tegen haar moeder praat, papa.'

In feite had ik wel een paar van die uitbarstingen gehoord – maar wat had het voor zin om het te bevestigen? David moest het gewoon kwijt. Het was de prijs die ik betaalde voor het meerijden. Ik wilde alleen dat hij wat meer broederlijke aandacht voor de toestand van zijn zus toonde, hoewel hij wel vroeg naar de gezondheidszorg in het Verenigd Koninkrijk toen we het vliegveld naderden. Die moest beter zijn dan de onze, met zijn lange wachtlijsten enzovoort, enzovoort. En hoe zat het met de Verenigde Staten? Had ze daarover nagedacht? Dat was duur, natuurlijk, maar wel efficiënt. Zouden we dat niet moeten uitzoeken?

'Als het een kwestie van geld is, papa, zeg dan tegen Sue dat ze zich daar niet druk om moet maken. Ik wil met alle plezier bijspringen.'

Dat was waar. David zou nooit iemand die hem na stond wegens geldgebrek laten lijden.

Voor de aankomsthal zei hij dat ik de beste wensen moest overbrengen aan Susan en dat ze behandeling in Amerika moest overwegen. David bewondert Amerika. Het opdringerige buitenlandse beleid en de lage belasting bevallen hem. Nikki en hij hebben het erover gehad om er ooit naartoe te verhuizen en het zou me niet verbazen als ze eindigden in een stad als Colorado Springs of San Diego. Toen ik uitstapte, keek David achterom naar zijn zoon.

'Wil je nu voorin zitten, Brian?'

'Nee, bedankt, papa.' En dus bleef hij zitten en wuifde plechtig naar me toen ze wegreden.

Nadat ik Brian aan de lijn had gehad, lag ik weer te denken

aan Gabriel Fontaine, die een paar straten zuidelijker in bed lag. De volgende morgen zou hij een rondrit door Londen maken in een poging een dag in de zomer van 1938 terug te brengen, toen hij uit een ander autoraampje had gekeken, en hij zou proberen zich te herinneren wat hij als tienjarige jongen met zijn vader en moeder had gezien. Hoe de bobby met de hoge helm hen een andere kant op had gestuurd vanwege de demonstrerende zwarthemden. In 1938 was ik acht en terwijl Gabriel en zijn ouders door Londen werden gereden, zat ik waarschijnlijk in mijn korte broek en witte blouse op het stoepje voor het huis in Crescent Road te wachten tot mijn ouders me mee naar de kerk namen. We reden naar de St. Pauluskerk in Bloor Street en ik ging naar de zondagsschool en plakte nog een plaatje van Jezus en de discipelen in een schrift. Door een openstaand raam hoorde ik waarschijnlijk het gezang van de gemeente. 'Looft mijn ziel, de Koning van de Hemel/ Leg aan zijn voeten uw hulde.'

Ik lag die vrijdagavond in bed in het Edward Learhotel en probeerde me Gabriel al die jaren geleden voor te stellen in die zwarte auto, terwijl hij naar de demonstranten keek en de magere, bleke Londenaren die aan weerskanten van de straat stonden. Een gezonde, knappe Amerikaanse jongen met een gaaf gebit, zijn haar netjes gekamd. Naast hem zijn mooie, jonge moeder die in al zijn behoeftes voorzag en zijn vader, een oudere man en de bron van alle overvloed, die met goedkeurende blik naar de supporters van Mosley keek. Later zou het gezin een boottochtje over de Theems naar de Tower of London en Greenwich kunnen maken. Een heerlijke namiddag op de rivier, maar een paar weken voordat premier Chamberlain in zijn streepjesbroek naar München vloog voor een ontmoeting met Herr Hitler. Het was de zomer voordat Gabriel polio kreeg. De gelukkigste dag van zijn leven. En nu wilde hij een laatste blik werpen op wat hij zich van die dag dacht te herinneren.

ELKE MAANDAG WANDELDEN Odette en ik over het klif en omlaag over het paadje naar de inham. Of we liepen over de spoorbrug naar de zandbank en het lange strand dat zich om de kust naar Percé boog. Daar liepen we met onze schoenen in de hand blootsvoets over het harde, vochtige zand. Odette vond mij aardig, dat kon ik merken. Ik was jonger en rustiger dan Gabriel, ik was geduldig en een goede luisteraar. Misschien meer kalmerend om in de buurt te hebben. We praatten over onze familie en over school. Ze verzon gekke namen voor de nonnen die haar op de dorpsschool lesgaven. Je had het Beest, en die was lelijk met wratten op haar kin. Wanneer ze een slecht humeur had, trok ze aan je haar of draaide zomaar je oor om. Gewoon om gemeen te zijn, zei Odette. Je had mevrouw Christus, die jong, lelijk en onmogelijk vroom was, haar handen wezen omhoog in gebed, zelfs wanneer ze de tafels van vermenigvuldiging opzei. En dan had je nog de Melkkar, die klein en dik was, met de grootste tieten aan de kust van Gaspé. Ik lachte, maar was ook geschokt. Ik had niet gedacht dat meisjes zo praatten.

De rest van de week was ik, terwijl mijn oom bridge speelde met mevrouw Fontaine en de Porters, Gabriels metgezel, duvelstoejager en misschien zijn vriend. Daar was ik nooit helemaal zeker van. Het kwam me steeds voor dat zijn grappende, alwetende manier van doen weinig ruimte overliet voor oprechte gevoelens; dat ik louter een toehoorder was van zijn dagelijkse verslag over de verleiding van Odette Huard. En toen zei hij op een dag dat het zover was. Het was die morgen gebeurd, zei hij. Ze hadden zich laten meeslepen en het was hem gelukt. En het was niet eens de eerste keer voor haar, zei hij. Terwijl ze bezig waren, had Odettes vriendin, Pauline, als de kindermeid van

Julia in het portaal op wacht gestaan.

Hij vertelde me dit terwijl hij rum in mijn flesje Coca-Cola goot. Hij had een halve fles Captain Morgan afgepingeld van een van de kelners in de bar, nadat ze een dealtje hadden gesloten waar Amerikaanse sigaretten bij betrokken waren. Ik herinner me dat er die dag een feestje was voor de Porters, die iets te vieren hadden. Ze zaten allemaal in de eetzaal voor een lunch met veel drank, volgens Gabriel, die dacht dat we meer dan genoeg tijd hadden voor onze eigen drankjes. Ik had nooit eerder alcohol geproefd, maar ik wilde maar al te graag dronken worden. Ik wilde mijn oren bedekken toen ik naar de details van die ochtend luisterde. Of het koord van de jaloezie strak om Gabriels nek trekken terwijl hij praatte. In je leven komen er middagen voor waar je doorheen moet terwijl je luistert naar mensen die denken dat je aan hun kant staat. Zo was het met Gabriel en mij die dag. Terwijl hij praatte, dronk ik gulzig en natuurlijk te veel, zodat ik later in de badkamer moest overgeven. Ik herinner me vaag dat ik mijn hoofd door het matglazen raampje naar buiten stak en balkte als een ezel, ofwel van walging voor zijn verhaal ofwel van pure blijdschap omdat ik dronken was. Gabriel trok me lachend terug en gaf me een pakje Sens-Sens, een goedkope ademverfrisser uit die tijd. Ik viel op zijn bed in slaap en werd op een zeker moment wakker toen ik hem met zijn moeder hoorde praten, die voor de deur stond. Ze had ons een stuk taart van de lunch gebracht. Ik weet niet hoe hij heeft verklaard dat ik op zijn bed lag of zelfs hoe hij haar heeft afgescheept, omdat ik weer in slaap viel.

Toen ik wakker werd, gaf hij me een aspirientje en twee of drie glazen water. Hij was schuldbewust. 'Het is mijn schuld, James. Het kan de beste overkomen. Je eerste keer, neem ik aan?'

'Niet echt.'

Hij negeerde de leugen en kwam meteen ter zake. Typisch Gabriel. Hij was buiten zichzelf van opwinding. Altijd een slecht teken. 'Luister, James, ik heb een plan. Ik denk al sinds gisteren na over wat ik moet doen.'

'Doen? Wat doen?'

'Om Odette te naaien, natuurlijk. Wat anders?' Hij rolde de stoel naar het raam, pakte zijn sigaretten van de vensterbank, stak een Camel op en duwde zich naar mij terug. 'Vanochtend hebben we geluk gehad,' zei hij, 'maar de kans is groot dat moeder vroeg of laat binnen komt vallen en dat kan gênant zijn. Pauline kan niet alles in de gaten houden.'

Ik heb een beeld van mezelf terwijl ik hier op de rand van het bed naar zit te luisteren, verdwaasd en waarschijnlijk nog aangeschoten.

'Ik heb een idee,' zei Gabriel, 'maar ik heb jouw hulp nodig.'

'Mijn hulp?'

'Ja, ouwe jongen, jouw hulp.'

Terwijl ik sliep, had hij nagedacht over een plek waar hij en Odette seks konden hebben en in de gang die naar de dienstlift leidde, had hij een grote kast ontdekt die door de kamermeisjes werd gebruikt om zwabbers en stofzuigers in op te bergen. Met een beetje moeite kon er net genoeg ruimte worden gemaakt voor een matras en de rolstoel. 'Het was er de hele tijd al', zei hij. 'Vlak voor mijn neus.'

Toen viel me op dat zijn handpalmen glimmend rood waren. De volgende dag zou hij zeker blaren hebben. Kennelijk had hij zich het portaal door geduwd, de deur geopend en zijn rolstoel de gang in gemanoeuvreerd en de kast onderzocht. Ik had wel bewondering voor zijn vastberadenheid. Wat hij voor mij in gedachten had, was dat ik hem zoals gewoonlijk 's middags open en bloot in het zicht van de anderen het hotel uit en de hoofdstraat op moest duwen. Maar in plaats van naar de kade te gaan, zouden we omdraaien, terugkeren naar het hotel en langs de keuken naar de kleine dienstlift lopen en daarin omhooggaan naar de gang en zijn opgepoetste liefdesprieeltje. Mijn volgende opdracht, zei hij, was de wacht houden bij de lift, voor het geval iemand van het personeel die zou gebruiken. Maar dat was onwaarschijnlijk, zei hij. 'Zelden of nooit' was, geloof ik, wat hij zei. Hij verzekerde me vervolgens dat het maar voor twee of drie keer per week zou zijn. Pauline zou in het portaal blijven patrouilleren, terwijl ik de rol van frater Lawrence op de gang speelde. De verwijzingen naar *Romeo en Julia* schieten me te binnen vanwege een schooluitvoering op Groveland dat jaar. Op jongensscholen waren ze meestal gek op toneelstukken waarvoor je je als vrouw moest verkleden en ik herinner me hoe leuk we het allemaal vonden toen de quarterback van het footballteam zich als een betoverende Julia presenteerde.

'En stel', zei ik, 'dat iemand de lift gebruikt terwijl ik op wacht sta? Misschien de persoon die zelden of nooit komt?'

'Dan', zei Gabriel glimlachend, 'kom je hierheen en klop je op de deur. Misschien twee keer lang en een keer kort. Zoiets als morse. We zullen een systeem van signalen uitwerken. Dus wanneer we het signaal horen, houden we ons koest en dan kun jij in het portaal een beetje gaan kletsen met Pauline. Niemand zal het ongepast vinden als jij met haar staat te praten.'

'Maar', zei ik, 'de persoon die met de dienstlift naar boven komt, vindt het, in je eigen woorden, misschien wel ongepast als ze de kastdeur opendoet en jou daar met Odette ziet.'

'Dat zal niet gebeuren. Wees toch niet zo'n zwartkijker.'

'Ik ben geen zwartkijker. Het is niet mijn begrafenis als je betrapt wordt.'

'We worden niet betrapt.'

'En stel dat ik je moeder tegenkom in het portaal? Stel dat ze van haar kaartspel naar boven komt met nog een stuk taart voor haar jonge prins? Wat moet zij er dan van denken? Hier staat James met een Frans-Canadees meisje. Maar waar is mijn geliefde zoon Gabriel? Wat moet ik haar dan vertellen? Dat hij het andere kamermeisje in de bezemkast naait?'

Gabriel fronste zijn voorhoofd. Hij vond die sarcastische façade die ik me plotseling had aangemeten maar niets; die strookte niet met zijn idee van mijn rol als sullige, maar gewillige ondergeschikte.

'Goed, het is riskant,' zei hij, 'maar die niet waagt die niet wint. En wanneer je er echt over nadenkt, hoe groot is de kans dat zoiets gebeurd? Dat als er iemand de dienstlift naar boven neemt, de mater tegelijkertijd de trap op komt en jou in het portaal tegen het lijf loopt? Je weet toch dat ze elke dag van twee tot vijf bridgen. Het is bijna een heilige plicht.'

'Ja,' zei ik, 'maar je kunt niet ontkennen dat het kan gebeuren.'

Toen maakte ik een vergissing door een beroep te doen op zijn besef van goed en kwaad. Dat bleek vruchteloos. Ik had beter moeten weten. 'Stel nou eens', zei ik, 'dat je betrapt wordt.'

Weer een frons. Gabriel was er niet aan gewend om ondervraagd te worden en er klonk een zweem van wrok door in zijn stem. 'Ja, en wat dan nog?'

'Nou, denk er eens over na, Gabriel', zei ik. 'Voor jou zal het niet zo erg zijn. Een preek van je moeder. Een vermanende vinger. Maar het meisje dan? Zij zal haar baan kwijtraken.'

Ik kon aan zijn onbegrijpende blik zien dat ik de verkeerde weg had gekozen. Gabriel had geen idee hoe Odettes leven er buiten het St. Lawrencehotel echt uitzag en bovendien wilde hij dat niet weten. Maar de jaloerse, jonge zedenprediker bleef volharden.

'Ze woont in het huis naast dat van mijn oom en mij. Het is een groot gezin. Tien of twaalf kinderen, volgens mij. Waarschijnlijk springt ze bij met haar loon. Maar dan ontslaan ze haar zeker, Gabriel. Ze wordt eruit getrapt. Er zal over haar geroddeld worden in het dorp. Haar moeder krijgt het zeker te horen. En de pastoor van het dorp. Er is geen vader, weet je.' Formeel gezien was dat waar, hoewel ik probeerde over te brengen dat ze geen vader had. Weer een vergissing.

'Ze heeft me over haar vader verteld', zei Gabriel. 'Die werkt in een munitiefabriek in Montreal en verdient behoorlijk. Met overwerk verdienen die kerels scheppen met geld. Ze blijven trouwens toch niet lang in dat dorp. Ze zei dat ze misschien aan het einde van de zomer al terug naar Montreal zullen verhuizen. Haar vader is op zoek naar woonruimte voor hen. Hoor eens, James, dat meisje is niet van gisteren. Ze kent het klappen van de zweep.'

'Nou ja, dan kent ze het klappen van de zweep', zei ik.

Het zei iets over Gabriels gebrek aan nieuwsgierigheid naar het leven van anderen, waaronder het mijne, dat hij zich geen moment kon voorstellen dat mijn zurige bezwaren voortkwamen uit mijn eigen belangstelling voor Odette Huard. Ik gooide wanhopig mijn laatste kaart op tafel. 'Je vindt haar niet eens zo leuk', zei ik.

'Dat doe ik wel', zei hij en hij stak nog een sigaret op en nam nog een slok rum met cola, wat allemaal weinig effect op hem scheen te hebben. 'Ik mag Odette', zei hij. 'Ze is geen schoonheid met dat schele oog van haar, maar ze heeft een fantastisch lichaam. En op haar manier is ze ook best slim.'

'Nou, ik weet niet zeker of ik hier wel aan wil meewerken', zei ik. 'Waarom zou ik trouwens?'

Voor het eerst keek hij zowel ongelovig als gekrenkt. 'Waarom zou je?' vroeg hij. 'Nou, omdat we vrienden zijn, natuurlijk.'

En dat waren we, althans naar zijn mening. Hoe kon het me zijn ontgaan hoe hij de dingen zag? Ik had al wel een aantal zelfzuchtige jongens op Groveland ontmoet, maar Gabriel was uitzonderlijk. Hij was uitsluitend op zichzelf gericht en op zijn behoefte om de leiding in handen te hebben. Om een woord te gebruiken dat populair was in de eerste helft van de vorige eeuw, hij was gedreven, hij had een krachtige, ambitieuze behoefte om zijn wil aan anderen op te leggen. Een bijverschijnsel van die gedrevenheid was de verwachting dat anderen er uitsluitend waren om naar zijn pijpen te dansen. Zonder zijn hartelijkheid en enthousiasme, zijn gulheid en opgewektheid – wat allemaal samengevat kon worden onder de rubriek 'charme' – zou Gabriel enkel weerzinwekkend zijn geweest, een monster van solipsisme.

Maar niets van deze 'charme' weerhield hem ervan om lichtgeraakt te zijn. Ik weet nog dat hij zich door de kamer naar het raam terug duwde en daar naar buiten kijkend zat te roken, met zijn profiel naar mij toe en zijn opmerkingen naar buiten richtend.

'Ik weet niet waarom je dat lolletje maakte over mijn moeder en een stuk taart, James. En je noemde me een jonge prins of zoiets. Nou, ik kan je wel vertellen, maat, mijn leven heeft me de afgelopen jaren niet bepaald het gevoel gegeven dat ik een prins ben.'

Woorden! O, glorieuze woorden! Woorden die op tijd komen om hulp en verlossing te brengen in het leven van de eeuwige verliezer. In de loop der jaren had ik geleerd dat een gevatte opmerking de bullebakken kon ontwapenen en de bewondering van hen die meer gezegend waren met uiterlijk en populariteit kon winnen. Op Groveland hadden woorden me behoed voor verschillende aframmelingen en vernederingen. In de jaren daarna zou ik met mijn, ik moet toegeven, sarcastische tong vijanden binnen de staf tot razernij brengen, goede studenten verrukken en de sufferds verwarren. En die middag in het St. Lawrencehotel hadden mijn woorden Gabriel Fontaine aan het jengelen gemaakt, wat hem niet sierde, vond ik. Dat was dus een kleine, maar echte overwinning voor mij, zijn maat.

'Vijftien of twintig minuten van je tijd, twee keer per week', zei hij. 'Is dat zo veel gevraagd?'

Ik zei dat ik erover na zou denken.

Maar achter mijn zorgvuldig in de hand gehouden pose van onverschilligheid brandde ik van jaloezie en de volgende dag zei ik tegen oom Chester dat ik me niet goed genoeg voelde om naar Percé te gaan. Hij leek zelf ook slechtgehumeurd en zei dat hij van plan was de middag te besteden aan het afhandelen van zijn correspondentie en hij voegde eraan toe dat ik weleens een beetje consideratie zou mogen tonen door mijn moeder te schrijven, die mij, mocht het aan mijn aandacht ontsnapt zijn, elke week trouw had geschreven. Ietwat gegeneerd ging ik naar mijn zolderkamer, waar ik, alvorens terug te schrijven, mijn moeders laatste brief herlas. Het was niet waar dat ze elke week schreef; haar brieven neigden lukraak, afhankelijk van hoe haar pet stond, te arriveren. Op school was het hetzelfde. Wekenlang dacht ik niet aan mijn moeder en dan kreeg ik een tijdlang dagelijks een brief, elke op zich een eigenzinnig commentaar op de wereld om haar heen. Bezien in een bepaald licht zouden ze makkelijk opgevat kunnen worden als het werk van iemand die licht geschift was. Ik koos er echter voor om ze zo niet te beschouwen; ik was altijd blij met haar nogal dwarse kijk op dingen.

In haar laatste brief had ze het over een bezoek gehad aan haar psychiater in een groot, rood gebouw in Queen Street. Tante Margery had op haar gewacht in de gezins-Buick, terwijl ze rookte, de *Saturday Evening Post* las en naar de patiënten keek die, in zichzelf pratend en gekke gezichten trekkend, tussen de bomen door slenterden. Tante Margery was gefascineerd door geestesziekte en benijdde moeder de kans om psychoanalyse te ondergaan. Telkens wanneer Susan en ik naar de video keken van *Spellbound*, het melige melodrama van Hitchcock uit 1945, met Ingrid Bergman en Gregory Peck als twee psychiaters, noemden we hem 'tante Margery's film', want hij was zonder meer haar absolute favoriet.

Moeder beschreef dokter Peterson als klein en onberispelijk, 'een nogal precieus mannetje', zoals zij het verwoordde. Had ze ooit gedroomd dat ze haar ouders vermoordde? Was ze jaloers geweest op haar broer en zus? Had ze ooit gedroomd dat ze die vermoordde? Hij ging eindeloos door over haar dromen die ze, zo bekende ze, zelf begon te verzinnen en te verfraaien met lugubere, buitensporige details, terwijl ze uit het raam van zijn kamer naar tante Margery op het parkeerterrein keek. Vele jaren later las ik tot mijn genoegen in de autobiografie van een beroemde romanschrijver dat ook hij, verveeld door de vragen van de psychiater, zijn dromen had verzonnen en ze ter duiding had voorgelegd. Ik onderstreepte het betreffende fragment en gaf het boek aan mijn moeder, die toen in een verzorgingstehuis zat. Toen ze het boek had gelezen schreef ze me een geestig bedankbriefje op heel mooi postpapier. Mensen van haar generatie deden dat.

In haar brief aan mij in 1944 mopperde ze opgewekt dat

Margery karig was met de gin-tonics van vijf uur. Ze mocht maar twee kleintjes hebben, op bevel van J.T. Zoals moeder zei: 'Het komt me een beetje onbillijk voor in mijn eigen huis.' Ze vroeg hoe het ging tussen mij en haar broer, en herinnerde me eraan dat Chester 'harder blafte dan hij beet' en dat hij alleen maar het beste met mij voorhad. Dat geloofde ik niet helemaal, maar ik schoof het ook niet terzijde. Dokter Peterson, zei ze, wilde elektroshocktherapie proberen om 'mijn depressie wakker te schudden', maar ze verzette zich tegen de behandeling. Ze eindigde met te zeggen dat ik goed moest oppassen en gehoorzaam moest zijn. Ze sloot er ook een briefje van twee dollar bij. Ik zag voor me hoe ze deze woorden in haar kleine, keurige handschrift schreef op het blauwe postpapier waar haar voorkeur naar uitging, terwijl ze laat op de avond op haar kamertje achter haar bureau zat en de motten tegen de verlichte ramen die op de tuin uitkeken tikten. Een sirene in de verte. Het zware duister van een zomernacht in Toronto. Als ik een van mijn moeders brieven las, kon ik behoorlijk last krijgen van heimwee.

Toen ik de volgende maandag met Odette ging wandelen, had ik mijn gestolen exemplaar van Tennysons gedichten bij me en Gabriels verrekijker, die ik niet van plan was terug te geven tot hij er zelf om vroeg. Waarom had ik die dingen bij me? Om Odette te laten zien dat sommige mensen serieuzere interesses hebben dan louter zinnelijk genot. Laat haar en die rijke Amerikaan er maar tegenaan gaan; ik had het veel te druk met het lezen van poëzie en de zee afzoeken naar Duits verraad. Je wist maar nooit. Een of andere storing in het ventilatiesysteem van de boot. De zeelui die snakken naar zuurstof terwijl de kapitein alarm slaat om naar de oppervlakte te gaan. Dan duikt dat geniepige, grijze geval op recht in het gezichtsveld van mijn veldkijker. U-156. Ik zag mezelf naar Robin, Jones & Whitman rennen om de marinebasis in Sandy Beach te bellen. Mijn foto in de landelijke kranten. In de herfst zou er een ceremonie op mijn school worden gehouden. Toen Odette vroeg waar ik naar keek, zei ik het haar, maar ze leek niet onder de indruk en kort daarna pakte ik mijn Tennyson en begon te lezen. Ik geloof dat het 'The Lotos-Eaters' was, want ik kende het verhaal. We hadden *De Odyssee* bestudeerd op school.

Odette had een oude handdoek meegebracht, grauw en vol gaten. Ik had nog nooit gezien dat iets wat zo voddig was toch nog werd gebruikt. Het was pijnlijk op haar erop te zien zitten. Ik hield haar vanuit mijn ooghoeken in de gaten, ik deed natuurlijk maar of ik las en strafte haar met mijn stilzwijgen. Verachtelijk. Ik beken het nu. Mijn gedrag die dag was verachtelijk. Ik wist dat Odette grote moeite had met het soort slopende stilte die mijn oom en ik, bijvoorbeeld, dagen, weken zelfs, konden volhouden. Maar Odette kon er niet tegen en ze begon je algauw ofwel uit te schelden ofwel te plagen tot je toegaf. Maar door die verrekijker en het boek wist ze die dag niet zeker hoe ze me moest aanpakken. Goed, misschien zitten er inderdaad Duitsers daarginds, dus ga je gang en kijk. Wat lezen betreft, dat was een serieuze onderneming. Odette hield van lezen. Eerder die week had ze *Tobacco Road* uitgelezen. Hier en daar had het haar verveeld, maar ze had doorgezet, hoewel ze zei dat ze niet van verhalen over arme mensen hield. 'Die zie ik hier al genoeg', zei ze. Ze wilde iets anders om te lezen en ik had overwogen om haar *Great Expectations* te lenen, maar ik had het pas half uit en ik moest er de hele zomer mee doen. Dus bracht ik haar die dag met mijn verrekijker en mijn boek enigszins uit haar evenwicht.

Ze had haar schoenen en sokken uitgedaan en zat op die vreselijke handdoek met haar benen uit elkaar als een kind handen vol zand op te scheppen en te kijken hoe het tussen haar vingers door gleed en te wachten tot ik iets zou zeggen, of misschien ook niet. Misschien dacht ze aan Gabriel. Ik dacht aan hen allebei. Verstrengeld in seks. Die benen die ik languit op het zand zag liggen hadden om hem heen gezeten. Hoe hadden ze het voor elkaar gekregen? Hoe kon ze daar zitten met een gezicht dat …? Maar hoe verwachtte ik dan dat ze keek? Zonder op te kijken, nog steeds met het zand spelend, vroeg ze wat ik las en ik zei het haar.

'Ik ken een gedichtje', zei ze opmonterend. 'Dat heb ik van een Engelse jongen in Montreal geleerd:

Joos en Job gingen de berg op
Al voor een emmer water
Ze bleven een poos
achter het schop
En de mop kwam negen maanden later.'

Ze dacht dat ik zou lachen, maar ik voelde me te ellendig. 'Wat is een "schop" trouwens?' vroeg ze. 'Dat ben ik nooit te weten gekomen. Een soort schuur?'

'Ik weet het niet', zei ik.

'Mag ik je boek eens zien?'

Ik gaf het aan haar en ze begon erin te bladeren. 'Je moet de Melkkar poëzie horen lezen. Je lacht je dood om haar accent. "De son kaat onder en over al/ de barre krond kiert et tai." Ze stuurde me een keer naar moeder Margaret Ann omdat ik lachte en ik kreeg klappen, zes op elke hand. God verdomme haar ogen.'

Ik keek door de verrekijker.

'Mag ik dit boek een poosje houden?' vroeg ze.

'Vooruit dan.'

'Hé, het schiet me net te binnen. Ik heb nog een paar sigaretten. Wil je er eentje?' Ze rommelde in de zak van haar mouwschort. 'Een toerist gooide zijn pakje in de prullenbak en er zaten er nog vier in. Het zal je verbazen wat ze allemaal weggooien.'

Het was lastig een sigaret op te steken in de wind en ze zei dat ik me ter afscherming om moest draaien. 'Zo', zei ze en ze trok mijn schouders recht.

Toen haar sigaret brandde, stak ze met de hare een voor mij aan. Ik vond het mooi zoals de wind het haar van haar nek weg-

123

blies terwijl ze zat te roken. Ik was gaan liggen op het zand en keek naar haar met halfdichte ogen.

Na een poosje zei ze: 'Je rookt als een kind, James. Zo moet het, kijk dan.'

Het zonlicht brandde door mijn oogleden en maakte alles feloranje, maar ik kon zien dat ze de rook met snelle pufjes uitblies. Het was waar. Ik wist niet hoe ik moest roken. Ik vond het niet eens lekker.

Mijn humeurigheid werkte op haar zenuwen. Ik voelde het toen ze over oom Chester begon. Haar toon had iets pinnigs.

'Het is een rare, die oom van jou. De mensen denken dat hij er zo eentje van de verkeerde kant is.'

Daar zei ik niets op terug.

'Dat zou een mooie mop zijn voor Madame La Plotte. Die denkt dat ze boven ons verheven is en de hele tijd heeft ze een flikker in huis.' Steunend op haar elleboog lachte ze naar me. 'Misschien is het je oom niet eens. Misschien ben jij zijn jonge vriend wel.'

Ik sloot mijn ogen en zweeg.

'Ik weet dat je luistert, James. Ik hoop dat je van meisjes houdt. Je bent precies op die leeftijd dat je belangstelling moet krijgen. Mijn broers Maurice en Raymond zijn de hele tijd geil. Ik hoor ze 's avonds.' Ze lachte. 'Het is zo grappig om te horen. Als ze zich afrukken en dan om het hardst kreunen.'

Ik vroeg me af of ze me die dag bij het klif had gezien.

'Dus hoe zit het met meneer Chester en zijn snorretje en de watergolf in zijn haar?'

Ik opende mijn ogen. 'Watergolf?'

'Ja, je weet wel. Met zulk haar moet hij de krultang gebruiken.'

'Doe niet zo gek, Odette', zei ik en ik deed mijn ogen weer dicht. 'Mijn oom heeft golvend haar van zichzelf. Hij kamt het alleen.'

'Ja, ja, dat zal wel', zei ze en ze ging zitten met haar armen om haar knieën.

Ze keek me aan. 'Nou? Is jouw oom raar?'

'Raar?'

'Ja, je weet wel. Valt hij op andere mannen? Op jongens?'

Ik weet nog dat ik mijn handen achter mijn hoofd vouwde en omhoogkeek naar de voortjagende wolken, als de ernstige jonge luisteraar die haar vraag in overweging nam. 'Om je de waarheid te zeggen, Odette, ik weet het echt niet.' Dit antwoord had niet alleen de verdienste dat het waar was, maar ook dat het klonk of het waar was. De manier waarop ik mijn mening had geuit – met oprechte ernst – bracht haar duidelijk in de war en het verbaasde mezelf ook. Het was er nogal volwassen uit gekomen.

'Om je de waarheid te zeggen', herhaalde Odette. 'Die uitdrukking heb ik ook van anderen gehoord. Meneer Cedric van Robins zegt het de hele tijd.'

Ik zag de winkelchef voor me in zijn jasschort en gestreepte overhemd met de elastieken mouwophouders als een personage uit de negentiende eeuw, terwijl hij een van de ladders opklom die aan wieltjes vastzaten en langs twee wanden van de winkel liepen.

'Dan zegt hij zoiets als: "Om je de waarheid te zeggen geloof ik niet dat we nog maïzena hebben." Betekent dat dan dat hij andere keren de waarheid niet zegt? Engels is soms heel verwarrend.'

Er voeren nu boten in de baai, de mannen keerden terug na een dag vissen. Ik zag de zee donkerder worden en vervolgens oplichtten toen de wolken voor de zon langs trokken. Odette veegde het zand van haar voeten.

'Ik moet gaan', zei ze en ze pakte haar schoenen.

Toen zei ik iets wat ik toentertijd heel geïnspireerd vond. Terwijl ik haar aankeek, zei ik: 'Je moet je schoenen nog niet aandoen.'

'Waarom niet?'

'Omdat', zei ik, 'ik het mooi vind zoals het water om je kuiten krult als je op blote voeten door de golven loopt.' Het kwam niet bij me op dat ze om zo'n opmerking zou kunnen lachen. De woorden waren er gewoon uit geglipt en ik zag dat ze me enigszins anders, met een zweem van een glimlach om haar mondhoeken, aankeek. Ze stak haar hand uit en gaf me een duwtje.

'Mijn benen en het water dat eromheen krult.' Ze wilde misschien wel spotten, maar ze keek toch vergenoegd toen ze de handdoek, haar schoenen en sokken en het boek met Tennysons gedichten bij elkaar raapte.

'Ik draag dat wel', zei ik.

We hadden vrede gesloten en Odette liep voor me uit door het water, opzij stappend voor de golven, die niet hoog waren die dag vanwege de aflandige wind. Maar telkens wanneer ze er eentje ontweek, lachte ze en hield ze, een beetje als een verleidster, haar jurk op. Een scène die ze voor mij opvoerde! De rails van de spoorbrug waren te heet om overheen te lopen, dus gingen we zitten om onze schoenen aan te doen. Ze greep mijn haar.

'Kijk nou eens, meneer strokop. Je haar is zo licht. De zon heeft het geblancheerd.'

'Gebleekt', zei ik.

Ze haalde haar schouders op. 'Gebleekt dan.' Ze zweeg even. 'Hoor eens, James, ik wil je wat vragen.'

'Wat dan?'

'Waarom heb je altijd zo'n slecht humeur? Ik bedoel, kijk eens naar jezelf. Je bent jong, je bent gezond. Je hebt twee benen. Je kunt rondrennen en doen wat je wilt.' Ze stokte.

Ik besefte wat ze deed: ze vergeleek me met Gabriel en ik schoot tekort.

'Denk er eens over na', zei ze. 'Je hebt alles en toch doe je of je alle zorgen van de wereld op je schouders draagt. Je moet vaker naar je vriend in het hotel gaan. Gisteren zocht hij naar je.'

'Waarom denk je dat hij mijn vriend is?' vroeg ik.

'Natuurlijk is hij je vriend. Gabriel vindt je aardig. Hij heeft geen andere vrienden.'

'Hij heeft jou', zei ik. Ik hoopte dat ze alles voor me zou ophelderen. Me vertellen wat voor soort vriend ze precies was. We staken nu de brug over en keken omlaag naar het snelstromende getij.

'Ja, misschien,' zei ze, 'maar hij heeft ook een vriend als jij nodig. Een andere vent om mee te praten en mee samen te zijn.'

Dat beviel me niet. Een vriend als ik betekende niet zoals zij. Het betekende dat wat er tussen hen gebeurde, verder ging dan vriendschap. De hele tijd had ik om het onderwerp heen gedraaid: de kast in het hotel. Had ze ingestemd met Gabriels voorstel?

'Gabriel', zei ik, 'mag me alleen als ik hem van nut ben.'

We waren blijven staan om op de reling te leunen en uit te kijken over het moeras, dat droogviel bij afnemend tij. De meeuwen staken hun snavel in het ondiepe water.

'Van nut?' zei Odette. 'Wat bedoel je met van nut?'

'Als ik de wacht moet houden bij jullie liefdesnestje.'

Ik kende de uitdrukking uit tante Margery's nummers van *Flash*, een boulevardblaadje uit die tijd dat verslag deed van de streken van prominenten uit Toronto, waar in de kop vaak quasipreuts naar werd verwezen. 'Welke hoge ome uit Bay Street brengt weekenden door met dame in liefdesnestje in Wasaga Beach?' Dat soort dingen. Tante Margery verstopte de nummers altijd onder de kussens van de rieten stoelen in de serre achter het huis, maar ik had ze gevonden en was een gretige consument geworden van de prikkelende speculaties.

'Wat is dit "liefdesnestje"?' vroeg Odette. 'Ik ken dat woord niet.'

'De kast', zei ik. 'In de gang naast de lift.'

Toen ze dit hoorde, lachte ze en spoog toen, een grote klodder die op het water terechtkwam en snel onder de brug door in de richting van de zee verdween.

'Dat?' zei ze. 'Is dat wat jullie Engelsen een liefdesnestje noemen? Gabriel en zijn ideeën. Ik heb tegen hem gezegd dat het idioot was. Alleen hij kan zoiets bedenken. Stel dat we betrapt worden, heb ik gezegd. Dan raak ik zeker mijn baan kwijt. Soms is het nog zo'n kind.'

'Dat is waar', zei ik.

'Ik heb gezegd dat hij gek is als hij denkt dat ik met hem die kast in ga.'

'Hij heeft tegen mij gezegd', zei ik, 'dat Pauline in de hoofdgang zou blijven en dat ik de wacht moest houden bij de lift, voor het geval iemand die gebruikt.'

Ze begon, balancerend op de rails, voor me uit te lopen en richtte haar woorden tot de wind die door het ongemaaide hooi op de heuvel blies.

'Het was gewoon een van zijn idiote ideeën, James. Je kent Gabriel toch. Het is een aardige vent, maar hij kletst ook uit zijn nek.'

Die afgezaagde oude uitdrukking klonk me als muziek in de oren.

De zaterdag na mijn maaltijd met Gabriel was vochtig met een lichte, aanhoudende regen, het soort weer dat bezoekers uit Noord-Amerika vaak ergert in Engeland, maar dat ik prettig vind en dat me doet denken aan mijn sabbatsjaar in Londen, toen ik geregeld voor het raam van mijn werkkamer in onze flat in Holland Park stond te kijken naar mensen die ineengedoken onder hun zwarte paraplu's bij de dichtstbijzijnde bushalte stonden. Van achter dat raam kon ik ook naar mijn kinderen wuiven in hun plastic regenjasjes en regenhoedjes terwijl ze op de schoolbus wachtten. Nadat ze opgehaald waren, ging ik naar mijn bureau. Naar de blocnotes met aantekeningen en de boeken, de keurige stapel papier. Ik voelde me op zulke dagen binnen steevast veilig en lichtelijk opgetogen omdat ik aan mijn manuscript kon werken, dat toentertijd zo spannend en veelbelovend leek.

Bijna een jaar zonder lesgeven en bestuursverantwoordelijkheden lag in de herfst van 1971 voor me. Dat jaar was Susan twaalf, lang en zelfverzekerd voor haar leeftijd, volkomen op haar gemak in de plooirok met trui van haar nieuwe school, haar donkere haar kort geknipt met een pony. Binnen een paar weken had ze een vleug van een Engels accent opgepikt. Susan was dol op alles wat ze in Engeland tegenkwam, de hebbelijkheden en gewoontes van de mensen, de geschiedenis, de Engelsheid ervan. David was meer op zijn hoede voor zijn nieuwe omgeving, maar hij paste zich toch aan als ernstige negenjarige met kniekousen en grijze korte broek en het groene overhemd met klein goudkleurig wapen. Ze hadden allebei vrienden gemaakt, maar werden door hun Engelse schoolkameraadjes nog steeds beschouwd als exotische wezens. Afgezien van mijn vrouw waren we een familie van toegewijde anglofielen. Leah stond er stoïcijns tegenover, maar ze voelde zich niet langer thuis in Engeland. Ze deelde mijn voorliefde voor regenachtige dagen niet en mijn overdreven aandringen op thee met koekjes om vier uur 's middags. Ze miste de heldere, tintelende dagen van de Canadese herfst en de warmere huizen. Voor haar was Engeland oud, grijs en vervallen, een oord dat ze met haar ouders en broer na de oorlog had verlaten. Nu was ze terug met mij en de kinderen en ze zou het een jaar volhouden, maar ze weigerde te doen alsof ze ervan genoot. Leah was toen drieënveertig, een knappe, donkerharige vrouw, die op middelbare leeftijd een beetje gezet werd, rustig en gereserveerd, met een blijvende melancholie die haar nooit verliet. Ze leek heel erg op haar vader, die arts was, en dezelfde afwezige trieste houding had. Niemand had kunnen voorzien dat Leah toen nog maar elf jaar te leven had.

In mijn werkkamer in de flat in Holland Park probeerde ik dat jaar mijn omvangrijke synthese op te stellen, door de ambities en prestaties van een eeuw rond het vaandel van de Wereldtentoonstelling van 1851 te scharen met gastoptredens van zulke uitblinkers als Darwin, Dickens en natuurlijk Alfred Tennyson. In mijn uitgebreide luchtkasteel zag ik de telegraaf en de aanstormende stoommachine, de rook en het kabaal van de industrialisatie, het gonzen van nieuwe ideeën in de groezelige victoriaanse lucht, de aanhoudende aderlating van de godsdienst; het zou niets minder worden dan het verhaal over hoe we op het punt waren gearriveerd waarop we ons nu bevonden. Dat was tenminste het algemene idee. Hoeveel regenachtige dagen van dat jaar heb ik achter mijn bureau zitten dromen over de laatste zin waarmee het allemaal klinkend zou worden afgerond? En vervolgens de hoffelijke, goedkeurende brief van de uitgever, de enthousiaste steunbetuigingen van de specialisten, de gelukwensen van collega's die eerlijk gezegd niet hadden gedacht dat ik het in me had, het stijlvolle feestje bij de presentatie van het boek in de docentenkamer van een van de colleges. Ik ben zeker de enige niet die aan een project is begonnen dat niet tot een enigszins overtuigend einde kon worden gebracht. Toch word ik, telkens wanneer ik naar de doos met het manuscript in mijn flat in Toronto kijk, tot bezinning gebracht door de gedachte aan de waanideeën die we zo langdurig koesteren.

Hier dacht ik over na toen ik de regen van mijn paraplu schudde achter de deuren van het Victoria and Albert Museum, waar ik het grootste deel van de dag wilde doorbrengen. Tijdens dat sabbatsjaar nam ik Susan hier vaak op zaterdag mee naartoe. Samen bekeken we de snorrenkoppen en snuifdozen, de fel versierde koektrommels en kandelaars. Het beeld van de zwart met witte newfoundlander Bashaw, *De trouwe vriend van de mens*, stond er nog op het voetstuk van verguld brons, met zijn poot op een slang en zijn ogen gericht op de taken die hem wachten. Dit stuk victoriaanse kitsch werd vernietigend verworpen door de grote kunstcriticus John Ruskin, maar mijn twaalfjarige dochter vond het geweldig en keek met verrukte bewondering naar Bashaw, zoals ik vermoed dat miljoenen anderen door de jaren heen ook hebben gedaan. Susan nam alles in zich op, opgewonden over het wonen in een ander land; het was iets anders, een jaar uit haar leven waarvan ik hoopte dat ze het nooit zou vergeten. Terwijl ze met haar vader voor de tentoongestelde stukken stond, een meisje dat niet ver verwijderd was van de complicaties van de puberteit, nog met een been in de kindertijd, maar op haar gemak in de aanwezigheid van volwassenen. Of heb ik me dat maar verbeeld en deed ze het enkel om het mij naar de zin te maken?

Die zaterdagochtend stond ik naar het een of ander te kijken, een vitrine met victoriaanse zakhorloges, geloof ik, toen ik een lichte beklemming voelde, een aanval van zenuwen of angst, hoe je het ook noemen wilt. Aanvankelijk dacht ik aan een hartaanval, maar nee, dit leek meer op knikkendeknieënpaniek. Een minuut of zo zat ik op een beklede bank diep adem te halen en te wachten tot wat het ook was afnam. Maar ik besefte dat ik het museum uit moest. Alles daar werkte op mijn zenuwen – een van mijn moeders favoriete uitdrukkingen, nu ik eraan denk. Dus ging ik naar buiten, me voorzichtig een weg omlaag zoekend (om in de haast te struikelen was nergens goed voor) over de brede marmeren trap naar de hal, waar bezoekers zich nu verdrongen, want het liep tegen het middaguur. Toen de deur uit, de regen in, mijn paraplu op de stoeptreden opstekend. Ik moet er geagiteerd hebben uitgezien, een oudere man die op een vreemde manier met zichzelf overhoop ligt, hoewel het niemand scheen op te vallen. Ik liep meteen Cromwell Road in, ging de eerste pub binnen die ik tegenkwam en bestelde een groot glas whisky. Dat werkte en ik voelde me veel beter. Ik bestelde een broodje ham met een pot thee en begon een achtergelaten nummer van de *Daily Mirror* te lezen.

Een half uur later nam ik een taxi naar St. Paul's. Ik weet niet zeker waarom ik dat deed. Behalve dat ik het gevoel had dat ik waarschijnlijk geen gelegenheid meer zou krijgen om de kathedraal ooit nog te zien. Ik weet dat ik in de taxi zat te denken aan Gabriel, die somber uit het verduisterde raampje van zijn limousine keek, en aan Susan, in haar grote, lege huis in Woolford Abbey. Ik wilde haar weer bellen, maar wist niet wat ik moest zeggen. De vorige avond hadden we het tenminste over mijn reis naar Zwitserland kunnen hebben. Maar daar viel niets meer aan toe te voegen. Bij St. Paul's keek ik naar de toeristen die foto's namen van zichzelf voor Wrens grote kunststuk en zei toen tegen de chauffeur dat hij door moest rijden naar mijn hotel. Ik voelde me onbeschrijflijk moe en leeg. Ik weet zeker dat ik te veel van mezelf had gevergd; ouderen leren het nooit en dus moeten we ons uiteindelijk overgeven aan de notie dat ons lichaam zichzelf een poos, misschien wel voorgoed, wil uitschakelen. Ik deed mijn jasje en schoenen uit, ging in mijn hotelkamer op bed liggen en viel vrijwel onmiddellijk in slaap.

Toen ik wakker werd, was de langwerpige rechthoek van licht bij het raam donker. Ik hoorde het sissen van autobanden beneden op de natte straat en dat er water van de dakranden druppelde. Tot mijn verbazing was het vijf uur. Ik bleef even liggen kijken naar mijn naar buiten gedraaide kousenvoeten en mijn handen op mijn borst. Kennelijk had ik me tijdens de uren dat ik had geslapen geen centimeter bewogen, ik had er roerloos en stil bij gelegen als een tentoongesteld lijk. Zo, dacht ik, zal ik eruitzien nadat het licht uit is gegaan, tenzij ik instructies achterlaat dat mijn stoffelijke resten rechtstreeks naar het crematorium gestuurd moeten worden. Ik vroeg me vervolgens af bij wie ik die instructies dan moest achterlaten – waarschijnlijk bij David. Toen ging de telefoon, een onverwacht, indringend geluid dat in een hotelkamer een bejaard hart een schok kan bezorgen. Ik stuntelde met de hoorn.

Het was Adam, die belde om te zeggen dat de limousine me de volgende ochtend tussen half acht en acht uur zou oppikken en of ik er bezwaar tegen had om dan klaar te staan. Dit bericht was vreemd opwindend. Nu de regelingen getroffen waren en ik daadwerkelijk naar Zwitserland zou gaan, was het net of ik deelnam aan iets wat vaag clandestien was, verboden, zo niet volgens de wet, dan in elk geval volgens de gewoonte, volgens bepaalde overeengekomen grenzen van hedendaagse maatschappelijke tolerantie. Het was zoiets als uitgenodigd worden om getuige te zijn van een executie, hoewel dat natuurlijk onzin was. Alles werd uitgevoerd in opdracht van Gabriel. Hij wilde sterven en ik had zeker geen morele scrupules ten aanzien van hulp bij zelfmoord. Als het erop aankwam, was ik geneigd degenen die de keuze maakten mijn goedkeuring te geven. Maar nu puntje bij paaltje kwam, voelde ik me … in het nauw gedreven is, denk ik, de uitdrukking. Ik vroeg Adam over de rondrit en of Gabriel genoten had van zijn laatste dag in Londen. Het was doodzonde – en dat was letterlijk wat deze aantrekkelijke jongeman zei – maar de dag was geen succes geweest. Na een paar uur was Gabriels toestand verslechterd. Adam verweet het zichzelf, een verkeerde inschatting van de pijnstillende medicatie. In elk geval kon Gabriel het niet volhouden, dus waren ze teruggekeerd naar het hotel. Hij was nu zwaar verdoofd en sliep. Ik zei Adam dat ik de volgende morgen om half acht klaar zou staan en hij bedankte me nog eens omdat ik met hen meeging.

Zonder te weten wat ik tegen haar wilde zeggen belde ik Susan. Ik stelde me voor dat ze alleen in dat enorme huis naar de natte, lege sportvelden zat te kijken. De late zaterdagmiddag was de eenzaamste tijd van de week op een kostschool, het is stil op het schoolterrein, de herrie van de gymlessen is allang verstomd, de externe leerlingen zijn naar huis en de interne leerlingen zijn ook meestal weg voor het weekend. Ik herinner me die middagen op Groveland. Het duurde lang voordat Susan opnam en toen leek ze een beetje ademloos, alsof ze hard gelopen had. Zoals ik had verwacht was ze verbaasd om zo gauw alweer van me te horen. Ze vertelde dat ze had staan praten met een van de tuinlieden die voor het huis een bloembed aan het omspitten was. Hij had haar over zichzelf en zijn jonge kinderen verteld.

Toen ze uitgepraat was, wist ik niets anders te zeggen dan: 'Ik belde alleen om je stem te horen, Sue.'

Ze lachte. 'O, wat lief, papa, maar gaat het goed met je? Je klinkt een beetje vreemd.'

'Nee, nee, het gaat prima met me.' Het laatste wat ik wilde was dat zij zich druk ging maken om mij. 'Ik ben even in het V and A geweest vandaag', zei ik. 'Weet je nog dat jij en ik daar vaak op zaterdagochtend naartoe gingen? In het jaar dat we hier woonden? Herinner je je Bashaw nog, die zwart met witte hond?'

'Och, Bashaw,' zei ze, 'natuurlijk herinner ik me die. Ja. Ik was gek op hem! Hij maakte een slang dood of zoiets, niet?'

'Dat doet hij nog steeds', zei ik en Susan lachte weer.

'Ik was altijd dol op het V and A', zei ze. 'Ik ben er in jaren niet geweest. Roberta Penner van de geschiedenissectie heeft afgelopen februari een dagtochtje voor haar zesde klas georganiseerd. Ik had ook mee gewild, maar er kwam iets tussen. Ik weet niet meer wat.'

Daarna vertelde ze dat ze bij de Vails ging eten. Er kwamen nog twee of drie mensen die ze graag mocht. De man van Esther, die kennelijk briljant was in de keuken, zou koken. Dus dat betekende lekker eten met wijn en goede gesprekken. Ze verheugde zich erop en ik was blij dat ze op zaterdagavond niet alleen zou zitten, hoewel ik dat voor me hield. Het speet me dat ik haar gesprek met de tuinman had onderbroken en 'Misschien bel ik nog wel vanuit Zwitserland', zei ik.

'Als je wilt,' zei ze, 'maar het is echt niet nodig, papa. Je bent er toch maar voor een paar dagen, niet? Ik weet zeker dat jij en je oude vriend een heleboel te bespreken zullen hebben en dingen om te bekijken. Geniet er maar van. Waarom bel je me niet als je weer thuis bent? Ik weet dat je ongerust bent, maar voorlopig gaat het zo goed als het kan gaan. Geloof het of niet, maar het ergste was dat ik het mensen moest vertellen en dat is achter de rug nu. Iedereen hier is fantastisch. Ik bekijk het gewoon per dag. Ik weet dat het een afgezaagd gezegde is, maar zoals altijd bij clichés is het de waarheid. Meer kun je in dit geval niet doen. Ga alsjeblieft niet zitten piekeren over mij, oké? Geniet gewoon van je tijd met je vriend en wees niet te streng voor het arme, kleine Zwitserland en zijn koekoeksklokken.'

Daar lachten we om en ik zei: 'God zegene je, Sue.' Het was niets voor mij om zoiets te zeggen en Susan aarzelde, alsof ze er nog iets aan toe wilde voegen.

Toen zei ze: 'Zorg goed voor jezelf, papa.'

DIE ZOMER DUWDE ik Gabriels rolstoel vaak door de hoofd-straat van Percé naar de kade, waar we de vissers gadesloegen die de vangst van die dag schoonmaakten of we keken uit over zee door Gabriels verrekijker. Als het regende, bleven we op zijn kamer om naar muziek te luisteren en te roken. Ik werd meer bedreven in het zonder kokhalzen inhaleren van de do-delijke dampen van de Camels zonder filter. Gabriel leerde me cribbage spelen en we praatten over school en hoe de wereld eruit zou zien als de oorlog voorbij was. Hij klampte zich nog vast aan de hoop dat de medische wetenschap een manier zou vinden om hem weer te laten lopen. Hij snoefde minder over zijn seksleven en verraste me zelfs op een dag door terloops te melden dat het een stom idee was geweest van die gangkast. 'Het zou niet eerlijk zijn geweest tegenover Odette', zei hij. Het viel me op dat hun relatie overgegaan was in iets vertrouwds en huiselijks.

De twee meisjes waren om drie uur klaar met hun werk, maar ze konden pas om vier uur mee terugrijden naar ons dorp en dus ging Odette elke middag voor een uur naar Gabriels kamer, terwijl Pauline en ik demonstratief in de gang op wacht stonden, hoewel ik niet weet wat we zouden hebben gedaan als mevrouw F. plotseling was verschenen. Maar Gabriel had er alle vertrouwen in dat ze voor vijf uur niet klaar zou zijn met bridgen en dat klopte. En wat, zo vroeg ik me af, zou ze ontdek-ken als ze was verschenen? De waarheid was dat ik niet precies wist wat Gabriel en Odette in zijn kamer uitspookten. Waren ze alleen maar aan het zoenen en vrijen of was het echt? Gabriel zei er niets meer over en ik vond dat zowel raadselachtig als geruststellend. Misschien lukte het hem toch niet om zijn zin te krijgen. Dat waren de kruimels hoop waarop degenen knabbelden die buitengesloten waren van het liefdesmaal.

Pauline en ik wachtten op hen in de gang bij een raam dat uitzag op het gazon en de tennisbaan. Pauline was een mollig, vriendelijk meisje dat nergens verbaasd over leek en de grillen van het lot met een blijmoedig schouderophalen begroette. Terwijl we naar de tennissers keken, oefende ik mijn Frans met haar. *'Comment-allez vous aujourd'hui, mademoiselle? Je m'appelle Jacques. Il fait beau aujourd'hui, n'est-ce pas?'* Ze kende maar weinig Engels en vond mijn halfhartige pogingen haar taal te spreken steevast vermakelijk, want ze werd meteen rood en begon te giechelen en soms gaf ze me een harde duw tegen de muur. Het kwam pas later bij me op dat ze waarschijnlijk verwachtte gekust te worden. Soms bracht ze Canadese stripboekjes mee. Die waren in het Engels en vanwege de oorlog – beperkingen op de bestanddelen van kleureninkt, neem ik aan – waren ze in zwart-wit. Pauline verslond ze gretig, haar zware, zwarte wenkbrauwen geconcentreerd gefronst terwijl ze aandachtig de fantastische voorvallen op de pagina's las.

Na een tijdje ging de deur open en verscheen Gabriel met een verhit gezicht en zijn haar een beetje in de war. Ook Odette had vaak een hoogrode kleur. Als een plichtsgetrouw huisvrouwtje bukte ze zich altijd en gaf hem een afscheidszoen. Mij beviel het niets, maar ik had een soort houding van levensmoeheid aangenomen, een aanvaarding dat het nu eenmaal soms zo liep in het leven.

Op een zaterdag zette mijn oom me bij het hotel af. Hij zei dat het mevrouw Fontaines verjaardag was en dat hij naar de cadeau- en souvenirwinkels wilde. Er was geen spoor van Gabriel of zijn moeder te bekennen op de veranda of in de conversatiezaal en dus ging ik naar boven naar Gabriels kamer en het personeel knikte me toe terwijl ik de trap opklom. Tegen die tijd bood ik een vertrouwde aanblik, een lid van de entourage van de Amerikaanse jongen, weer een verwende, kleine *anglais* met geld. Zoiets dacht ik te zien op de gezichten van de piccolo's en kelners in het St. Lawrencehotel. Toen ik aanklopte, hoorde ik muziek en gelach en er werd opengedaan door mevrouw Fontaine, die er elegant uitzag in een chique, rode jurk. Ze begroette me met een omhelzing, erop lettend dat ze niets van haar drankje morste of mij met haar sigaret brandde.

'James. Je komt me helpen feestvieren. Wat heerlijk om je te zien.'

Ze stak de sigaret in haar mond, woelde door mijn haar, haakte haar arm door de mijne en voerde me de kamer in, waar ik tot mijn verbazing Odette naast Gabriels rolstoel op de vloer zag zitten. Ze hielden elkaars hand vast, Odette in een witte blouse, met een rok, haar benen zedig onder zich gestopt, een lint in haar donkere haar. Als je niet beter wist, zou je denken dat ze een knap meisje van een nonnenschool was. Gabriel was gekleed in een overhemd met stropdas, blazer en sportpantalon, een kostschooljongen die een afspraakje had. Zo, dacht ik, dus nu is het officieel. Ze waren nu vriendje en vriendinnetje, goedgekeurd door de moeder die glimlachend neerkeek op haar lieve jongen en zijn Frans-Canadese schatje.

Mevrouw F. stond te wiegen op de muziek van de plaat 'People Will Say We're in Love' uit *Oklahoma!* van Rodgers en Hammerstein.

'Welkom, James', zei Gabriel. 'We geven een feestje voor de oude mater. Ze wordt vandaag zesenvijftig.'

Zijn moeder slaakte een gilletje. 'Gabriel Fontaine, ik draai je je nek om. Wacht maar eens af.'

Gabriel trok een spottend gezicht. 'Nou, goed dan. Misschien geen zesenvijftig.'

'Nog niet in de buurt, lieve jongen, en ik wil er geen woord meer over horen.'

Odette zat te lachen. Maar wat moet het allemaal vreemd voor haar zijn geweest. Ze was toegelaten tot de kring van ingewijden en stond nu op vriendschappelijke voet met welgestelde gasten, Assepoester op het bal. En ik moet toegeven dat ze totaal niet de indruk wekte dat ze zich niet op haar gemak voelde.

Toch merkte ik dat ik me de hele tijd ongerust maakte dat iets de dag voor haar zou bederven. Dat ze op de een of andere manier in verlegenheid gebracht zou worden of zich onbeholpen zou voelen. Als ik er nu op terugkijk, zie ik in dat Odette veel gewiekster was in hoe ze zich aan de Fontaines moest aanpassen dan ik had gedacht.

Mijn oom kwam later. Hij was bij de Porters op hun kamer langs geweest, geen van tweeën voelde zich lekker. Iets wat ze gegeten hadden toen ze in een wegrestaurant hadden geluncht. Oom Chester had een cadeautje voor mevrouw Fontaine bij zich; een halssnoer van schelpen, gemaakt door een plaatselijke handwerksman. Mijn oom ging achter haar staan alsof hij haar vrijer was en maakte het snoer om haar hals vast. Ze was verrukt en ik verwonderde me over zijn gave om iets te kiezen wat zo volmaakt geschikt was; hij leidde zijn leven grotendeels afgezonderd van vrouwen, toch wist hij precies wat ze leuk vonden. Vervolgens maakten ze een dansje, mijn oom en mevrouw Fontaine, ze dansten licht de kamer rond op een weemoedig walsje dat 'Out of My Dreams' heette. Gabriel, Odette en ik konden niet anders dan applaudisseren. Mevrouw Fontaine zei dat ze in een restaurant in het dorp gingen eten.

'Gewoon ter afwisseling van de eetzaal', zei ze. 'Het is een cadeautje van Gabriel. Hij heeft me uitgenodigd voor een etentje met hem en zijn vriendinnetje, nou hoef ik alleen maar te verschijnen en ervoor te betalen. Wat ik een charmant idee vind, jij niet, Chester?'

'Zeer zeker', zei mijn oom. 'Bijzonder charmant.'

'Jij en James gaan natuurlijk ook mee. Ik weet zeker dat er plaats voor ons allemaal is.'

Ik had geen zin om mee te gaan. Het was te pijnlijk voor mij om Odette op die speciale manier naar Gabriel te zien kijken en ik dacht niet dat ik het een hele avond zou kunnen verdragen. Het was een opluchting voor me toen mijn oom zei dat we de uitnodiging helaas moesten afslaan. Mevrouw Moore verwachtte ons en ze was bovendien een van haar befaamde vispasteien aan het maken. We konden haar niet teleurstellen. Van tijd tot tijd heb ik me afgevraagd of oom Chester aanvoelde dat ik me ongelukkig voelde in het gezelschap van de twee geliefden, omdat ik verloren had en in mijn eentje mijn wonden wilde likken. Dus schoot hij te hulp. Het is mogelijk. Mijn oom was een ondoorgrondelijke man, moeilijk toegankelijk, maar waarschijnlijk had hij meer inzicht in het menselijk gemoed dan hij liet merken. Dat van die vispastei was zonder meer gelogen. Die avond kregen we geen vispastei bij mevrouw Moore, maar geen van tweeën hebben we het ooit nodig gevonden om op zijn onwaarheid terug te komen.

Een paar weken later, het was toen al augustus, gingen we gevieren, Gabriel en Odette, Pauline en ik, picknicken. Alles was geregeld door mevrouw Fontaine, die vastbesloten leek om de zomervakantie van haar zoon zo normaal mogelijk te laten verlopen. En wat zou er normaler kunnen zijn in de zomer dan een picknick aan zee. Het was op maandag, de vrije dag van de meisjes, en volgens de instructies van mevrouw Fontaine had het hotel een picknickmand klaargemaakt en een teil vol ijs gevuld met flesjes Coca-Cola en sinaasappelsap. Voor de middag ontmoetten we elkaar voor het hotel, waar een oude Fordpickup op ons stond te wachten, met een man die Emile heette achter het stuur. Ik herkende de wagen als die waarin Odette elke dag meereed naar haar werk. Emile werkte ook in het hotel, als klusjesman. Hij was ongeveer veertig, zwaargebouwd, met borstelige wenkbrauwen en een norse manier van doen. Hij sprak geen Engels, dus bood hij met gebaren aan om Gabriel in de cabine van de pick-up te tillen. Gabriel wilde er niets van weten en stond erop om op zijn eigen houtje in de passagiersstoel te klimmen, een beproeving die verbeten zwijgend werd ondergaan en gadegeslagen door de rest. Vervolgens laadde Emile de rolstoel, de picknickmand en de teil met ijs achterin, de twee meisjes en ik klommen erbij en we gingen op de dekens zitten, waarna Emile de achterklep dichtsloeg. Op de stoeptreden van het hotel stonden de piccolo's toe te kijken en ik vroeg Odette of ze de onvermijdelijke rancune van haar collega's niet vervelend vond. Ze lachte alleen maar.

'Wat kan mij het schelen wat ze denken? Het zijn maar jaloerse heikneuters. Dat is toch het woord dat je in het Engels gebruikt voor mensen die nooit ergens zijn geweest? Hoe dan ook, ik ben hier binnenkort weg. Zo gauw mijn vader een huis voor ons heeft gevonden in Montreal, ben ik weg. En over tien jaar kom ik terug en dan logeer ik in dat *maudit* hotel. Wedden dat diezelfde kerels er dan nog steeds zijn om mijn koffers naar mijn kamer te dragen?'

We voelden ons buitensporig gelukkig, geanimeerd door de nieuwigheid van achteruit rijden in de openlucht, de wind die van alle kanten een wilde aanval op ons deed, ons haar plat op ons hoofd drukte en ons bij tijden de adem afsneed. Zo nu en dan tikte Gabriel op het achterraampje en grijnsde tegen ons, waarop Odette haar haar uit haar ogen streek en haar tong uitstak. De grindweg was ongelijk en bij iedere slingering en hobbel vloekten de meisjes in het Frans. Ik herkende de woorden dankzij onze maandagse wandelingen. Odette had me geleerd dat de meeste Franse vloekwoorden uit de taal van de Kerk afkomstig waren.

'Dat zegt je toch wel iets over het katholieke geloof, niet dan?' had ze gezegd.

Ze was toen in een verschrikkelijk humeur geweest omdat ze die ochtend ruzie met haar moeder had gehad en had boos aan een sigaret getrokken.

'Wat zegt het dan?' had ik gevraagd.

'Laat maar,' had ze geantwoord, 'laat maar.'

Maar op de dag van de picknick was het gevloek van de meisjes om de hobbelige weg opgeruimd. We waren allemaal blij en toen ik omhoogkeek naar de wolken die langs de blauwe hemel zeilden, overdacht ik het vreemde van de hele ervaring; hier zat ik achter in een pick-up in de wildernis van Quebec met twee meisjes van wier bestaan ik zes weken eerder niet op de hoogte was geweest.

Een kilometer of drie van Percé verlieten we de snelweg en reden over een weg die steil omlaag liep naar een inham. Emile stopte een meter of vijf voor het water en we stapten allemaal uit. Terwijl Emile zich bekommerde om Gabriels stoel droeg ik het eten door een wei naar een oude wilde appelboom. Het zag eruit als de perfecte plek om uit de zon van onze lunch te genieten. Odette en Pauline volgden met de wasteil met ijs en frisdrank, waarvan ze ieder een handvat vast hadden. Intussen had Gabriel zich uit de cabine gemanoeuvreerd en hij zat nu in de rolstoel aan de kant van de weg. De meisjes en ik gingen terug naar hem en we keken Emile na, die de weg verder afreed voor een plek om te keren. Van daar liet hij de pick-up de heuvel op razen en passeerde ons zonder één blik terwijl we in het stof stonden. Hij leek uit zijn humeur, misschien omdat de klus die hij opgedragen had gekregen hem niet aanstond of misschien was het gewoon zijn karakter. We keken de wagen na toen die de heuvel opreed, de snelweg op draaide en verdween. Pauline zei dat hij om drie uur terug zou zijn. Ze zei het in het Frans en Odette vertaalde. Pauline was de enige tegen wie Emile een woord had gezegd.

Het was warm toen de wolken plaatsmaakten voor zonlicht en het was een heel karwei om Gabriels rolstoel de wei door te krijgen. De ongelijk grond zat vol voren en het lange gras was bezaaid met oude koeienvlaaien en afdrukken van hoeven. Een rolstoel hoorde daar niet thuis, maar het lukte ons, terwijl Gabriel ons aanspoorde met zijn dwaasheid.

'Hou vol, troep. Voor ons ligt de oase. Sigaretten en drank voor allemaal aan het einde van de weg.'

En het was echt een kleine oase daar onder de boom tussen de gevlekte valappels en met de lommerrijke takken boven ons. We spreidden de dekens uit en rookten, terwijl Gabriel rum en cola mengde. De meisjes vonden het spannend om daar te zijn, hoewel Odette over Emile bleef mopperen.

'Die rotvent had hem hiernaartoe moeten dragen', zei ze. 'Daar wordt hij toch voor betaald.'

'Vergeet het, meid,' zei Gabriel, 'we zijn aan het picknicken, dus drink op en geniet ervan. Waarom gaan jullie voor het eten niet zwemmen?'

Dat voorstel beviel mij wel, want ik wilde opscheppen. Ik kon niet bijzonder goed zwemmen, maar mijn borstcrawl kon ermee door en in elk geval was het iets wat ik wel en Gabriel niet kon. Dat was eigenlijk het enige wat ertoe deed.

De meisjes verkleedden zich achter een paar bomen en Gabriel volgde hun vorderingen door zijn verrekijker, terwijl hij riep: 'Pas op dat je niet in je kostbare deeltjes wordt gebeten.' Hij was heel vrolijk, al enigszins aangeschoten en dronk van zijn rum en cola terwijl ik mijn zwembroek aantrok. Hij verheugde zich erop om Odette in haar nieuwe badpak te zien, zei hij. Hij had het voor haar gekocht in een winkel in Percé. Althans, hij had ervoor betaald, Odette had het zelf uitgezocht. Ik weet niet waarom dit me dwarszat, maar dat deed het wel. Toentertijd had ik het niet kunnen verwoorden, maar waarschijnlijk vond ik dat een meisje zoiets geven ofwel te intiem ofwel te betuttelend was. Misschien allebei. Maar hoe dan ook, Odette had een nieuw badpak.

We zagen ze terugkomen toen ze met hun kleren tegen hun borst geklemd behoedzaam door het gras stapten. Odettes badpak was donkerblauw en tweedelig, waardoor haar bleke middenrif en haar prachtige benen te zien waren. Maar Pauline had alleen een tuttig, ouderwets kostuum, versierd met een rokje. Ooit was het rood geweest, maar nu was het verschoten roze, een afdankertje van een oudere zus misschien. Het zag er lichtelijk komisch uit aan haar mollige, witte lichaam, maar ze scheen er zelf geen last van te hebben. Allebei hadden ze een rubber badmuts op, waardoor hun gezichten er verschrompeld en eigenaardig onbekend uitzagen tot je eraan gewend was. Een ogenblik lang stonden we gedrieën onder de boom te bibberen in de wind. Vergeleken bij Gabriel, met zijn magere bruine armen en gezicht, zagen we er een tikje bleekzuchtig uit. Hij had zijn vliegeniersbril opgezet en ik moest toegeven dat de rotzak, zoals hij daar zat, op een filmster leek.

'Nou, waar wachten jullie op, troep?' zei hij. 'Vooruit met de geit.'

'Kom mee, James', zei Odette en ze pakte mijn hand. 'We gaan er samen in.'

Mijn hoofd gonsde van de rum en cola, maar niets zou me ervan weerhouden om hand in hand met die twee meisjes de weg af te hollen naar de zee. Ze gilden van plezier toen we het water in sprongen. De Golf van St. Lawrence is altijd koud, zelfs in augustus, maar ik was toch geschokt door die tonnen ijskoud water rondom en over me heen. Toch liet ik de meisjes snel achter me, ik zwom zo lang mogelijk onder water en toen ik bovenkwam, ontdekte ik dat ik heel ver uit de kust was en de deining van de zee het land gedeeltelijk verborg. Toen ik terugzwom, hoopte ik dat Odette zich ongerust gemaakt had over mij, maar zij en Pauline hadden het te druk met lachen en elkaar nat spatten. Ze konden alleen maar op z'n hondjes zwemmen en bleven daarom dicht bij land. Verder weg zag ik Gabriel, een vage gedaante in zijn stoel onder de boom.

Toen ik bij de meisjes kwam, probeerden ze me meteen kopje-onder te duwen, met z'n tweeën grepen ze mijn armen en leunden op mijn schouders en hoofd. Hun onverwachte nabijheid was verrukkelijk voor een jongen die nog nooit een meisje had aangeraakt en ik kwam er algauw achter dat er in de omstandigheden onbewust een zekere vrijheid was geoorloofd; we konden ons nu openlijk erotisch vermaken met handen op armen, ruggen en buiken, vingers die langs dijen en borsten streken en zo nu en dan mijn hulpeloze erectie, die voor mijn gevoel elk moment tot uitbarsting kon komen. Zalig. Het was allemaal zalig, des te meer omdat ik wist dat Gabriel dit gestoei alleen maar door zijn dure verrekijker kon gadeslaan. Kleingeestig? Zonder twijfel, maar ik kon het net zomin tegenhouden als ik het kon helpen om onder Odette door te zwemmen, haar dijen te pakken, haar omlaag te trekken en daarbij mijn hand vluchtig langs haar borsten te laten gaan. Toen ze bovenkwam, spoog ze lachend een mondvol water naar me.

Toen we het water uit kwamen om ons af te drogen klapte Gabriel en hij riep: 'Bravo, bravo, kom nader, nimfen en sater, het is tijd om te eten.'

Odette had haar badmuts afgedaan en schudde haar haar terug op zijn plaats. 'Waar heeft hij het over?'

'Niets', zei ik. 'Ik denk dat hij honger heeft.'

Met half toegeknepen ogen tuurde ze omhoog naar Gabriel en ik vroeg me af of ze bijziend was en een bril nodig had.

'Dan kunnen we hem maar beter voeren', zei ze. 'Voordat hij te dronken wordt.'

Ik had haar niet eerder zo zien turen en het bezorgde me een gevoel van bijna onverdraaglijke tederheid. Als Odette een bril moest hebben, zou ik op de een of andere manier maken dat ze die kreeg. Ik besloot het haar tijdens een van onze wandelingen te vragen, maar uiteindelijk heb ik dat niet gedaan. Tegen de tijd dat we bij Gabriel aankwamen, waren onze badpakken koud en vochtig en de meisjes gingen zich verkleden. Odette had gelijk wat Gabriel betrof. Hij was teut aan het raken door al die rum en cola. Hoewel hij het meestal goed kon verbergen en misschien dat zijn moeder daarom niet vermoedde dat hij zo veel dronk, maar het zou ook kunnen dat ik overdrijf over hoeveel hij in feite innam. De waarheid is dat ik het eigenlijk niet weet. Het had gedeeltelijk komedie kunnen zijn. Maar ik had wel geleerd dat zijn scherpe tong een onmiskenbaar teken was dat hij beneveld raakte.

'Dat dikke meisje van jou', zei hij, 'heeft een flink stel prammen.'

'Ze is niet echt mijn meisje', zei ik.

'Heb je er al aan gezeten?'

'Misschien.'

'Waarom ga je niet een eindje lopen met haar als we gegeten hebben? Ik denk dat Odette en ik dan wel alleen willen zijn.'

'Ik snap het heus wel, hoor, Gabriel.'

'Het zou jou ook iets kunnen opleveren, maat. Ik heb haar wel zien kijken naar je.'

Het hotel had overal voor gezorgd, van het tafellaken tot de borden en het bestek. Er waren sandwiches met koude kip, augurken, gekruide saus, jamcakejes, een appeltaartje, zelfs linnen servetten. Een edwardiaanse picknicklunch daar onder de appelboom. Nadat we gegeten hadden en de meisjes de spullen hadden opgeruimd, zei Gabriel: 'De eenzame cowboy zal zo wel terugkomen, niet? Hoe laat heeft hij gezegd, Odette?'

'Drie uur', zei ze.

Gabriel keek op zijn horloge en tikte erop. 'We hebben nog anderhalf uur, troep.'

Dit vatte ik op als de aanwijzing voor mij om Pauline te vragen of ze een wandeling over het strand wilde maken. Odette zei iets tegen haar in het Frans en Pauline giechelde en stond op.

Toen we wegliepen, riep Odette: 'Niets doen wat ik niet zou doen.'

'En wat zou dat zijn?' riep ik terug, maar ze lachte alleen maar. Ze hielp Gabriel al uit zijn stoel. Hij steunde op haar en toen leek het of ze samen op de deken neerzegen. Blijkbaar was zij de enige die aan hem mocht komen.

Wat Pauline en mij betrof, als er iemand op het strand was geweest die ons kon zien, moeten we een vreemd schouwspel hebben opgeleverd, ik met weerbarstig, strokleurig haar en lang en mager en Pauline met donker haar en kort en dik – ze reikte tot aan mijn borst. We liepen zonder te praten. De sfeer van speelse seksualiteit waarvan we in het water hadden genoten was allang vervlogen en nu moesten we een andere ingang tot een intimiteit zien te vinden waarvan ik niet zeker wist of we die wel echt wilden. Ik besefte dat we ergens over zouden moeten praten. We hadden woorden nodig. Maar ook als we elkaars taal hadden gesproken, waarover zouden we dan praten? Bij Odette was het gemakkelijk. Ze was soms niet tot zwijgen te brengen. Ze was nieuwsgierig en eigenwijs. Met Odette kon ik overal een gesprek over hebben. Maar Pauline en ik zaten, schuchter en verlegen, vast in de woordeloosheid.

De hemel betrok en de zon kwam maar zo nu en dan tevoorschijn om ons met een speer van warm licht te doorboren. Na tien minuten kwamen we bij een enorme rots die drie meter de zee in stak en ons de weg versperde. Maar ernaast, beschut tegen de wind, was een stukje droog zand waarop een verweerde boomstronk en de as van een oud vuur lagen. Zonder een woord te zeggen gingen we liggen en lieten ons hoofd tegen de stronk rusten. Pauline sloot haar ogen, terwijl ik aan Odette en Gabriel dacht. Waar zouden zij over praten? Of zouden ze in zo'n staat van opwinding zijn dat woorden overbodig waren? Maar nee. Ik wist dat ze allebei woorden zouden gebruiken bij hun vrijerij. Het zou ze volmaakt natuurlijk afgaan. Toen vroeg ik me af wat Pauline dacht, terwijl ze daar naast me op het zand lag. Ik was ervan overtuigd dat ze me hopeloos vond. In die tijd bezigden meisjes het woord 'slome' om jongens als ik mee af te doen en ik was benieuwd of er in het Frans ook zo'n term bestond. Hoogstwaarschijnlijk, besloot ik, er moest een woord voor mensen zoals ik in elke taal zijn. Hier dacht ik over na terwijl ik naar Paulines ontspannen gezicht keek. Dacht ze na over de dag zelf, vroeg ik me af. Een dag die anders was dan alle andere in haar leven; een maandag waarop ze de sandwiches en cakejes at die door haar collega's in het hotel waren gemaakt. En dat allemaal in het gezelschap van rijke jongens. Ze had zelfs rum met hen gedronken. Een dag in haar leven die ze misschien nooit vergat. Maar het kon zijn dat ze zo helemaal niet dacht. Misschien nam ze de dingen gewoon zoals ze kwamen. Het valt niet te zeggen wat je van vandaag op morgen kan gebeuren en wat dan nog? Laat maar gebeuren. Het zal allemaal wel goed komen. Ik weet nu niet eens meer of ik dat allemaal over Pauline Legault dacht, maar het zou goed kunnen, want zo'n soort jongen was ik toen. Wel weet ik nog dat ik me op een bepaald moment over haar heen boog en mijn lippen op haar mooie kleine mond, een rozenknopje, drukte. Misschien dat ze half en half sliep, want ze trok haar hoofd weg alsof ze zich verzette en opende toen haar ogen om me aan te kijken.

'Nee, nee', zei ze. 'Zo moet het.' En toen kuste ze me en ik voelde haar tong in mijn mond.

Er volgde een uitgebreid geworstel daar op het zand, een uur van langdurige kussen waarbij we met onze ogen dicht bijna stikten in elkaars tong. Op haar goedhartige manier veroorloofde Pauline me bepaalde vrijheden met haar stevige, kleine lichaam. Het was bijvoorbeeld toegestaan dat ik haar borsten aanraakte, maar mijn handen mochten niet onder haar trui komen. Aanvankelijk kneep ik erin alsof ik exotische vruchten onderzocht en daarvoor kreeg ik een klap op mijn hand.

'*Doucement,*' riep ze, '*doucement.*'

Het waren de stuntelige rituelen van een vrijage in een tijdperk dat een jongen grotendeels op zichzelf was aangewezen, geen hulp kreeg van expliciete films of pornosites op internet. Het was allemaal onhandig en tamelijk lief en op de terugweg liepen Pauline en ik hand in hand, eindelijk aan elkaar gekoppeld als vriendje en vriendinnetje. Volgens de ongeschreven wet van de liefde had ik de tweede prijs gewonnen – en misschien verdiende ik ook niet meer.

Toen we de weg op liepen naar de boom in de wei kon ik zien dat Odette en Gabriel elkaar niet halfnaakt omklemden zoals ik gevreesd had. Hij zat weer in zijn rolstoel te roken en onze nadering gade te slaan, terwijl Odette aan zijn voeten gezeten tegen hem aan leunde, het toonbeeld van voldoening en jeugdige schoonheid. Het einde van een volmaakte zomermiddag, zou je denken, maar nee, weldra stortte de hele boel in elkaar.

Het begon met een omslag in het weer, het water werd verduisterd door een grijze muur van regen die op ons af koerste. Het was nu na drieën en de Fordpick-up was nergens te bekennen. Het begon redelijk zacht, maar al snel roffelde het hard op de wei en zaten we ineengedoken onder de takken en druipende bladeren, terwijl Odette Emile in twee talen vervloekte. Twintig minuten, misschien wel een half uur wachtten we, doornat en steeds mistroostiger, voordat we de pick-up van de snelweg af zagen komen, met de lichten aan en de ruitenwissers als dolle heen en weer gaand, terwijl hij spetterend door de plassen op de weg de heuvel afreed om onderaan te keren.

Odette was vol misprijzen. 'Die stommerik komt vast te zitten. Het is daar helemaal drassig.'

En dat gebeurde ook bijna, de wielen gierden in de modder, blauwe rook stoomde uit de uitlaat toen hij de pick-up tussen de eerste versnelling en de achteruit heen en weer liet schommelen, hem ten slotte los kreeg en de heuvel terug opreed, waar hij stopte en op ons wachtte. Hij was duidelijk niet van plan om eerder dan hij moest in de regen uit te stappen. Odette noemde hem een klootzak.

Zij en Pauline holden met de picknickspullen het weiland door en gooiden ze achter op de wagen, terwijl ik Gabriels stoel begon te duwen. Je kon zo zien dat het zwaar zou worden. De regen had de grond doorweekt en algauw zakten de wielen weg in de grove, zachte aarde en bleven steken. Zelfs toen de meisjes trokken en ik duwde, kregen we de rolstoel telkens maar een paar centimeter vooruit. Het was uitputtend en ontmoedigend werk en Gabriel, die misschien wel zijn best deed om het hoofd te bieden aan de onwaardigheid ervan, keek onbewogen toe terwijl hij dan de ene, dan de andere kant op werd getrokken, elke minuut verfoeiend, zo stelde ik me voor, van zijn vreselijke afhankelijkheid van anderen. Ik overwoog hem te dragen. Maar zou hij dat toestaan? En kon ik het wel? Misschien dat we met ons drieën iets konden proberen als een brandweerstoeltje, een manoeuvre waarvan ik een demonstratie had gezien bij de cadetinspectie, waarbij twee of drie jongens iemand die zogenaamd gewond is in veiligheid brachten. Maar ik wist niet precies hoe het werkte en bovendien moest hij het goedvinden.

'Mogen we je naar de wagen dragen, Gabriel?' vroeg ik.

'Nee', antwoordde hij en hij deed een laatste poging om ons aan te moedigen. 'We halen het wel, kameraden. Gewoon volhouden. Zet je schouders eronder en zo.' Maar zijn geduld raakte op en hij keek verbeten. Heel verbeten.

Gedrieën bogen we ons weer over de taak en de rolstoel

schommelde een klein stukje naar voren en stokte toen. Hijgend ging Odette rechtop staan.

'*Tabernac*,' mompelde ze, 'hij zit vast. Het gaat zo niet.'

Aan haar gezicht te zien was ze het zat, maar ook toen en zelfs met haar haar plat op haar hoofd vond ik haar mooi. Haar blouse was kletsnat en ik kon haar beha zien. Pauline was gaan zitten om op adem te komen. Odette keek om naar de pick-up.

'Die nietsnut moet van zijn gat af komen om ons te helpen.'

'Nee,' zei Gabriel, 'jullie kunnen het wel.'

'Nee, Gabriel', zei ze. 'Dat kunnen we niet.'

En met die woorden draaide ze zich om en liep snel de wei door. We zagen haar bij de pick-up staan, roepend, zwaaiend met haar armen en terug naar ons wijzend. Na een poosje stapte Emile uit. Hij zette een tweedpet op zijn hoofd, knoopte zijn jasje dicht en volgde haar, een koppige gedaante bewegend door de regen, die eindelijk ook een stortbad kreeg. En hij keek niet blij toen hij bij ons aankwam.

Odette sprak in het Frans tegen hem, ik nam aan dat ze hem uitlegde dat we de rolstoel door de wei moesten duwen omdat Gabriel niet gedragen wenste te worden. Onder de pet rimpelde het brede gezicht van de man zich tot een frons. Hij probeerde duidelijk wijs te worden uit wat ze zei. De oplossing moest simpel hebben geleken voor hem. Draag de jongen naar de wagen. Ga terug voor de rolstoel. Rij naar het hotel. Ik giste dat dit door zijn hoofd ging, maar desondanks haalde Odette hem over om het op haar manier te proberen. Dus begonnen we nu met ons vieren te trekken en te duwen en op een bepaald moment kantelde de stoel bijna omver. Emile hijgde, zijn gezicht was donker van inspanning en woede. Het was te zien dat hij genoeg had van die vier jongelui in het natte weiland en wie kon het hem kwalijk nemen? We schoten geen steek op. Desondanks was het alarmerend wat er vervolgens gebeurde en het gebeurde zo snel dat iedereen verrast was, met inbegrip van Gabriel. Zonder een woord te zeggen bukte Emile zich, tilde Gabriel uit de stoel en droeg hem door de wei naar de wagen. Toen begon het geschreeuw, een stortvloed van scheldwoorden die ik nog nooit in mijn leven had gehoord en nooit meer hoopte te horen. Het enige wat we konden doen was achter hen aan lopen in de regen, ernaar luisteren en kijken naar Emiles brede rug met Gabriel brullend in zijn armen.

Kinderen hebben woedeaanvallen en die zijn vaak pijnlijk om aan te zien. Maar een jongen van zestien is bijna volwassen en Gabriels vertoning die middag was diep beschamend; het was buiten verhouding, schandalig, een belediging voor het verstand. Het maakte dat je je een week lang voor mensen wilde verstoppen om enkel na te denken over primordiale minerale levensvormen, over lagen lava die gedurende miljoenen jaren stroomden en zich verhardden. Toen we bij de wagen kwamen, zat Gabriel op de treeplank, waar Emile hem had achtergelaten voordat hij zelf was ingestapt en het portier had dichtgeslagen. Gabriels enige woorden tegen ons waren hees gefluisterd.

'Geef me mijn stokken.'

Odette overhandigde hem de twee wandelstokken en hij hees zich erop steunend overeind en draaide zich langzaam om om het portier te openen. En toen hij de stokken naar binnen had gegooid, volgde de pijnlijk trage klim de cabine in en de stoel op.

Nadat hij het portier dicht had getrokken, maakte ik de achterklep vast en de meisjes en ik gingen achterin onder de natte dekens zitten, blij dat we uit de buurt van die hulpeloze woede waren. Ik geloof niet dat we een woord tegen elkaar hebben gezegd toen we naar de snelweg toe hobbelden en terug naar Percé reden.

In Zürich verbleven we in het centrum van de stad, in het elegante Baur au Lac aan de Talstrasse, waar we uitzicht hadden op het meer. Toen we zondagmiddag vroeg aankwamen, had de nogal bezadigde cliëntèle hier en daar een wenkbrauw opgetrokken toen Gabriel in de foyer zei: 'Voor mijn gevoel heb ik een groot deel van mijn leven doorgebracht met het in- en uitchecken in dit soort kuthotels. Dit zal het laatste zijn, dus halleluja.' In zijn overjas en sjaal zag hij er hologig uit, maar voor een man die binnen vierentwintig uur dood zou zijn, was hij opmerkelijk opgewekt en zo opgewonden als een kind op vakantie. Tijdens de vlucht vanuit Londen had hij grapjes gemaakt met de stewardess, een aantrekkelijke jonge vrouw.

'We willen champagne', had hij gezegd. 'Ik en mijn jonge reisgenoot hier – en die bedaard uitziende heer daar', had hij eraan toegevoegd, wijzend naar mij aan de andere kant van het gangpad. 'We moeten hem opmonteren.'

Ze glimlachte taxerend naar mij. 'Ik zal mijn best doen, meneer.'

'Dat weet ik, mijn lieve kind, dat weet ik', zei Gabriel.

Adam had geglimlacht, maar lichtelijk bezorgd gekeken, misschien omdat hij zich afvroeg of de champagne Gabriels verwoeste ingewanden van streek zou maken en hij de rotzooi op mocht ruimen. Maar alles was goed gegaan. Gabriel had maar één glas gedronken en Adam en ik ieder twee. In de nagenoeg lege eersteklascabine was mijn blik, toen we het Kanaal overvlogen, zo nu en dan op een andere passagier gevallen; een mooie, jonge vrouw wier gezicht gedeeltelijk schuilging achter een enorme zonnebril. Ze zat alleen, een paar stoelen verderop, keek uit het raampje en zag er glamoureus en verslagen uit. Ik stelde me het einde van een liefdesaffaire voor, misschien omdat ik bij iedereen droefenis in de kern van het bestaan zag of wilde zien.

Nadat we geland waren, navigeerde Adam de rolstoel door de luchthaven. Wat waren rolstoelen tegenwoordig licht en compact, vergeleken bij dat onhandelbare, oude houten geval dat ik meer dan zestig jaar geleden door de straten van Percé had geduwd. Op de parkeerstrook stond de chauffeur van de minibus te wachten. De hele tijd was Gabriel een toonbeeld van toegeeflijkheid en hij klaagde maar één keer dat hij het koud had, hoewel het zonnig en warm was voor de tijd van het jaar. Op weg naar de stad vroeg Adam aan de chauffeur of hij de verwarming hoger wilde zetten. Gabriel zei tegen mij dat hij even wilde rusten en dat we daarna rond zouden gaan kijken.

'De oude stad zou interessant moeten zijn', zei hij. 'De laatste keer dat we hier waren, heb ik de moeite niet genomen om te gaan kijken. Het was alleen maar d'r in en d'r uit voor ons toen, niet, Adam?'

'Dat klopt, meneer.'

'D'r in en d'r uit', lachte Gabriel. 'Je zou hetzelfde voor deze keer kunnen zeggen. Ik ben d'r in en dan ben ik d'r uit. Maar deze keer ben ik er echt uit.' Het zinnetje scheen hem veel plezier te geven en hij lachte weer. 'Hoe dan ook, James, we zullen zien hoe het is. Er hebben hier beroemde mensen gezeten. Lenin heeft hier gewoond en die krankzinnige kunstenaar, hoe heet hij ook alweer, Adam?'

'Salvador Dalí, meneer.'

'Ja, Dalí. En de Ierse schrijver, Joyce. Ik geloof dat hij hier begraven is. Hoe dan ook, we zullen een kijkje nemen. We spreken af om vier uur in de foyer.'

Dus ging ik naar mijn kamer, waar ik een paar bladzijden in een nieuwe biografie van William Gladstone las en van tijd tot tijd uit het raam keek naar een parkje voor het hotel. Door de bomen heen zag ik de fleurige blauwe trolleybussen op Gurson Quai en erachter het meer met de zondagse zeilbootjes. In de verte de besneeuwde Alpen. Het was zeker pittoresk, maar ik was rusteloos, nog steeds perplex over de vreemde wending die mijn leven had genomen in de negen dagen sinds Susan me had gebeld. Ik bleef denken dat ik in het vliegtuig naar Toronto had moeten zitten, waar ik de oubollige film probeerde te negeren door deze biografie te lezen, een boek waarvan ik wist dat ik er nooit doorheen zou komen en dat ik zelfs in het hotel zou laten liggen. Het boek was te dik, te overladen met details. Toen ik er afgelopen week om drie uur 's nachts in had gelezen in een vergeefse poging om in slaap te komen had het me enkel ongeduldig en geïrriteerd gemaakt. Klaarwakker had ik het door de kamer willen smijten. Ongeveer duizend bladzijden om het verhaal van een man zijn leven te vertellen. Gewoon een andere vorm van gebrul. Ik had het op het laatste moment in mijn handbagage gedaan en het door luchthavens en hotelfoyers meegesleept. Maar op die zondagmiddag in Zürich had ik er ten slotte genoeg van, dus schoof ik het grote, dikke geval op een richel in een hoek van de kast, in de hoop dat het pas ontdekt zou worden als ik al weg was. De Zwitsers zijn zo efficiënt en plichtsgetrouw dat ik voor me zag hoe het hoofd van de huishouding op me afkwam terwijl ik uitcheckte en me de pil toestak. 'U bent iets vergeten, meneer.' Maar toen ik het in de kast verstopte, had ik het gevoel dat ik iets deed wat onmiskenbaar raar was, iets wat mijn arme moeder op een bepaald moment in haar leven had kunnen doen.

Dus ik zat niet in het vliegtuig naar Toronto, maar stond bij een raam in een duur hotel in Zwitserland, een land waarvan ik niet had gedacht dat ik er ooit naartoe zou gaan, een land dat ooit beroemd was om zijn vakkundige horlogemakers. Het eerste boek dat ik in mijn herinnering zelfstandig heb gelezen, het verhaal van Heidi die met haar grootvader op de hellingen en weilanden van de bergen woonde, speelde zich af in Zwitserland. Nu was het een land waar de rijken kwamen om te skiën en hun geld op te slaan. Of om te sterven. Ik voelde me net zo ingekapseld en verward als ik me een dag eerder in het Victoria and Albert Museum had gevoeld. Kennelijk werden mijn zenuwen weer belaagd door een frontale aanval en ik besefte dat ik die kamer uit moest. Een wandeling dus, om te kalmeren.

Op straat wemelde het van de toeristen, de meeste Frans of Duits. De terrassen van de cafés en koffiehuizen aan de Bahnhofstrasse waren open vanwege het zomerse weer en ik werd omringd door gezond ogende, welvarende mensen die zich amuseerden. Ik liep naar de Limatt en keek naar een voorbijvarende toeristenboot waarop de passagiers foto's van de stad namen. Blije, tevreden mensen die voor even van hun zorgen waren bevrijd door de nieuwigheid van alles. Het is moeilijk om op een zonnige middag ontevreden te zijn op een boot. Maar als het erop aankwam zou ik er niet zo licht van afkomen. Zelfs hier, misschien vooral hier, te midden van de toeristen en de burgers van dit welgestelde stadje, moest ik de feiten onder ogen zien: ik was hier om een man gezelschap te houden die besloten had dat hij het had gehad met dit alles. En mijn dochter zou weldra voor een dag komen te staan dat ook zij het welzijn van degenen om haar heen moe was, moe van anderen met hun gezondheid en hun voorraad veronachtzaamde dagen.

Hier dacht ik aan toen ik langs de rivier wandelde en ik moet me overstuur gemaakt hebben, want plotseling had ik het gevoel dat ik een attaque kreeg, een beroerte misschien of een hartaanval. Geen speciale pijn, maar het leek of mijn hele gestel overweldigd was en ik moet gewankeld hebben. Gelukkig stond er vlakbij een lege bank en ik strompelde ernaartoe en ging hijgend en zwetend zitten. Een verontrustend moment, hoewel ik me opgelaten voelde, want er was geen sprake van duizeligheid of druk in mijn armen of borst. Het waren gewoon mijn zenuwen en we schamen ons altijd voor onze zenuwen. Maar mijn bleke gezicht en wankeling moeten opgevallen zijn. Een jonge man en een vrouw – zo te zien studenten – waren over het pad mijn richting op gekomen en nu haastte de jonge vrouw zich naar de bank. Ze was negentien of twintig en heel aantrekkelijk, met blond krulhaar en blauwe ogen. Heidi was eindelijk volwassen geworden en droeg een topje en een spijkerbroek. Het woord 'sprankelend' kwam bij me op toen ze naast me ging zitten en haar hand op mijn arm legde. Haar vriendje, donkerharig met een stoppelbaard (wanneer waren jongemannen opgehouden zich te scheren?) stond een eindje bij ons vandaan. De vrouw zei iets in het Duits tegen mij. Haar adem rook zoetig, alsof ze net chocolade had gegeten.

'Ik vrees dat ik geen Duits spreek', zei ik. Het bonzen van mijn oude hart werd minder.

'Dat geeft niet,' zei ze, 'ik spreek een beetje Engels. Gaat het goed met u? Het leek of u ziek was. Zoals u naar de bank liep.'

'Ja, dat dacht ik ook,' zei ik, 'maar ik voel me beter nu ik zit.'

Ze had mijn arm niet losgelaten en dat wilde ik ook niet; het was geruststellend, de hand van die jonge vrouw op mijn arm. Het zijn vrouwen die uiteindelijk voor ons zullen zorgen, dacht ik. Die zullen onze pijnlijke rug masseren en onze hand vasthouden. Het meisje keek op en zei iets in het Duits tegen de man. Het klonk bars, een beetje bazig, maar zo klinkt Duits toch wel vaker, of niet? De jongeman haalde zijn schouders op. Wat een uilskuiken! En zij was met hem. Wie kan die dingen verklaren?

'Ik heb een telefoon', zei ze. 'Wilt u een ambulance?'

'Nee, nee', zei ik. 'Ik geloof dat het wel gaat. Het was waarschijnlijk benauwdheid.'

Ik weet niet of ze het woord begreep, maar ze keek me recht aan met die blauwe ogen. Jongeren hebben zulke heldere ogen. Zo blakend van gezondheid. Haar huid. Haar haar. Wat verlangde ik ernaar om mijn hart te luchten bij deze jonge vrouw. Om op die bank te zitten met haar warme hand op mijn arm en haar te vertellen over mijn dochter, over Gabriel en mijn totale eenzaamheid in een vreemde stad. Tegelijkertijd was ik me ervan bewust dat ik gewoon een domme, dwaze oude man was.

Heidi had haar rugzak afgedaan en een flesje water geopend. 'Drink een beetje', zei ze.

Ze was toch een bazig type, maar ik deed wat me was opgedragen en dronk dankbaar.

'Weet u het zeker, van de ambulance?' vroeg ze.

'Ja, ik weet het zeker', zei ik. 'Het was heel vriendelijk van je. Ik was gewoon oververmoeid. Ik rust nog even uit en dan ga ik terug naar mijn hotel.'

Ze glimlachte. 'Dat is goed. En nu is het in orde met u?'

'Ja, hoor. Prima. Ik kan je niet genoeg bedanken voor je vriendelijkheid.'

'Geen probleem', zei ze en ze gaf me weer een klopje op mijn arm, de engel, en stond toen op.

Ik keek hen na toen ze wegliepen. Ze had haar arm door de zijne gehaakt en keek nog een keer om om naar me te zwaaien voordat ze achter de anderen op het pad verdwenen. Ik leunde even achterover en voelde de zon op mijn gezicht. Ik moest met iemand praten die me kende. Met een familielid. Of met Catherine Parmeter. Ik had gedacht dat ik gewend was aan een leven zonder haar gezelschap, maar op zulke momenten herinneren we ons hoe het was om iemand te hebben die je in vertrouwen kunt nemen. Hoe laat was het trouwens in Auckland? Wat zou ze op dit moment kunnen doen?

Het was bijna vier uur toen ik terugkwam in het hotel. In de foyer herkende ik een Amerikaanse filmster, een man van middelbare leeftijd wiens naam me niet te binnen wilde schieten, maar wiens gezicht me bekend voorkwam. Ik ga nog maar zelden naar de film, maar de osmotische uitwerking van de populaire cultuur is zodanig dat je gezichten uit Hollywood wel moet herkennen. En aan zijn arm had hij de jonge vrouw uit het vliegtuig van die ochtend, die nog steeds de grote zonnebril op had en die lachte om iets wat haar beroemde metgezel zei. Daar ging ik dan met mijn 'verslagen' en mijn theorie van een mislukte affaire.

Op mijn kamer flikkerde het rode lampje van de telefoon en ik luisterde naar Adams stem die om 3.42 uur was opgenomen. Gabriel voelde zich niet al te best en dus kon het uitstapje naar de oude stad niet doorgaan. Kon ik om vijf uur naar hun suite komen voor cocktails? Er zou ook iets te eten zijn. Gabriel had gemeld dat hij het had gehad met hoteleetzalen. Hij zou waarschijnlijk vroeg in bed liggen, zei Adam.

TIJDENS DIE ZOMER in Gaspé stuurde mijn vader me dingen zoals hij ook deed als ik op Groveland zat. Een scheikundedoos. Een honkbalhandschoen. Een boek over beroemde zeeslagen met het relaas van de heldendaden van mannen als Drake en Nelson. Deze selectie maakte op mij de indruk van iets wat pas later bij hem opkwam. Alsof het hem, als hij zich door een warenhuis in Ottawa repte op zoek naar een stropdas voor zichzelf of parfum voor zijn vriendin, plotseling te binnen schoot dat hij een zoon had en misschien moest hij die maar iets sturen – want was dat niet wat vaders van tijd tot tijd deden? Er zat nooit een briefje met beste wensen of een vraag naar mijn welzijn bij de cadeaus. Alleen een doos in bruin pakpapier met iets erin. Die augustus stuurde hij me een bouwpakket voor een modelvliegtuig, een Lancasterbommenwerper. Ik zie het plaatje op het deksel nog voor me, de dof groene romp met de grote, rode roos. Ik stelde me J.T. voor en dat zijn blik op een stapel van deze dozen op een toonbank viel en dat hij dacht: dat lijkt me nou echt iets voor een jongen. Het zou nooit bij hem zijn opgekomen dat ik noch het geduld noch de aanleg had om de stukjes en beetjes van balsahout en papier in elkaar te zetten en te lijmen tot iets wat op een vliegtuig leek. Bovendien was ik toen, in elk geval volgens mezelf, een paar jaar te oud voor dat soort tijdverdrijf.

De doos met vliegtuigonderdelen arriveerde tijdens de week van onze picknick. Ik was nog steeds razend over Gabriels kinderachtige vertoning die middag en had weer geweigerd met mijn oom mee naar Percé te gaan. Hij vond het vervelend, want hij kon geen reden ontdekken voor mijn weigering en die zou ik hem ook niet vertellen. Hij schreef het allemaal toe aan mijn

158

gebruikelijke humeurigheid, wat ten dele waar was. Dus waren we weer eens gestopt met praten en ontliepen we elkaar zo veel mogelijk. Ik had tijdens die week evenmin een woord gewisseld met Odette. Ik zag haar alleen vanuit mijn zolderraam wanneer ze 's ochtends naar haar werk ging en wanneer ze 's middags terugkwam. Ik mokte als Achilles in zijn tent, dat is zeker. Op mijn manier gedroeg ik me even kinderachtig als Gabriel had gedaan. En ik miste mijn gesprekken met haar heel erg. Ik wist dat ze hem zijn woedeaanval zou hebben vergeven en daar wilde ik het met haar over hebben. Om haar ervan te overtuigen dat hij alleen maar een verwende snotaap was – en waarom moest hij altijd zijn zin krijgen? Maar ik besefte dat hoe langer ik de zaken op hun beloop liet, hoe moeilijker het zou zijn om haar aan te spreken. Wat me het idee gaf dat het bouwpakket voor het modelvliegtuig van pas zou komen. Als ik het nou eens aan een van haar broers gaf, terwijl zij aan het werk was, dan zou ze misschien inzien dat ik, ondanks mijn chagrijnige buien, zo kwaad nog niet was. De oudste jongen, Maurice, was ongeveer dertien en hij leek de meest geschikte kandidaat voor het geschenk. Maar wat was 'geschenk' in het Frans? Op Groveland had ik Frans gehad, maar ik had niet goed opgelet en maar net een voldoende gehaald. De leraar was niet erg goed en niemand van ons zag er eigenlijk het nut van in om het te leren.

Op een ochtend stak ik het weiland tussen onze huizen over. Een boer pachtte het omringende land voor het hooi en hij was er de hele week druk mee in de weer geweest. Ik had hem gadegeslagen terwijl hij op het ijzeren zadel van zijn maaimachine achter een appelschimmel zat. Toen hij klaar was met maaien, kwam hij terug met een gevorkt apparaat dat het hooi in lange zwaden harkte. Een paar dagen later gebruikten zijn zoons hooivorken om het op te stapelen en tussen deze stapels door liep ik naar het huis van de Huards met mijn doos vol vliegtuigonderdelen. De zwart met witte collie kreeg al snel lucht van mij en zette blaffend de aanval in; van tijd tot tijd zag ik zijn lange snuit en witte staart tussen de hooistapels toen hij op me af kwam rennen. Op de veranda van de Huards gilden de kinderen naar hem. Maar ik was niet bang van de hond, want ik wist dat hij niets deed en toen hij bij me kwam, sprong hij enkel om me heen en snuffelde aan mijn broekspijpen en schoenen. Odettes broers en zussen hadden hun spel gestaakt en stonden nu naar me te kijken. Wat was die jonge *anglais* nu weer van plan? Hij was de vriend van Odette en moest toch weten dat ze op haar werk was. En wat had hij daar bij zich? Wanneer Odette en ik gingen wandelen, spraken we altijd af bij het hek voor hun pad en dus was dit de eerste keer dat ik de Huards van dichtbij zag. Ik was getroffen door hoe arm ze waren in hun verstelde afdankertjes. Ik had kinderen als zij op straat in het stadje bij onze school gezien. Ze hadden met dezelfde behoedzame blik naar ons, jongens van Groveland, staan kijken toen we op weg waren naar de zaterdagmatinee in de Roxy als ik nu bij de Huards zag, een blik vol norse eerbied voor gezag in wat voor vorm dan ook – de priester, de winkelchef, de jonge, Engelssprekende onbekende. Achter de hor van de voordeur kon ik vaag de gedaante onderscheiden van Odettes moeder, die daar met gevouwen armen stond. Haar oudste zoon, Maurice, zat op de treden van de veranda. Bijna van mijn leeftijd, maar kleiner, een donkerharige, stuurs kijkende jongen. Een hele tijd later, in het begin van de jaren zestig, las ik in een krant uit Toronto over een bankoverval in Montreal waarbij een omstander was omgekomen in een vuurgevecht tussen de politie en de dieven, die gepakt werden. Hun politiefoto's stonden in de krant, en op een ervan herkende ik dezelfde behoedzame blik bij een dertigjarige Maurice Huard.

Maar op die ochtend in augustus 1944 was Maurice pas dertien toen ik hem de vliegtuigbouwdoos gaf. Merkwaardig genoeg schoot het Franse woord voor 'geschenk' me op dat moment te binnen. *Un cadeau.* Ik moet het gemompeld hebben, maar hij keek nog steeds perplex, en wie kon hem dat kwalijk nemen? Wat was hier aan de hand? De anderen hielden hun mond. Zelfs de hond was opgehouden met blaffen en lag, hijgend met zijn lange tong uit zijn bek, op het erf naar me op te kijken. Ik realiseerde me dat ik het slecht afhandelde, maar ik voelde me verlegen en misplaatst te midden van al die starende gezichten. Ik draaide me om en zonder een woord te zeggen liep ik zo snel als ik kon terug door het weiland. Ik voelde me vernederd en was kwaad op mezelf om de hele stuntelige onderneming. Op mijn zolderkamer begon ik meteen aan een brief naar mijn moeder waarin ik de omstandigheden van mijn ballingschap overdreef, mijn eenzaamheid benadrukte en spotte met oom Chesters manieren en gewoontes, met het Bostonse accent van de Porters en de aanblik van mevrouw Moores achterste wanneer ze zich 's ochtends over haar moestuin boog. Het was een enggeestig briefje, maar het schrijven ervan was louterend en uitermate plezierig. Over het modelvliegtuig had ik het niet. Of die brief mijn al belaste moeder schuldige gevoelens over mijn verbanning bezorgde of dat het enkel gelach uitlokte vanwege mijn buitensporige karikaturen, zou ik nooit weten.

Die avond, na het eten, hoorde ik mijn oom naar boven roepen en toen ik naar beneden ging, keek ik toevallig door het raam en zag Odette op de verandatrede zitten. Als een kind hield ze het modelvliegtuig omhoog alsof ze het de lucht in wilde gooien. Ik hoorde het gekletter van borden uit de keuken komen, maar mijn oom zat nog aan de eettafel zijn thee op te drinken, naar de zonsondergang te kijken en observaties in zijn aantekenboekje te krabbelen. De schrijver aan het werk. Ik was kregelig.

'U had haar op z'n minst binnen kunnen laten', zei ik.

Dit staaltje van brutaliteit werd met een zwak glimlachje in ontvangst genomen, bovendien bracht het mevrouw Moore de eetkamer in, waar ze me boos stond aan te kijken terwijl ze een bord met haar theedoek oppoetste. Mevrouw Moore verbeeldde zich dat ze wist hoe het hoorde en ze keek nogal misprijzend.

'O, maar dat hebben we gedaan, beste jongen', zei oom Chester. 'Nietwaar, mevrouw Moore?'

'Dat hebben we zeker', zei mevrouw Moore.

Ik geloof dat ze me op dat moment had kunnen kelen. Mijn

oom had zijn blik weer op de lucht achter de donkere heuvels gericht.

'De jongedame gaf er de voorkeur aan om niet binnen te komen', zei hij.

Toen ik de voordeur opende, keek Odette op.

'Hier is je vliegtuig', zei ze.

'Ik wil het niet', zei ik. 'Ik heb het aan hem gegeven. Het is voor hem.'

'Maurice dacht dat je wilde dat hij het voor je in elkaar zette. Dus dat heeft hij gedaan. En hij heeft goed werk geleverd, vind ik.'

'Maar ik heb tegen hem gezegd dat het voor hem was. Ik zei *un cadeau*. Dat is toch Frans voor geschenk?'

Ze haalde haar schouders op. 'Ja, maar misschien heeft hij je niet gehoord. Hij is aan een oor een beetje doof.' Ze haalde weer haar schouder op. 'Of hij heeft zich afgevraagd waarom jij hem iets wilde geven. Ik vraag me af waarom jij hem iets wilde geven. Iedereen in huis vraagt zich dat af.'

Ze stond op en klopte haar rok af. Het was te ingewikkeld om uit te leggen. Ik stond met mijn mond vol tanden. Dom.

'Geeft niet', zei Odette. 'Ik zal het mee terugnemen. Maurice is heel ... hoe zeg je dat in het Engels? *Timide*? Bij de meeste mensen blijft hij op de achtergrond.'

'Schuw?'

'Schuw', zei ze en ze herhaalde het woord een paar keer alsof de korte, heldere klank ervan haar amuseerde. 'Wat een grappig woordje! Schuw. Ja, dat is hij.'

Ze liep terug naar het huis en ik haalde haar in.

'Luister, Odette, het spijt me.'

'Dat hoeft niet, James', zei ze. 'Het is een mooi cadeau.' Ze lachte. 'En de hele tijd dacht Maurice dat jij alleen maar wilde dat hij het in elkaar zette. Wat een ezel is hij toch.'

'Maar dat zou ik nooit van hem vragen.'

'Hoe kan hij dat weten?'

'Dat kan hij niet.'

'Nou, zie je wel.'

We liepen door het hooiland naar haar huis. Omdat de zon onder was, was het al koel. Er brandde nu licht in de dorpshuizen. In een andere wei loeide een koe hard om haar kalf, dat afgedwaald moest zijn. Plotseling holde Odette roepend voor me uit met het modelvliegtuig hoog in de lucht. Maurice Huard stond met zijn handen diep in zijn zakken gestopt op de veranda naar zijn zus te kijken. Odette gooide het vliegtuigje toen en we zagen het even door de donker wordende lucht zweven en vervolgens op de grond vallen. Toen ik haar had ingehaald, stond ze gebukt te hijgen en te lachen.

'Ik rook te veel, denk ik', zei ze. 'Ik kan niet meer hardlopen.'

Maurice was van de veranda afgesprongen en naar het vliegtuig gerend.

'Wat zei je tegen je broer?' vroeg ik.

'Ik zei dat het vliegtuig een cadeau van jou was. Ik zei ook dat hij een ezel was. Kom, laten we een eindje gaan wandelen voor het te donker wordt. Laten we de wei in gaan, nou ze gemaaid hebben.'

We liepen het hellende weiland op naar de top van de heuvel, waar vee aan de andere kant van de omheining graasde. Van daar konden we omlaag kijken naar de huizen van het dorp, met hun verlichte ramen en naar de weg en de baai. Er was niet veel verkeer op de weg. Maar weinig mensen in het dorp hadden een auto en de toeristen zaten nu in hun huisjes en motels. Odette en ik stonden bij de omheining erop neer te kijken. Achter ons bewogen de zware, donkere vormen van dieren, je kon ze horen grazen en poepen. Er leek een gevoel van ongemak tussen Odette en mij in te hangen.

Ten slotte zei ze: 'Gabriel vraagt zich af waarom je de hele week niet geweest bent. Hij mist je.'

'Ik ben afgeknapt op hem', zei ik. 'Al dat gedoe bij de picknick. Toen die vent hem optilde. Het was idioot zoals Gabriel zich gedroeg. Mesjokke. Een klein kind zou zich nog niet zo hebben aangesteld.'

Odette sprak zacht.

'Gabriel houdt er niet van om aangeraakt te worden. Dat weet je, James. En die hoerenzoon van een Emile vroeg het niet eens. Hij pakte Gabriel gewoon op of hij een zak aardappelen was of zo. En liep met hem weg. Het was stom om zoiets te doen. Gabriel is trots. Dat weet je.'

'Dus moeten wij allemaal in de regen blijven staan omdat hij trots is.'

'We zouden hem met ons vieren daar best weg hebben gekregen in zijn rolstoel. Met een beetje meer tijd en geduld had het gekund. Met iemand als Gabriel moet je geduldig zijn. Die jongen is invalide. Hij zal nooit meer lopen. Denk je dat eens in! Hij zal nooit doen wat wij nu doen. Deze wei op lopen en op het dorp uitkijken of het niets is. Wij kunnen dit elke dag doen. Denk gewoon eens aan hem in die rolstoel. Hij is trots en gekwetst omdat je de hele week niet bij hem bent geweest. Je bent toch zijn vriend, of niet soms?'

Dit had ik allemaal al eerder gehoord.

'Gabriel', zei ik, 'is een etter. Een verwende, rijke snotaap.'

'Dat zeg je nou altijd. En jij dan? Wat ben jij? Een verrekte mopperkont. Ja, dat ben je. De jongeheer mopperkont, die de hele dag op zijn kamer met zichzelf zit te spelen, wil ik wedden.'

Toen liep ik bij haar weg, met grote passen de heuvel af. Ik denk dat ik bijna in tranen was. Na een poosje hoorde ik haar achter me, hollend om me in te halen. Me bij een arm grijpend.

'Het spijt me dat ik dat zei. Het was stom. Ik kan zo stom zijn. Stop en luister naar me.'

Ze hield me tegen en we stonden elkaar aan te kijken.

'Ik vind je aardig, James, en ik wil vrienden met je zijn. Wees niet kwaad op me, oké? Het spijt me dat ik dat zei.'

Ik voelde de greep van haar hand om mijn arm, rook haar vaag zurige adem. Ik was gekrenkt, verstikt door vernedering en pure, kwetsbare liefde voor dit meisje.

'Ik zal morgen wel naar Percé gaan om hem te zien', zei ik schor.

Ze haakte haar arm door de mijne en we liepen tussen de hooistapels door omlaag door de wei, allebei opgelaten door al die emotie die tussen ons bloot was komen te liggen. Toen riep ze: 'Kijk eens.' Ze wees naar een gigantische, oranje maan die uit zee opkwam en de baai met licht overstroomde. We bleven staan om naar de opkomst te kijken.

'Dat is een joekel, hè?' zei ze. 'Moet je dat zien.'

En het was het aanzien waard, een lichtgevende, elementaire aanwezigheid, heerser over de getijden, een boeiende gedachte, die ons beiden voor even met verwondering vervulde.

Odette zei: 'Weet je wat?'

'Wat?'

'Mijn vader komt over tien dagen op bezoek. Ik kan bijna niet wachten.'

'Wanneer heb je hem voor het laatst gezien?'

'Afgelopen Kerst.'

'Dat is fijn, Odette', zei ik. 'Ik ben blij dat je hem weer zult zien.'

'Je zult hem aardig vinden, James', zei ze. 'Ik zal je voorstellen. Mijn vader vindt het leuk om met Engelse mensen te praten.'

Het ongemakkelijke gevoel tussen ons was verdwenen en ze gaf me een duwtje toen we uit elkaar gingen.

'Dat was een mooi cadeau dat je mijn broer hebt gegeven', zei ze.

ADAM HAD HEM nogal zwierig gekleed in een donkere broek, wit overhemd en zwart met grijs geruit jasje. Om zijn hals had hij een blauwe, zijden halsdoek, *un foulard de soi*. Gabriels lange, witte haar was geborsteld en de bleekheid van zijn wangen bijgekleurd met rouge, hoewel dat cosmetische hulpmiddel tegenwoordig vast anders heette. Het oude woord deed me aan mijn moeder denken, als die zich op zaterdagavond voor een diner kleedde en gezeten voor de spiegel in haar slaapkamer met een piepklein borsteltje kleur aanbracht op haar gezicht. Toen ik klein was, had ze er geen bezwaar tegen gehad dat ik toekeek en vaak zei ze dat ze veel liever thuis zou blijven om mij een verhaaltje voor te lezen, maar ze moest ook aan mijn vader denken. Wat had ik er een hekel aan dat ik haar met hem moest delen!

Gabriel zat voor het raam en begroette me opgewekt.

'Kom binnen, James, kom binnen, kom binnen', riep hij. Klaarblijkelijk deden de morfinezetpillen hun werk.

De suite was luxueus, zoals te verwachten was, maar het was er heel warm en ik realiseerde me dat ik mijn colbert al snel zou moeten uitdoen. Adam was op een tropische avond gekleed, in een sportieve broek, een geel poloshirt en instappers. Iemand van het hotel had een tafel binnengereden, beladen met eten: een terrine met wat *vichyssoise* leek, een schaal met koud vlees en salades, yoghurt en fruit. Op de tafels stonden vazen met verse bloemen en op de schoorsteenmantel een geopende fles champagne in een ijsemmer. Adam gaf me een glas wijn en ik ging bij Gabriel voor het raam zitten, dat in wezen hetzelfde uitzicht bood als het mijne een verdieping lager, hoewel je hier een stukje verder kon kijken, over de bomen van het park heen naar het meer en de bergen erachter. Gabriel keek ernaar en ik vroeg me af wat er deze laatste avond door zijn hoofd ging. En toen gingen mijn gedachten ongerijmd naar een andere kamer in dit Zwitserse stadje, een kamer die beslist minder voornaam zou zijn, misschien in de studentenwijk, waar mijn goudgelokte Heidi naast haar sjofele vriendje sliep, getweeën onder een enkel laken, uitgeput na hun erotische inspanningen. Ik stelde me het vroege avondlicht voor dat over haar gezicht en blote schouders viel, en vroeg me ook af op welk moment de verbeelding seks voor gezien houdt en oudere mensen met rust laat.

Ik zag dat Gabriel even vertrok en licht verschoof in zijn stoel, misschien een pijnscheut die toch door de morfine was gedrongen. Hij nam een slokje van zijn champagne.

'Ik heb Adam verteld over onze zomer samen in Quebec tijdens de oorlog', zei hij. 'Lang voordat hij het levenslicht aanschouwde, hè James?'

'Ja, Gabriel. Het is langgeleden.'

'Ik vertelde hem dat je vaak naar het hotel kwam vanuit dat dorp waar je woonde. Dan kwam je samen met je oom.'

'Ja, oom Chester.'

'Hij was zo verkeerd als koffie, die man, en toen ik dat aan onze jonge vriend hier vertelde, spitste hij zijn oren. Hij hoort graag over lui die net zo verkeerd zijn als hijzelf.'

Adam was klaarblijkelijk gewend aan dit soort opmerkingen en hij glimlachte afwezig, terwijl hij de gerechten op de tafel bekeek.

'Je oom had een grappig autootje', zei Gabriel.

'Ja, een Willys van eind jaren dertig.'

'De Willysfabriek maakte vrachtwagens en jeeps voor het leger tijdens de oorlog. Mijn vader had aandelen in dat bedrijf en het is hem voor de wind gegaan. Zeg, dat meisje met wie ik die zomer iets had, die Yvette. Dat was een heet ding. Jij vond haar toch ook leuk, hè?'

'Ja, ik vond haar inderdaad leuk.'

'Maar ze koos voor mij. We neukten tegen de klippen op. Zo

gauw mijn moeder de kamer uit was, kwam Yvette binnen en dan ramden we erop los.'

Bij de schunnige taal van de oude man wilde ik mijn handen voor mijn oren slaan. Ik zag dat Adam zich ook opgelaten voelde. Toen kon ik het niet laten.

'Weet je nog dat we zijn gaan picknicken, Gabriel? Met ons vieren, jij en ik en de twee meisjes? Het begon te regenen en je rolstoel kwam midden in een weiland vast te zitten.'

Hij staarde weer uit het raam en dronk van zijn champagne.

'Nee, ik herinner me niets over een picknick. Wel een boottochtje. We zijn rond dat grote eiland gevaren om naar de vogels te kijken. Ik had een verrekijker en jij en ik zochten naar Duitse onderzeeërs.'

Hij had de dag van de picknick ofwel echt vergeten ofwel hij had zijn schandelijke gedrag simpelweg uit zijn geheugen gewist. Maar wat maakte het eigenlijk uit? De man was stervende en ik moest me in zijn gezelschap beter gedragen.

'Ik vond je moeder aardig, Gabriel', zei ik. 'Ik hoop dat ze een lang en gelukkig leven heeft gehad.'

Daar lachte hij meesmuilend om. Alsof mijn woorden getuigden van een hopeloze onwetendheid over hoe het er in de wereld aan toeging.

'Moeder is bij ons weggegaan', zei hij. 'Niet lang na die zomer in Quebec – een paar jaar. De oorlog was voorbij. Ja, ik was eerstejaars op de universiteit toen ze er met die cowboy vandoor ging.'

Nippend van zijn glas scheen de herinnering Gabriel een soort bitter vermaak te bieden. 'Ze was die kerel tegengekomen op een vakantieboerderij in Californië. Hij was acteur in B-films geweest. Voornamelijk cowboyfilms. "Westerns" noemden we die. Hij heette Chip. Chip Meadows. Verzonnen, natuurlijk. Grote, stoere kerel, geboren om er goed uit te zien op een paard. Hij heeft meegedaan aan een paar van die Hopalong Cassidy-films. Herinner je je die nog?'

'Ja. Daar keken we vroeger op zaterdagmiddag naar.'

'Maar toen zat Chip niet meer bij de film, hij runde die vakantieboerderij en volgens mijn vader gingen Chip en moeder heel veel samen paardrijden. Je moet begrijpen dat mijn vader vijftien jaar ouder was dan moeder en ik denk dat hij haar niet kon bijhouden in die ouwe draaimolen. Hoe dan ook, ze ging bij ons weg. Schreef me een aardige brief over haar gevoelens voor Chip en hoe die dingen soms gebeuren in het leven. Ik ben een keer bij hen op bezoek geweest. Dat was een paar jaar nadat ze getrouwd waren. Ik weet nog dat het mijn eerste keer in een vliegtuig was en we landden in Chicago om bij te tanken. Ze haalden me op de luchthaven van L.A. op en namen me mee naar de boerderij in Chips Lincolncabrio. De zon op ons gezicht en de wind in ons haar. Maar voor een jonge knul in een rolstoel is er niet veel te beleven op een vakantieboerderij. Maar ik had natuurlijk wel ogen in mijn hoofd en ik kon zien dat het niet lang zou duren tussen moeder en Chip. Er werd te veel gedronken. Te veel geruzied. Ik was blij dat ik er weg kon. Maar goed, een paar jaar daarna is moeder verdwenen.'

'Verdwenen?'

'Ja, ze is verdwenen. Van de aardbodem weggevaagd. Het verhaal heeft in een paar van die detectivetijdschriften gestaan, die toen populair waren. Dat was aan het begin van de jaren vijftig. Zij en Chip waren op vakantie in Mexico. Ze logeerden bij een vroegere filmmaat van Chip, die een huis aan de rand van de woestijn had. En Chip en moeder kregen op een avond na een feestje ruzie en zij liep naar buiten. Ze liep het terras op en bleef lopen, in het holst van de nacht recht de woestijn in. Ze zeiden dat ze heel erg dronken was. En dat was het dan. Niemand heeft haar ooit meer gezien. Geen spoor. Natuurlijk is de Mexicaanse politie hopeloos in het oplossen van elke misdaad, vooral als er een bezoeker van hun godverlaten land bij betrokken is. Ze hadden geen flauw benul. Een tijdlang hebben ze Chip verdacht, maar hij had een perfect alibi. Een of andere vrouw beweerde dat hij de hele nacht bij haar in bed had gelegen. Dus weet tot de dag van vandaag niemand wat er is gebeurd. Mijn vader heeft een privédetective in de arm genomen en twintigduizend dollar uitgegeven aan een poging om haar te vinden en dat was een smak geld in 1953. Maar niets. Geen ene moer. Zoals ik zei is de oude mater van de aardbodem weggevaagd.'

'Dat is ongelofelijk.'

'Ja, hè?' zei hij mistroostig. 'Het is langgeleden. Ze hebben er een poos over geschreven in die detectivetijdschriften en toen werd het vergeten.'

'Misschien …' begon ik, maar hij keek al naar Adam en vroeg om yoghurt.

'Die met perzik vind ik het lekkerst, Adam.'

Verbitterde geamuseerdheid om de herinnering aan zijn moeder had plaatsgemaakt voor somberheid. Ik betreurde het dat ik het onderwerp had aangeroerd. Adam stond naast hem met een lepel vol yoghurt.

'Geef hier', zei Gabriel. 'Ik kan nog steeds zelf eten, verdomme.'

Om zijn gelijk te bewijzen pakte hij het schaaltje en propte twee lepels vol yoghurt in zijn mond, waardoor er op zijn bovenlip een witte klodder achterbleef. Adam leek te overwegen die weg te vegen, maar besloot ervan af te zien.

'Zal ik iets te eten voor u halen, meneer?' vroeg hij aan mij. 'Nog een glas champagne?'

'Ik pak het zelf wel', zei ik en ik liep naar het buffet en schepte wat op een bord. Ik had die dag niet veel gegeten, maar had nog steeds weinig eetlust. Gabriel hield me nauwlettend in de gaten toen ik met mijn bord terug naar de stoel bij het raam liep.

Hij wachtte tot ik zat en vroeg toen: 'Denk je ooit na over het einde, James?'

'Ja,' zei ik, 'van tijd tot tijd.'

'Ongetwijfeld zal het je een dezer dagen overkomen', zei hij. 'Hoe oud ben je nu, vijfenzeventig?'

'Nog niet. In februari word ik vijfenzeventig.'

'Nou, kijk eens aan. Ten slotte haalt het ons allemaal in.'

'Dat is zeker.'

'Heb je het daar moeilijk mee?' vroeg hij.

'Niet bijzonder.'

Adam had behendig met een servet de mond van de oude man afgeveegd en dit irriteerde Gabriel, want hij wuifde naar het schaaltje op zijn schoot.

'Neem weg, neem weg. Ik hoef niet meer. Wat heb je ook alweer voor de kost gedaan, James?'

'Ik was hoogleraar Engelse literatuur', zei ik. 'De victorianen. Tennyson en zijn tijdgenoten.'

Hij knikte. 'Ik neem aan dat je niets verwacht aan gene zijde?'

'Volgens mij is het hoogstonwaarschijnlijk', zei ik, en deze opvatting werd begroet met een bulderende lach.

'Hoogstonwaarschijnlijk', zei Gabriel. 'Dat is mooi. Niet helemaal, maar aan de andere kant misschien, maar het kan ook zijn van niet. Waarom denk ik nou dat jij opgegroeid bent tot dat soort man? Ik geloof dat ik daar al iets van heb gezien toen we samen jongens waren.'

Wat was die ouwe schurk vooruitziend geweest! Ik had hem onderschat, want ik was inderdaad opgegroeid tot dat soort man.

Gabriel keek naar Adam. 'Maar weet je wat, James? Onze jonge vriend hier gelooft erin. Jazeker. Hij en zijn vriend denken dat er wel iets kan zijn aan gene zijde. Hoe heet je vriend, Adam?'

'Donald, meneer.'

'O ja, Donald. Adam heeft me verteld dat ze op een dag willen trouwen. Is dat niet enig?'

Waarom, vroeg ik me af, maakte hij zich op dit tijdstip nog druk om de geloofsovertuiging en seksuele geaardheid van Adam Trench? Wat maakte het uit? Ik nam aan dat het uit gewoonte was, zijn gebruikelijke bespotting van dingen die hij afkeurde, maar het kwam me voor als een treurig en opmerkelijk feit dat we ons, zelfs wanneer we stervende zijn, nog van onze slechtste kant kunnen laten zien. Gabriel staarde nu naar het kleed met de intens naar binnen gekeerde blik van de dodelijk zieke die zich van tijd tot tijd gewonnen moeten geven aan de pijn. Na een ogenblik keek hij op en glimlachte en zelfs in dat verwoeste, oude gezicht waren sporen te zien van de knapheid die ik me herinnerde.

'Ik had met je willen praten over die zomer in Quebec, James', zei hij. 'Het was een gelukkige periode in mijn leven. Misschien wel de gelukkigste, nu ik erover nadenk. Daarom was ik zo blij je een paar dagen geleden te zien in Londen. Maar verdomme, het lukt me niet. In de verste verte niet.'

Hij hief zijn arm en wees, waarna Adam achter zijn stoel ging staan en hem naar de badkamer duwde, waar ik hem algauw hoorde kokhalzen.

Een paar minuten lang bleef ik voor het raam staan kijken naar het schijnsel van de lantaarns door de donkere bomen, en ik dacht aan Susan en wat haar te wachten stond. Toen Gabriel terugkwam, glimlachte hij weer zwak tegen me.

'Mijn excuses, maar doodgaan is een smerige zaak. Maar morgen om deze tijd is het allemaal achter de rug en dan kunnen jij en Adam op mijn kosten lekker gaan eten.' Hij reikte naar achteren en klopte op Adams hand. 'Het is een brave kerel. Ik weet dat ik het hem moeilijk maak, maar hij zal er rijkelijk voor beloond worden.' Hij keek naar hem omhoog. 'Hoe zit het met morgen? Heb je James op de hoogte gebracht van hoe het morgenvroeg gaat?'

Adam keek me recht aan. 'We worden om tien uur verwacht, meneer. De taxi komt ons om half tien ophalen en de rit duurt ongeveer twintig minuten.'

'Heb je dat, James? Half tien.'

'Ik heb het.'

'Mooi, mooi. Neem nog wat champagne, in godsnaam. En eet wat. Moet je al dat eten zien. Laat het niet allemaal verloren gaan. Tja, James, het spijt me, maar ik voel me afschuwelijk en ik denk dat ik maar naar bed ga. Dat spul dat ik neem, maakt je zo moe. Bedien jezelf maar.'

'Nee, Gabriel', zei ik. 'Ik denk dat ik er ook een punt achter zet en naar mijn kamer terugga.'

Hij haalde zijn schouders op. 'Dat moet je zelf weten. Ik zie je morgen.' Hij wuifde Adam al naar een slaapkamer toe.

Toen ik terug was op mijn kamer ging ik zitten en probeerde me zo veel mogelijk te herinneren van een avond bijna een jaar geleden, op de laatste zondag van november. Ik had een etentje gepland om Susans aanstelling als de zestiende directrice van Woolford Abbey te vieren. Ze zou op Tweede Kerstdag uit Canada vertrekken en ik wilde niet dat mijn etentje belast werd door alle emotionele bagage van de feestdagen. De Kerstmis ervoor was chaotisch geweest, met twee kinderen die heen en weer vervoerd werden van de gezinswoning naar David en Nikki's appartement, terwijl Brian nog steeds verbijsterd was door zijn vaders afwezigheid in zijn dagelijkse leven en Gillian in de ene woning ruziede met haar moeder en in de andere haar vader en zijn jonge 'partner' woest blikken toewierp. Na ongeveer een jaar was de situatie erop vooruitgegaan: Brian was nu meer gewend aan de hebbelijkheden van volwassenen en Gillian had Jermaine gevonden; Brenda krabbelde weer overeind en had plannen om haar werk als verpleegkundige in een of andere vorm op te pakken. Ze was bezig met cursussen op de universiteit en ik was blij voor haar en hoopte dat er misschien ergens in haar toekomst een eenzame, verstandige man van middelbare leeftijd wachtte. Maar dan nog nam ik geen risico; dit moest Susans avond worden en daarom zouden we maar met ons achten zijn: Brenda en de twee kinderen, David maar niet Nikki, die zogenaamd voor zaken in New York was. Of het wel of niet waar was, kon me niet schelen, zo was het simpeler. Susan met haar beste vriendin, Sophie Wasserman, mijn vriendin Catherine Parmeter en ikzelf.

Ik had een gewone zondag uitgekozen aan het einde van november. Dat wil zeggen gewoon voor de meeste mensen, maar Catherine wees me erop dat het de eerste zondag van de advent was en dus wilde ze de avonddienst bijwonen. Vijf weken later op Bermuda zou Catherine me vertellen dat ze de zomer daarop naar Auckland zou gaan voor haar sabbatsverlof. Op haar eigen wijze was ze afscheid aan het nemen. Maar op die zondag in november ging ik met haar naar de avonddienst, want zoals ik al eerder heb gezegd, hou ik van de muziek en de taal van die diensten. Catherine bood me in ruil daarvoor aan te helpen met het eten, hoewel ik eerlijk gezegd beter in de keuken ben dan zij; Catherines idee van helpen is tegen het aanrecht geleund staan kletsen, terwijl ik de aardappelen schil. Ze is nooit bijzonder geïnteresseerd geweest in eten of de bereiding ervan. Ze heeft in haar leven de meeste maaltijden in een restaurant of een universiteitsmensa genuttigd. Wat haar betreft zijn patates frites en jus goed genoeg en varkensgebraad met aardappelen en rapen is het lekkerste maal dat er bestaat. Poëzie, seks en haar anglokatholieke geloof zijn voldoende geweest om haar te schragen gedurende deze aardse gang, zoals ze het leven speels noemt.

Dus gingen we naar de kerk met zijn liederen, door kaarsen verlichte schaduwen en oude woorden; met Catherines strenge, maar nog steeds heel mooie profiel aan mijn ene kant en aan mijn andere mijn kleindochters jeugdige schoonheid. Gillians aanwezigheid was een echte verrassing, want ze had nooit enige belangstelling getoond voor religie. Maar die middag had ze gebeld om te vragen of ze mee mocht. En daar zat ze dan, voor de gelegenheid gekleed in een rok en witte blouse, met eroverheen een cape. Met haar blonde haar in een paardenstaart zag ze er leuk genoeg uit om de bewonderende blikken van de vele aanwezige homoseksuele mannen te trekken. Gillian vertelde dat ze niet in een kerk was geweest sinds een kortstondige bevlieging met de zondagsschool toen ze negen of tien was. Maar die zondag nam ze alles in zich op met het onbewogen gezicht van een tiener die in het gezelschap van volwassenen niet al te geïmponeerd wil lijken.

Naderhand vroeg ik haar wat ze ervan vond en ze zei dat het 'gaaf' was, een kapstokadjectief dat in elk geval goedkeuring aanduidt. Maar ik denk dat Gillian waarschijnlijk mee wilde omdat ze altijd geïntrigeerd is geweest door Catherine en het idee dat ik een vriendin had. Ook dat vond ze 'gaaf'. Maar wat haar vooral aansprak was de wijze waarop Catherine haar weg vond in de wereld, haar zelfverzekerdheid en haar onverstoorbare aard die zo tegengesteld was aan die van haar moeder en haarzelf. Oudere, bedaardere naturen zijn vaak aantrekkelijk voor jongeren. Ik heb vaak gezien dat studentes Catherine van de collegezaal naar de deur van haar kamer volgden, verlangend naar begeleiding of advies.

Toen we de kerk uit kwamen, was het een zachte, donkere avond met een motregen die bijna mist was. Een dickensiaanse avond die me prima uitkwam, want weldra zouden we binnen zitten, waar ons eten, drinken en warmte wachtten. Het gaat nooit aan mij voorbij dat de romans van Dickens, die ik op jonge leeftijd heb gelezen, die schilderachtige ideeën over de geneugten des levens er bij mij hebben ingeprent. Hoe zijn beschrijvingen van een maaltijd aan de gezinstafel en de contrasterende beelden van een rit per rijtuig op een regenachtige avond of van de klamme, mistige straat achter de dichte gordijnen mijn verbeelding hebben gekleurd. En toen we thuiskwamen uit de kerk, stond er in elk geval iets daarvan klaar voor ons. De grote kapoen die ik 's middags op smaak had gebracht was uit de oven gehaald en stond af te koelen op het aanrecht. Brenda had groentes en een salade bereid. Een dag eerder had ik een overdadige, machtige taart gekocht bij een Italiaanse bakkerij aan St. Clair Avenue. De wijn was ontkurkt en er werd gepraat en gelachen in mijn flat. Susan, Sophie en David omringden mijn kleinzoon en ondervroegen hem over school, videospelletjes en een recent uitstapje naar het natuurwetenschappelijk instituut. Brian, die bij tijden bedeesd kan zijn, scheen vergenoegd met de aandacht. Op de bank legde Catherine het begrip 'advent' uit aan Gillian, een term die ze pas die middag voor het eerst had gehoord. Toen ik de tafel dekte, betrapte ik David erop dat hij stiekem naar Brenda gluurde, die mij hielp. Er moest nog steeds zwaar werk verzet worden in de scheidingsprocedure, maar volgens Brenda (David praatte nooit met mij over de details) zag het ernaar uit dat het tegen het voorjaar geregeld zou zijn; Brenda zou het huis houden, daar had ze op gestaan, en kennelijk had David daar geen bezwaar tegen. Eerlijk gezegd had ik me zorgen gemaakt over het feit dat ze er die avond allebei zouden zijn, maar kennelijk konden ze elkaars gezelschap in elk geval een paar uur lang verdragen.

Susan zag er geweldig uit in een chic broekpak met blouse, hetzelfde stelletje, nu ik eraan denk, dat ze elf maanden later aanhad toen we in dat kleine Franse restaurant in Woolford aten. Tijdens haar laatste jaar op St. Hilda had ze op haar gewicht gelet en elke ochtend in het zwembad gezwommen. Naast haar leek Sophie weer haar vroegere zelf en daarmee bedoel ik dat haar blijmoedigheid jaren lang gedeeltelijk was verzwolgen door een slecht huwelijk. Maar sinds de scheiding had ze zich nagenoeg geheel hersteld. Haar neurotische, nutteloze echtgenoot, een would-be-romanschrijver, die ze een tiental jaren had ondersteund en verzorgd, was vertrokken en woonde nu in Vancouver, waar hij het leven van een andere vrouw verpestte. Sophie vertelde me dat ze nog steeds de rekeningen van zijn psychiater betaalde. Maar nu ze eindelijk bevrijd was van de zorg voor die griezel, bloeide ze weer op en, zo zei ze, ze had besloten te zijn wat ze altijd al had willen zijn: een gelukkige, dikke vrouw. Dus droeg ze meestal loshangende gebloemde jurken, wijde blouses en lange rokken, parels en kralen en soms een bandana om haar volle, kastanjebruine haar. Het uiterlijk van een grande dame, een tikkeltje theatraal, maar het paste bij haar en die avond had ze een jurk met oranje bloemen aan en ik vond dat ze er schitterend uitzag.

Van tijd tot tijd heb ik mezelf wel vragen gesteld over Susan en Sophie. Over hun levenslange vriendschap, bedoel ik. Had die een seksueel tintje? Niet dat het er iets toe doet, maar door de jaren heen kon ik niet anders dan het me afvragen. Nu ben ik geneigd het te betwijfelen. Van Sophie weet ik het niet, maar van Susan weet ik zeker dat ze overtuigd heteroseksueel is.

176

Ze heeft een flink aantal vriendjes gehad toen ze jonger was, en op haar twintigste ontmoette ze de liefde van haar leven, een jonge arts uit Israël. Het was een neef van Sophie en zij had hen ook aan elkaar voorgesteld. Abel Wasserman was kinderarts in het kinderziekenhuis en onlangs uit het Heilige Land gekomen, zoals mijn moeder dat zwaar op de proef gestelde land vroeger noemde. Maar ik kon niet warm lopen voor de man. Misschien omdat ik iets in hem bespeurde wat Susan niet kon of niet wilde zien, een wat al te ambitieuze en berekenende benadering van het leven. Maar ze werd eenvoudig overweldigd door hem. In elk geval een tijdlang. Sophie vond het uiteraard fantastisch. Maar ik maakte me zorgen over hoe het allemaal zou uitpakken en dus was ik niet zo heel erg verrast toen dokter Wasserman na twee jaar abrupt een einde maakte aan de relatie. Kennelijk was er al een poos een andere vrouw, ook een arts, in zijn leven en ze trokken samen naar Californië. Een nieuw leven in een ander land, en misschien had dat de hele tijd al gespeeld. Susan was er kapot van en ik kan me nog herinneren hoe haar meedogenloze, onoverkomelijke verdriet het grootste deel van het voorjaar en de daaropvolgende zomer zwaar op me drukte. Sophie was er voor haar, maar ze moet ook onzeker zijn geweest over de rol die ze had gespeeld in iets wat gewoon fout liep. Maar dat was vele jaren geleden en zoals we het nooit moe worden om onszelf voor ogen te houden: de tijd heelt alle wonden. En het is waar, dat doet hij ook. Dus toen ik een jaar geleden in mijn woonkamer naar hun gelach luisterde, kwam de herinnering boven aan onze gezinswoning, waar hetzelfde gelach van twee zestienjarigen in Susans slaapkamer langs de trap omlaag kringelde.

Ik weet nog dat ik op die novemberavond naar hen allemaal keek, terwijl Brenda en ik het eten opdienden en de glazen bijvulden. Daar om de eettafel zaten de mensen van wie ik hield, in elk geval voorlopig veilig voor het gevaar dat achter het raam loerde. Voor Susan was het een moment van onversneden triomf. Eindelijk had ze de baan weten te bemachtigen waarnaar ze zo lang had gezocht en alles lag voor haar open. Weliswaar zou ik haar niet zo vaak meer zien. Ze zou in een ander land wonen, maar wat dan nog? Engeland was maar zes uur van ons vandaan. Ik had al plannen voor verscheidene reisjes per jaar. En dan was er nog e-mail. We konden binnen een paar minuten met elkaar in contact komen. Dus zag ze er die avond terecht opgetogen uit en omdat zij gelukkig was, was ik het ook. Toch waren daar, te midden van al die gezelligheid, in het duister van haar lichaam al kankercellen aan het delen en vermenigvuldigen, om alles te grijpen wat op hun pad kwam.

Er viel niet aan dit soort macabere gedachten te ontkomen. Kanker speelde opnieuw een hoofdrol in mijn verhaal, het was de 'schurk' die na een afwezigheid van tweeëntwintig jaar binnen tien dagen weer was opgedoken. Ik zou nu inslapen terwijl ik eraan dacht en over een paar uur wakker worden met hetzelfde in mijn gedachten; ertussenin zou ik er hoogstwaarschijnlijk over dromen, want is dat niet de wijze waarop ons brein tijdens dit soort beproevingen werkt, steeds opnieuw malen dezelfde overstelpende gedachten door ons hoofd en maken ons gek en moe. Intussen moet het lichaam toch voor zichzelf zorgen; zijn dagelijkse behoeftes kunnen niet voor lang worden vergeten. In Zürich liep het tegen negen uur en ik had honger. In zekere zin absurd na zo dicht bij al dat voedsel te zijn geweest in Gabriels suite. Zonder twijfel een vreselijke verspilling, maar ik kon niet met een hongerig gevoel naar bed gaan en dus bestelde ik bij de roomservice een broodje kip en dronk er een halve fles rijnwijn uit de minibar bij.

Toen ik Davids nummer in Toronto probeerde, kreeg ik weer enkel Nikki Martins extreem opgewekte stem te horen, die me aanspoorde om nog een hartstikke fijne dag te hebben. Dus belde ik Brenda en goddank was ze er, verbaasd en verheugd van me te horen.

'Jim, zit je echt in Zwitserland? Brian gaf me gisteren de boodschap door en eerst vroeg ik me af of hij het goed had gehoord, maar toen zei ik tegen mezelf: hoe zou hij zoiets kunnen verzinnen? Wat doe je daar trouwens?'

Ik legde de situatie met Gabriel uit en toen ik uitgesproken was, floot ze zacht van verwondering.

'Je krijgt het echt voor je kiezen, hè? Eerst Susan en nou dit. Hoe gaat het trouwens met Susan? God, ik wilde haar wel bellen, maar ik heb gewacht tot ik van jou hoorde, of misschien ben ik gewoon bang om met haar te praten. Eén op één ben ik niet zo goed met Susan, dat weet je.'

Dit was helaas waar. Brenda had zich altijd geïntimideerd gevoeld door Susan en dit bevreemdde mijn dochter, omdat ze nooit zo heeft willen zijn. Ze mag Brenda graag en heeft haar best gedaan om haar op haar gemak te stellen. Maar ondanks al onze inspanningen kunnen we soms met bepaalde personen niet tot een ongedwongen verhouding komen.

'Ik ben bang dat het ernstig is', zei ik. 'Heel ernstig. Over een paar weken wordt ze geopereerd. Er staat haar nu een zware tijd te wachten.'

'Dat is zeker. Wat een verdomde pech. En nu krijg je ook nog met die oude vriend van je te maken?'

'Ja. Morgenvroeg neemt hij iets in waaraan hij zal sterven.'

'Morgenvroeg ga jij toekijken hoe die man sterft?'

'Ja.'

'Jezus christus, Jim. Is dat niet wat veel gevraagd van iemand die je in zestig jaar niet hebt gezien?'

'Misschien wel, maar Gabriel heeft hier niemand anders, behalve de jongeman die hem verzorgt. Een aardige vent, maar het is wel iemand die alleen maar in dienst is. Blijkbaar heeft Gabriel geen familie en geen vrienden afgezien van mij en ik weet eigenlijk niet of ik wel zo'n goeie vriend ben. Maar ik neem aan dat ik alles ben wat hij heeft. Bovendien heeft hij het allemaal uitgedacht. Het is zijn keuze. Uiteindelijk kijkt hij ernaar uit en dat kan ik hem niet kwalijk nemen. Hij is er heel slecht aan toe. Alvleesklierkanker.'

'Goh, ja, alvleesklierkanker kan vreselijk gemeen zijn. Ik heb het aan het werk gezien. Meestal gaat het heel snel, hoewel het moeilijk te zeggen valt met kanker. Sommigen houden het lang vol, anderen niet. Maar zelfmoord?'

'Het is allemaal legaal, Brenda. Dat soort dingen doen ze hier.'

'Ja, daar heb ik over gehoord.'

'Het is in zekere zin verlicht, hoewel het je een beetje ongemakkelijk maakt, wat je gevoelens ook zijn ten aanzien van dit onderwerp.'

'Je meent het.'

Ik hoorde plotseling een tetterend geluid. Niet precies muziek, maar iets wat erop leek, rauw en vrolijk. Het ontlokte een kreet aan Brenda.

'Brian, zet dat verrekte ding zachter. Ik ben aan de telefoon met opa. Hij belt uit Zwitserland.'

Ik dacht een stemmetje te horen op de achtergrond.

'Sorry, Jim. De groeten van Brian.'

'Brenda, ik hoop dat je het niet aan de kinderen vertelt waarom ik hier ben.'

'Dat was ik niet van plan, nee.'

'Met de ziekte van hun tante en zo, het zou hen van streek kunnen maken.'

'Ja, dat snap ik.'

'En David', zei ik. 'Ik heb geprobeerd hem te bereiken, maar hij is niet thuis. Ik weet niet zeker of ik hem verteld zou hebben wat ik jou nu vertel. Je weet hoe David kan zijn. Dus als je hem spreekt, is het misschien beter als je alleen maar zegt dat ik in Zwitserland ben om een oude vriend op te zoeken. Wat tenslotte niet helemaal bezijden de waarheid is.'

'Ik betwijfel of ik hem zal spreken voordat je terug bent. Soms belt hij over de kinderen. Om af te spreken wanneer hij hen ziet. Dat soort dingen. Maar 't is goed hoor, als hij belt zal ik hier niets over zeggen.'

Ik zei: 'Het is gewoon dat David dit waarschijnlijk buitensporig morbide gedrag zou vinden. Ik geloof niet dat hij het helemaal zou begrijpen.'

'Nou, ik denk wel dat je daar gelijk in hebt', zei ze. 'David is niet precies de meest invoelende persoon op de wereld.'

Ik wilde hier niet verder op ingaan. Het idee dat ik achter mijn zoons rug om zijn tekortkomingen besprak, stond me niet aan.

'De reden waarom je in Zwitserland bent, is veilig bij mij, Jim.'

'Bedankt.'

'Eerlijk gezegd, vind ik het nogal raar, maar ik kan het ook zien als een daad van vriendschap en dat respecteer ik.'

Ik was er niet zo zeker van of het wel een 'daad van vriendschap' was, maar ik liet het maar zo. Ik was getroffen door de bezorgdheid die ik in haar stem hoorde.

'Brenda, ik wilde vanavond gewoon even met iemand praten. Deze stad, de sfeer, het hele gedoe ...'

'Daar ga je van freaken?'

'Zoiets ja.' Ik moest een beetje lachen. 'Die uitdrukking heb ik nog nooit gehoord.'

'O, dat is er eentje van Gillian. Daarmee beschrijft ze griezelfilms of klasgenootjes die ze lelijk vindt. Jongeren, weet je wel. Wanneer kom je trouwens naar huis?'

'Dinsdag.'

'Hoe laat?'

'Twee uur.'

'Ik kan je ophalen. Nee, wacht. Dinsdag? Dinsdag is er een studiedag op Brians school, geloof ik, maar dat geeft niet. Dan kan hij meekomen. We zullen je allebei welkom heten.'

'Dat hoeft niet, Brenda. Ik kan een taxi nemen.'

'Dat weet ik wel, Jim, maar doe niet zo dom. Hou je geld in je zak. We halen je op. Met welke maatschappij vlieg je?'

'Air Canada.'

'Geen probleem. We zullen er zijn.'

'Je bent een juweel, Brenda.'

'Ja, dat zal wel. Een zirkoon, zul je bedoelen.'

Het voelde goed om met haar te lachen.

'Hoe gaat het met Gillian?'

'Gillian blijft Gillian. Op dit moment is ze bij Jermaine. Het is nog steeds Jermaine, Jermaine, Jermaine. Ik overleef het wel. De maanden van de levende doden. We schelden elkaar tenminste niet meer uit, we sissen alleen zo nu en dan. De oude moederslang en haar tienerdochter.'

'Zo erg is het vast niet.'

'Misschien niet. Overgangsriten en al die onzin.'

'Ik hang op nu, Brenda. Fijn dat ik je gesproken heb. Je hebt me geholpen.'

'Zorg dat je morgen doorstaat en maak dan dat je daar wegkomt.'

'Dat zal ik doen.'

'Tot dinsdag, Jim.'

HALF AUGUSTUS 1944 trokken de Duitsers zich terug in oostelijke richting en hun vlucht uit Parijs, waarover ik in de krant van mijn oom las, had al iets van een symbolische overwinning. Oom Chester, die nooit in Europa was geweest, was desondanks aanzienlijk opgevrolijkt door het vooruitzicht dat die vooraanstaande stad nu verlost was van de laars van de mof, zoals hij het verwoordde, want zijn bloemrijke schrijfstijl sloop soms als hij opgewonden raakte zijn gesproken taal binnen. Ik luisterde vaak naar zijn gesprekken met de Porters op de veranda van het St. Lawrence, waarbij hij verwoed aan zijn pijp trok en af en toe met de steel naar Sam Porter wees om zijn woorden kracht bij te zetten. Maar in zekere zin had oom Chester gelijk. Ons collectieve beeld van Parijs (zelfs op mijn leeftijd voelde ik het) was dat van een centrum van kunst, cultuur en geleerdheid en het was inspirerend om je de stad voor te stellen als bevrijd van de barbaren. En ik weet zeker dat ik iets van de uitgelatenheid die in de lucht hing had opgevangen. Weliswaar was ik Odette kwijt aan Gabriel Fontaine, maar volgens mij had ik toen de neiging mezelf te zien als slachtoffer in een ander soort oorlog; een soldaat in het immense leger van ongelukkigen in de liefde. En dat, samen met het zachtere licht en de kortere dagen, voorspelde het einde van de zomer. Ik weet zeker dat ik vaak vervuld was van een aangename melancholie.

Het einde van de zomer betekende dat ik terug naar school ging. Ondanks mijn gezeur over Groveland begon ik de eigenzinnige docenten, de kameraadschap van jongens van mijn leeftijd, de geruststellende rituelen van het schoolleven te missen. Nu ik het klappen van de zweep kende, kon ik de nieuwelingen vertellen waar ze dingen konden vinden en bij wie ze voor dit of dat moesten zijn. Met het gezag dat de terugkerende leerling wordt toegekend, kon ik nu naar eigen goeddunken de jongere jongens commanderen of brokjes genade schenken. Ik verheugde me op die bedwelmende tijd. Aan het einde van de zomer zouden we allemaal vertrekken, Gabriel en mevrouw Fontaine, de Porters en ikzelf. Allemaal behalve oom Chester, die nog een maand zou blijven om aan de avonturen van Billy Benson te werken. Ik wist dat hij blij zou zijn als we weg waren. Uit wat ik af en toe opving, kon ik opmaken dat hij genoeg had van de spelletjes bridge, de tenniswedstrijden, meneer Porters eindeloze opmerkingen dat de Amerikanen de oorlog voor de rest van ons aan het winnen waren; volgens mij had hij zelfs genoeg van Eleanor Fontaines uitbundige optimisme en haar aanhoudende behoefte aan bewondering.

Ik begon in te zien dat mijn oom niet helemaal de belachelijke figuur was, die buitenissige opschepper met een scherpe tong, voor wie ik hem op familiebijeenkomsten altijd had aangezien. Toen ik voor het eerst hoorde dat ik de zomer bij hem zou doorbrengen, was ik meteen naar mijn moeders boekenkast boven gegaan om het synoniemenwoordenboek door te bladeren op zoek naar een term die hem beschreef en had uiteindelijk 'blaaskaak' gekozen. Het had een victoriaanse klank die ik zelfs toen al herkende, een woord dat Alfred T. heel goed had kunnen gebruiken om een vijand te beschrijven. Ik was vergenoegd over de toon ervan en dat de definitie ook die van verwaande kwast omvatte. Dat ik het woord kende en het zo nu en dan voor mezelf hardop kon zeggen gaf me moed voor de weken die komen gingen. Maar tegen het einde van de zomer zag ik oom Chester in een ander licht. Nog steeds als een blaaskaak, dat wel – daar viel niets aan te veranderen – maar ook als iets meer dan dat, want hij was ook geestig en intelligent, zich ervan bewust dat je de wereld niet kritiekloos tegemoet kon treden, dat het krioelde van de oplichters en dwazen en dat je voortdurend op je hoede moest zijn. In zekere zin was deze herziene inschatting van hem verontrustend, want nu zag ik iets van mezelf in oom Chester terug. We leken veel meer op elkaar in aard en zienswijze dan ik aanvankelijk gedacht had en bovendien deed zich met het verstrijken van de weken een subtiele verandering tussen ons voor. We leken meer geduld te hebben met elkaars onvolkomenheden, er was minder kans op hatelijke spot of sarcastische opmerkingen. Onwillekeurig hadden we een soort van detente bereikt. Of anders hadden we overeenkomsten tussen ons beiden herkend en vervolgens geconcludeerd dat we elkaar toch een beetje meer mochten dan we gedacht hadden. We werkten zelfs op een sluwe manier samen om sommige van mevrouw Moores onbenullige pogingen tot een gesprek terug te kaatsen. Af en toe gedroegen we ons min of meer als twee slimme schooljongens die zich vermaakten ten koste van een dommere klasgenoot.

Op de laatste zaterdag van de maand zaten oom Chester en ik aan een middagmaal van mevrouw Moores voedzame groentesoep. Toen ze de soep voor ons neerzette, meldde ze: 'De vader is vandaag met de trein gekomen.' Mevrouw Moore bracht informatie op een indirecte manier over: een bericht werd van elke context beroofd, er was geen enkele verwijzing naar hoe het verband hield met iets wat al eerder was vermeld. Het was alsof ze verwachtte dat de luisteraar haar gedachten las en, terwijl hij de informatie ontleedde, alles zelf op een rijtje zette. Ik wist dat die gewoonte mijn oom irriteerde, maar meestal handelde hij het af door er af en toe 'Is dat zo?' of 'Nee toch?' tussen te voegen en zich zoals altijd achter de *Quebec Chronicle-Telegraph* of de week oude *Globe and Mail* te verstoppen. Maar tegen het einde van augustus had het hem duidelijk uitgeput en stak zijn neiging tot sarcasme de kop op. Toen mevrouw Moore bijvoorbeeld zei: 'De vader is vandaag met de trein gekomen', legde oom Chester de krant op zijn schoot, keek in zijn soep en beantwoordde haar cryptische opmerking met: 'En mag ik vragen wiens vader dat zou kunnen zijn, mevrouw Moore?' Het was veilig om die kaart te spelen, want spot drong niet door tot mevrouw Moores nuchtere, degelijke karakter. Dat mijn ooms pijltjes het schild van de hospita niet konden doorboren, leek hem niet te deren. Het was kennelijk voldoende om ze af te schieten.

'Van hiernaast', legde mevrouw Moore uit. 'Van de Huards. Hij is vandaag met de trein aangekomen. Ik zag hem het pad op lopen met zijn koffer toen ik in de tuin was. Hij moet voor een vakantie naar huis zijn gekomen. Ze zeggen dat hij in een fabriek in Montreal werkt.'

'Is dat zo?' zei mijn oom.

'Ze zeggen dat hij goed verdient, maar hij geeft er in elk geval niet veel van aan die arme ziel.'

Mijn oom keek op van zijn soep. 'Aan welke arme ziel, mevrouw Moore?'

'Aan haar, zijn vrouw, mevrouw Huard. Die heeft zelfs geen fatsoenlijke jurk om naar de kerk aan te doen. En hebt u de kinderen gezien?'

'Nou, nee', zei oom Chester, die een lepel vol soep afkoelde door er licht op te blazen. 'Niet van dichtbij, in elk geval. In feite heb ik niet veel te maken gehad met de familie Huard. Niets om precies te zijn.'

Maar als oom Chester geen enkele interesse had in het komen en gaan van onze buren, dan had ik die beslist wel en de aankomst van meneer Huard was nieuws. Sinds ik voor het eerst van Odette over hem had gehoord, had ik uitgekeken naar een ontmoeting met dit toonbeeld van vaderschap, die voormalige seminarist en stamvader van acht die voor zijn gezin ploeterde in een munitiefabriek. Omdat ik meestal voor het raam over het weiland zat uit te kijken, kon ik me haast niet voorstellen dat ik hem niet het pad op had zien lopen, tenzij ik die ochtend in *Great Expectations* verdiept was geweest. Ik las de roman langzaam om er zeker van te zijn dat er genoeg overbleef voor de treinreis terug naar Toronto. Ongetwijfeld dacht ik dat het passend zou zijn als ik het boek vlak voordat we Union Station binnenreden uit had. Wie kan de eigenaardige, kleine dwanghandelingen verklaren waarmee we leven, hoewel de term 'dwanghandelingen' misschien te klinisch is voor wat per slot van rekening tamelijk onschuldige zwakheden zijn.

186

Die zaterdagmiddag zag ik dat de kinderen zich om hun vader heen verzamelden, die op het trapje van de veranda zat. Zelfs mevrouw Huard, die bleke schim van een vrouw, kwam naar buiten en ging even op een keukenstoel zitten met de baby op schoot. Meneer Huard had presentjes voor de kinderen meegebracht en een van hen duwde een karretje of vrachtwagentje over het erf. Meneer Huard rookte en sloeg zijn gezin gade. Toen Odette het over haar vader had gehad, had ik me een beeld gevormd van een forse man, iemand die gewend was met artilleriegranaten in een fabriek om te gaan, maar Olivier Huard was tenger en vanuit mijn raam zag hij er veel jonger uit dan ik me had voorgesteld. In zijn broek en witte overhemd, met de mouwen tot boven zijn ellebogen opgerold, leek hij eerder een leraar of een boekhouder dan een fabrieksarbeider. Later die dag kwam ik erachter dat hij dat ook was, boekhouder. Ik weet niet waarom me dat teleurstelde, tenzij ik toentertijd vond dat boekhouden minder te maken had met het winnen van de oorlog dan het vullen of stapelen van artilleriegranaten. Dus zat ik op mijn knieën bij het raam, zo nu en dan vluchtig nog een paar bladzijden over Pips verliefdheid op de ijskoude Estelle lezend. Ik wilde Odette niet missen als ze het pad op kwam. Ik wilde heel graag haar blijdschap zien wanneer ze haar vader in de gaten kreeg.

Toen het later in de middag werd, begonnen de kinderen Huard ook naar haar uit te kijken en toen de kleine pick-up op de weg stopte, renden ze meteen met de collie het pad af en riepen: '*Odette, Odette, Papa est ici.*' Ze omringden haar en trokken met opgewonden kreten aan haar armen. Toen Odette haar vader zag, zwaaide ze en op de veranda hief Olivier Huard groetend zijn arm. Maar toen ze dichter bij het huis kwam, zag ik dat ze haar pas versnelde, zich losmaakte van de kinderen en het op een rennen zette. Haar vader stond op, veegde het zitvlak van zijn broek af met de ene hand en knipte zijn sigaret weg met de andere. Hij liep op haar af, spreidde zijn armen en ze holde zijn omhelzing in, waarna hij haar rond en rond zwierde. Ik hoorde ze lachen in de warme, stille middag. Toen ze klaar waren met hun begroeting liepen ze arm in arm het huis in en de kinderen volgden hen. Alleen de zwart met witte hond bleef op de veranda, nog opgewonden van alle commotie liep hij heen en weer, tot hij eindelijk bij de deur ging liggen en zich uitstrekte om te gaan slapen. Later zag ik Odette en haar vader samen het pad af lopen. Ze droeg een witte blouse en een geruite broek, die ik niet kende en ik vermoedde dat ze die van haar vader had gehad. In de nieuwe kleren leek ze meer op de jonge vrouwen die ik op straat in Toronto zag. Toen ze over de weg naar het dorp toe liepen, gebaarde haar vader met zijn handen terwijl zij luisterde en ik voelde me vaag jaloers. Wat zou hij haar vertellen? Had hij een woning voor hen gevonden in Montreal? Zou zij ook binnenkort uit het dorp weggaan?

Die avond stak ik het weiland over om op bezoek te gaan. Ik was benieuwd naar Olivier Huard en hoopte dat ze me aan hem zou voorstellen. Ik wilde ook weten of ze de ruzie tussen Gabriel en zijn moeder had opgevangen. Wat vond ze nu van haar held, na dat gehoord te hebben? Om haar een plezier te doen had ik gedaan wat ze had gevraagd toen we de volle maan uit de zee hadden zien oprijzen; 's middags was ik weer met mijn oom mee naar Percé gegaan om de brede trap van het hotel naar zijn kamer op te klimmen, ik was weer zijn 'maat'. Maar de dag voor de komst van Olivier Huard werd ik voor Gabriels deur tegengehouden door het tumult van een ruzie. Hij en zijn moeder gingen tegen elkaar tekeer. Iedereen die op de gang voorbijkwam, had hen kunnen horen. Hij schold zijn moeder uit voor krent, dronkaard, oud wijf en zij noemde hem op haar beurt een verrekte, kleine dief. Er was geld weg uit haar handtas. 'Als je geld wilt, moet je erom vragen', gilde ze. Het was gênant om aan te horen en ik zag mezelf niet aankloppen om die scène te onderbreken, dus ging ik terug naar beneden, naar de veranda waar oom Chester en meneer en mevrouw Porter zaten 'Te wachten op Eleanor, die altijd te laat is', aldus mijn oom. Tien minuten later verschenen moeder en zoon en als ik het niet had geweten, zou ik nooit vermoed hebben dat ze elkaar zonet nog in de haren hadden gezeten. Toen ze Gabriels stoel naar ons toe duwde, boog mevrouw Fontaine zich over zijn schouder en zei iets wat hem aan het lachen maakte.

Die middag gingen Gabriel en ik op weg naar de kade, maar het begon te regenen en we keerden terug naar zijn kamer, waar we naar dansorkestmuziek luisterden en cribbage speelden voor een stuiver per punt. Gabriel won bijna elk spelletje en in de overwinning was hij zijn oude, uitbundige zelf. Om mij tevreden te houden draaide hij de platen waarvan hij wist dat ik ze mooi vond: Bunny Berrigans 'I Can't Get Started' en Artie Shaws 'Begin the Beguine'. Hij bood me een Camel aan, maar ik had genoeg van roken. Ik had geconcludeerd dat het de moeite niet waard was. Die hele middag voelde ik me onbehaaglijk in Gabriels gezelschap en ik denk dat het te maken had met de Fontaines zelf: de heftigheid van hun gevoelens, het gemak en de doeltreffendheid waarmee ze van vreugde omschakelden naar woede. Al dat vertoon van emoties. Het stoorde me en ik weet zeker dat Gabriel me maar een spelbreker vond die dag. Ik liet hem achter toen hij onder begeleiding van Tommy Dorsey bij de legpuzzel zat te peinzen. Ik wilde weten wat Odette ervan vond dat haar held uit de handtas van zijn moeder pikte.

De Huards waren nu aan mij gewend. Ook de hond blafte niet meer als ik naderde, maar sprong alleen om me heen, snuffelde aan mijn benen en liet me het erf op komen. Odette moet uit het raam hebben zitten kijken toen ik het weiland overstak, want ze kwam de veranda op, gevolgd door haar vader, die me verraste door het trapje af te lopen en zijn hand uit te steken.

'Hallo, James', zei hij, alsof we oude vrienden waren. 'Odette heeft me alles over je verteld.'

We schudden elkaar de hand en ik zei hallo, maar kon toen weinig meer bedenken. Ik was van mijn stuk gebracht door Olivier Huards vertrouwelijke manier van doen. Toentertijd verwachtte je niet dat een man zo tegen een jongen praatte. Het plaatste ons op een voet van gelijkheid waaraan ik niet gewend was. Odette sloeg ons gade vanaf de veranda.

'Odette zei dat je uit Toronto komt', zei hij. 'Ik ben nooit in Toronto geweest, maar ik ben wel van plan er een keer naartoe te gaan. Als de oorlog voorbij is, denk ik dat ik uit Quebec wegga en naar Ontario verhuis. Het is goed om Engels te spreken. Ik krijg niet genoeg kans om mijn Engels te oefenen.'

Al die plotselinge, snel opeenvolgende informatie over zichzelf bevreemdde me.

'Uw Engels is prima, meneer Huard', zei ik. 'Beter dan mijn Frans.'

'Ach, nou ja', zei hij. 'Niet zo goed als zou kunnen, wil ik wedden.'

Hij was niet veel groter dan ik, mager en donkerharig, jongensachtig knap. Hij zag er niet uit als de vader van acht kinderen, eerder als een vrijgezelle oom, een favoriet van de familie, die onverwachts langskwam. Hij was erop gebrand om meer te weten over mij: op wat voor school zat ik en wat deed mijn vader? En hoe zat het met mijn oom die boeken schreef? Kon je goed de kost verdienen met dat soort werk? Ik beantwoordde zijn vragen zonder veel te onthullen over mijn vaders baan in Ottawa. Als jongen had ik volop gebreken, maar opschepperij hoorde daar niet bij en ik heb altijd de woorden van mijn moeder onthouden toen we op mijn eerste dag op Groveland afscheid namen. 'Vergeet nooit, James,' had ze op die septembermiddag gezegd, 'dat jij en de andere jongens op deze school fortuinlijker zijn dan het gros van de anderen, maar dat is eigenlijk alleen een kwestie van geluk en niets om prat op te gaan.' Mijn vader zat in de auto te wachten en ik had me afgevraagd wat hij van haar opvatting gevonden zou hebben. Maar ik nam het ter harte, want het paste bij mijn karakter.

Ik was er niet zeker van of Olivier Huards kinderlijke nieuwsgierigheid argeloos was of alleen maar kruiperig, maar het viel me wel op dat hij erop uit leek te zijn om in de gunst te komen bij een jongen van veertien en ik geloof dat ik in hem een man zag die waarschijnlijk veel beloofde, maar dat zelden waarmaakte. Ik vroeg me ook af of Odette hier iets van merkte toen hij me ondervroeg, want ik weet nog dat ze ongemakkelijk, zelfs een beetje boos begon te kijken.

'Ik denk dat James en ik een eindje gaan wandelen, papa', zei ze.

'Ja, ja, dat is goed', zei hij. 'Ga maar wandelen met James. Het is een mooie avond voor een wandeling. Geen regen op komst, wil ik wedden.' Hij keek omhoog en speurde de hemel af alsof hij om instemming verzocht.

Odette en ik liepen zwijgend het pad af en het had allemaal een aangrijpendheid die ik niet kan beschrijven. Op de een of andere manier was Odette kennelijk teleurgesteld in zowel haar vader als in mij. In de schemering liepen we over de autoweg het dorp door naar de inham. Ik was ervan bewust dat we niet veel meer wandelingen samen zouden maken.

Toen we bij de inham waren aangekomen, ging ze op haar favoriete houtblok over zee uit zitten kijken. Uiteindelijk zei ze: 'Mijn vader is nogal een bemoeial, hè?'

'Dat geeft niet,' zei ik, 'hij is alleen nieuwsgierig naar mensen. Daar is niets mis mee.'

'Misschien niet', zei ze. 'Hij zegt trouwens dat hij een huis voor ons heeft. In St-Henri. Ken je Montreal, James?'

'Nee.'

Ze deed wat ze vaak deed wanneer we samen op dat houtblok zaten, ze boog zich voorover om een handvol zand op te scheppen en dat tussen haar vingers door te laten glijden.

'Het is een arm deel van de stad', zei ze. 'Hoe zeg je dat in het Engels als je hoofd vol luizen zit?'

'Luizig', zei ik.

'Ja, luizig. Dat woord heb ik weleens gehoord. En je gebruikt het voor dingen die niet goed zijn. Dus wij gaan naar een "luizige" buurt, maar meer kan hij niet betalen, denk ik.'

Ik vroeg wanneer ze naar Montreal vertrokken.

'Dat weet ik niet', zei ze. 'In de loop van volgende maand. Ik begin hier niet met school, dat weet ik wel. Ik blijf in het hotel tot we gaan. Mijn vader kent iemand met een auto en hij gaat naar Montreal voor werk. Mijn vader denkt dat die man een baan voor hem kan regelen en dan kunnen er een paar van ons met hem mee. De anderen gaan met moeder met de trein mee. Ik weet niet wat ze met onze meubels zullen doen. Per vrachtwagen opsturen of zo. Als we daar aankomen, is de school al begonnen. Andere kinderen zullen naar ons kijken en dingen tegen elkaar zeggen. Ze zullen achter hun hand lachen, het is altijd hetzelfde.'

Ze stond op van het houtblok en veegde het zitvlak van haar broek af op dezelfde manier als haar vader had gedaan. De nagloeiende zonsondergang had de hemel opvallend donkeroranje gekleurd, het weerspiegelde in het water, dat eruitzag als een schilderij, maar dan een dat voortdurend van kleur veranderde. Odette ging zitten en stond toen weer op. Ze kon niet stil blijven zitten.

'Wanneer ga jij naar huis?' vroeg ze.

'Dinsdag over een week', zei ik. 'De dag na Labour Day.'

'Gabriel vertrekt komende zaterdag', zei ze over haar schouder toen ze het strand af liep en steentjes over het gekleurde water begon te keilen.

Ze gooide de steentjes met een behendige, zijwaartse beweging en ik keek naar de kleine lichtflitsen in het donker wordende water. Toen draaide ze zich om en liep naar mij terug. Het donker omgaf ons zo snel. Terwijl ze liep, kon ik haar gezicht niet langer duidelijk onderscheiden, ze was slechts een gedaante in een witte blouse en een donkere broek.

Toen ze weer naast me op het houtblok zat, zei ze: 'Weet je wat, James? Ik denk dat ik zwanger ben. Ik had al ongesteld moeten zijn en bovendien voel ik me raar.'

'Raar?'

'Ja. Nou ja, niet raar zoals jij dat woord opvat, maar anders. Ik voel me anders. Er is iets aan de hand binnen in mij. Soms tintelen mijn tieten.' Ze leunde tegen me aan en pakte mijn arm. 'Weet je hoe dat in elkaar zit, James? De menstruatie van meisjes en zo? De bloemetjes en de bijtjes?' Het klonk bijna alsof ze het grappig vond, maar ik wist dat het maar geveinsd was.

'Het spijt me dat het is gebeurd, Odette.'

'Ja', zei ze en ze boog zich voorover om nog een handvol zand op te pakken. 'Ik zit ... hoe zeg je dat? Ik zit in de puree. Ik heb dat altijd een gekke manier gevonden om iets ergs te beschrijven. In de puree zitten.'

'Heb je het aan hem verteld?' vroeg ik.

Ze lachte. 'Aan Gabriel? Nee.' Haar 'nee' klonk zo onvermurwbaar, zo geringschattend. Alsof ik iets belachelijks had voorgesteld. 'Wat kan hij doen?' zei ze. 'Met me trouwen? Me mee naar Amerika nemen? Een rijk joch als hij. Wat kan het hem nou schelen dat ik zwanger ben?'

'Je bent pas zestien, Odette.'

'Eigenlijk niet', zei ze. 'Ik word pas zestien in december. Twee dagen voor Kerstmis. Maar wat zou dat? Vijftien, zestien, ik ben nog steeds zwanger. Ik weet het eigenlijk wel zeker nou.'

'Je moet het vertellen', zei ik. 'Hij is verantwoordelijk.'

Ze lachte weer en kneep in mijn arm. 'Je bent zo'n keurige vent, James. Dat vind ik fijn aan jou. Misschien had jij me maar zwanger moeten maken, hè? Jij zou wel voor mij zorgen, wil ik wedden.'

'Ja, ik zou wel voor je zorgen.' Het klonk heel gemeend en het was gemakkelijk genoeg gezegd, maar ik kon mezelf niet echt in dergelijke omstandigheden voorstellen.

'Nou ja', zei ze na een ogenblik. 'Het was niet alleen zijn schuld. Ik heb geen nee gezegd.'

'Maar je zou het hem toch moeten vertellen', zei ik. 'Je moet het zijn moeder ook vertellen. Ze moeten je helpen.'

Ze keek recht vooruit, ze had mij losgelaten en haar armen als bescherming tegen de nachtlucht om zichzelf heen geslagen.

'Ze moeten, ze moeten, ze moeten. Wie zegt dat ze dat moeten? Jij? Ik zie al voor me dat ik het aan zijn moeder vertel. Natuurlijk kan ik dat. En zij zal dolblij zijn met het nieuws, wil ik wedden.'

'Je moet het vertellen, Odette', zei ik. 'Het is niet eerlijk als ze het niet weten.'

Ze zei niets en we zaten te luisteren naar het kabbelende water. Toen legde ze haar hoofd op mijn schouder. Ik kon haar haar ruiken en haar horen mompelen: '*Merde, merde, merde.*'

'Wat ga je nou doen?' vroeg ik. Het gewicht waarmee ze tegen me aan leunde was prettig.

'Ik weet het niet', zei ze dromerig, alsof ze maar half luisterde. 'Er zijn plaatsen waar ik naartoe kan. De Kerk heeft tehuizen voor mensen als ik. De nonnen zorgen voor je. Ik heb een meisje gekend dat naar zo'n tehuis is gegaan in Montreal.'

'Heb je het aan iemand anders verteld? Aan Pauline?'

'Nee, die zou het alleen maar doorvertellen. Pauline kan niets voor zich houden. Dat ze het zuur krijgt. Ze zal het nooit weten. Ik ben al weg uit dit *maudit* dorp als zij het te horen krijgt, als ze het al ooit te horen krijgt'

Ze praatte nog steeds alsof ze half sliep, alsof ze doodmoe werd door er alleen maar aan te denken. Haar hoofd voelde zwaar aan op mijn schouder, maar dat kon me niet schelen.

'Je zult geld nodig hebben', zei ik. 'Heb je geld?'

'Een beetje, ja.'

'Ik kan je ook wat geven', zei ik. 'Misschien vijfentwintig dollar. Volgens mij heb ik dat wel.'

Ze ging rechtop zitten, sloeg haar arm om me heen en kuste me in mijn nek.

'Je bent een aardige jongen, James,' zei ze, 'maar ik wil je geld niet.'

'Ik wil dat je het krijgt', zei ik. 'Ik heb het niet nodig. Ik ga binnenkort naar huis. Mijn kaartje is al betaald.'

'Nee', zei ze.

Ik was zo verontwaardigd toen. Niets hiervan was eerlijk. Hij zou er ongestraft van afkomen.

'Ik zal het tegen Gabriel zeggen als jij het niet doet', zei ik.

Ze trok zich meteen van me terug.

'Dat moet je niet doen', zei ze. 'Je moet hier niets van zeggen.

Het haalt niets uit. Hij heeft al genoeg aan zijn hoofd.'

'Zoals wat?'

'Zoals het leven dat voor hem ligt', zei ze. 'Gabriel is verwend, maar hij heeft ook goede kanten. Ik heb een hoop lol gehad met hem. Ik had voorzichtiger moeten zijn. Het is ook mijn fout. Ik kan hem niet alleen de schuld geven.'

'Hij is een rijke Amerikaanse opschepper die jankt als een klein kind als hij zijn zin niet krijgt. Je hebt hem toch gezien op de dag dat we zijn gaan picknicken. Zoals hij toen tekeerging.'

Odette schudde haar hoofd. 'Je bent zo'n schuldgever, James. De hele tijd geef je iedereen maar de schuld. Waarom doe je dat? Gabriel kan niet helpen dat hij zo is. Hij is trots. Dat heb ik je al gezegd. Hij wilde niet op die manier gedragen worden. Als een kind in de armen van die stomme rotzak van een Emile, die hem zonder iets te zeggen gewoon maar oppakte. Hoe zou jij het vinden als dat met jou gebeurde waar je vrienden bij waren?'

Ik weet niet meer wat voor antwoord ik daarop gaf en of ik er wel een gaf. Ik weet nog wel dat ik niets heb gezegd over de ruzie tussen Gabriel en zijn moeder. Dat leek allemaal zo kleinzielig toen. Om de een of andere reden kan ik me niet meer herinneren hoe die avond is afgelopen. We moeten samen vanaf de inham teruggelopen zijn, maar misschien ook niet. Misschien ben ik chagrijnig geworden vanwege haar loyaliteit ten opzichte van Gabriel en zijn we apart naar huis gegaan. Als we ruzie hadden, deden we dat af en toe en het kon een van die keren zijn geweest.

Maar toen ik haar de volgende dag in het St. Lawrencehotel zag, was alles weer goed tussen ons. We lachten tegen elkaar op de gang. Dat weet ik nog wel.

DIE MAANDAG IN Zürich werd ik vroeg wakker na onrustig geslapen te hebben. Ik was de eerste gast in de eetzaal en at mijn ontbijt terwijl ik een versie van de gebeurtenissen in de wereld las, zoals weergegeven door hen die ploeteren voor de *International Herald Tribune*. Daarna maakte ik een ommetje in het kleine park voor het hotel, en keek tussen de bomen door naar de blauwe trolleybussen en de vroege joggers op het pad langs het meer. Achter dat alles lagen in de verte de Alpen, symbolen, zo goed als alle andere, van de verheven onverschilligheid van de natuur voor alles wat er in ons leven mis kan gaan. De zon had de mist boven het meer weggebrand. Het zou opnieuw warm worden voor de tijd van het jaar. Af en toe wierp ik een blik op de ingang van het hotel, uitkijkend naar Adam en Gabriel. Precies om half tien reed een busje de oprit op en toen het keerde, kwamen ze het hotel uit. Iemand van het personeel hield de deur voor hen open. Toen ik naar hen toe liep, stak Gabriel zijn hand op ter begroeting.

'Daar ben je, James', zei hij. 'Ik dacht dat je er op het laatste moment tussenuit zou knijpen. Adam en ik hebben erom gewed, niet?' Hij keek op naar Adam. 'Ik ben je tien dollar schuldig, maar dat zal wel niet meer uitmaken nu, hè? Binnen een uur zoek je mijn zakken na, jij harteloos kreng.'

'Maakt u zich daar geen zorgen over, meneer', zei Adam.

Gabriel fronste zijn wenkbrauwen. 'Ik maak me helemaal nergens zorgen over, jongen. Ik wil alleen dat we onderhand gaan.'

De chauffeur had het portier geopend en het hydraulische apparaat in beweging gezet waarmee de rolstoel in de wagen werd geheven. Ik luisterde naar het bromgeluid terwijl Gabriel handig in het busje werd geplaatst. Adam ging naast hem zitten en ik stapte voorin naast de chauffeur.

De straten van de stad waren schoongespoeld en glinsterden in het zonlicht. Waar gingen we naartoe? Waar zou Gabriel de gifbeker drinken? Adam had de chauffeur een stukje papier met het adres gegeven en niemand sprak tijdens de ongeveer twintig minuten die het duurde om onze bestemming, een treurig stuk voorstedelijke alledaagsheid, te bereiken. We hadden de ansichtkaartstraten van het oude Zürich achter ons gelaten en reden langs winkelpromenades, flatgebouwen en technologische bedrijven, het landschap van onze tijd. Afgezien van de lage, beboste heuvels aan weerskanten – Zürich ligt in het dal van een rivier – hadden we in de buitenwijken van Toronto of Minneapolis kunnen zijn. We reden door een straat langs een schoolplein, waar de kinderen net pauze hadden en roepend en rennend met hun spelletjes bezig waren. Vervolgens door een andere straat naar een huis waar we stopten. Het stond wat naar achteren op een betegeld plaatsje, dat met struiken was afgezet. Een onopvallende bungalow. Ik dacht te zien dat achter een van de ramen de gordijnen even van elkaar gingen.

Er werd opengedaan door een vrouw van in de vijftig, haar grijzende, blonde haar zat in een knot. Ze gaf ons allemaal een hand toen we het huis in gingen. De vrouw had een hoffelijke ernst die vertrouwen wekte, die scheen te zeggen: u bent in goede handen, er zal voor u gezorgd worden. Ze ging ons voor door een gang – het huis was spaarzaam gemeubileerd, alsof er niemand permanent woonde – naar een slaapkamer, waar een man ons in de deuropening stond op te wachten. Een sympathiek ogende kerel van begin middelbare leeftijd, kalend, met een snorretje. Hij droeg een trui over een overhemd en stropdas, wat hem er jonger deed uitzien. De man was arts – ik kan me zijn naam niet herinneren – en hij had met Gabriel gesproken tijdens zijn voorgaande reis. We gaven elkaar allemaal een hand, waarbij Adam me als Gabriels oudste vriend voorstelde. De slaapkamer was pas opgeknapt, want de lucht van de nieuwe, gebroken witte verf hing er nog. Er stonden een bed, een ladekast en drie stoelen, een raam bood uitzicht op een kleine tuin en een omheining van harmonicagaas, waarachter het parkeerterrein lag van wat eruitzag als een van de technologische bedrijven die je in dat deel van Zürich overal tegenkwam.

Aanvankelijk leek het allemaal ongemakkelijk, tenminste voor ons drieën, maar zoals veel Zwitsers sprak de arts uitstekend Engels en hij vroeg Gabriel of hij er absoluut zeker van was dat dit de weg was die hij wilde gaan. Op dat moment stonden we allemaal om hem heen en Gabriel leek verre van blij met de aandacht.

'Ja, ja, laten we in godsnaam een beetje opschieten.'

De dokter liep naar de ladekast en kwam terug met een plastic bekertje.

'Dit is een slaapmiddel, meneer Fontaine. Het zal u ontspannen. Over een paar minuten wordt u slaperig. Ik denk dat u het beste kunt gaan liggen als u dit ophebt.'

'Laten we dat nu meteen maar doen, Adam', zei Gabriel.

Adam knikte, hij draaide de rolstoel om en trok die achterwaarts naast het bed. Vervolgens tilde hij de oude man voorzichtig op het bed, stopte het kussen achter hem en legde een deken over zijn benen.

'Goed', zei Gabriel. 'Ik zal dat spul nu innemen.' En hij dronk het slaapmiddel snel op.

Adam had zich voorovergebogen en hij fluisterde iets, maar we konden hem allemaal verstaan, zelfs de verpleegster, die bij de deur stond.

'Weet u dit zeker, meneer?' vroeg hij. 'Er is nog tijd. We kunnen teruggaan naar het hotel en het vliegtuig naar huis nemen. Zegt u het maar.'

Maar Gabriel schudde zijn hoofd. 'Nee, nee, ik wil dit. We houden ons aan het plan.' Hij lag daar ondersteund door het kussen, fronsend en zwijgend. De dokter ging naar het bed met nog een plastic bekertje.

'Meneer Fontaine, ik wil dat u dit nu opdrinkt. U zult het een beetje bitter vinden, maar het is om uw ingewanden te kalmeren, zodat u niet gaat overgeven.'

Gabriel dronk het op en trok een gezicht. 'Jezus, dat is smerig spul', zei hij, omhoogstarend naar het witte plafond.

Ik stond bij het raam op de zonnige ochtend uit te kijken. Achter de omheining op het parkeerterrein aan de achterkant van het gebouw in de volgende straat liep een vrouw met een aktetas of computertas naar haar auto. Ik keek hoe ze de tas op de achterbank legde, instapte en wegreed. Nog maar een week eerder was ik op Woolford Abbey geweest. Susan en ik hadden tot 's avonds laat zitten praten en de volgende morgen was ze als eerste opgestaan. Ik hoorde hoe ze zich klaarmaakte om naar haar werk te gaan, op blote voeten door de gang liep en de kraan van het bad opendraaide. Net als toen ze nog een tiener was. Beneden stond de radio aan. Een van Bachs orkestsuites. De avond tevoren was in veel opzichten moeizaam verlopen en ik vond dat we nu even afstand van elkaar moesten nemen. Een kans om kracht te vergaren om door de volgende paar dagen heen te komen. Ik weet zeker dat Susan precies hetzelfde voelde. Maar voordat ze vertrok, stak ze haar hoofd nog om de deur van mijn slaapkamer. Tenminste, ik hoorde dat ze daar bleef staan, want ik had mijn ogen gesloten. Toen hoorde ik haar voetstappen op de trap – ze had schoenen aan toen – en een ogenblik later werd de radio uitgezet en ging er een deur dicht.

Toen ik naar beneden ging om mijn ontbijt te maken, zag ik het briefje op het aanrecht. Ze hoopte dat ik mijn weg in de school zou kunnen vinden en mezelf die dag zou vermaken. Ze noemde de Farloe-bibliotheek. Ik moest me maar aan deze of gene voorstellen. Ze zou ook een tafel reserveren voor woensdagavond in het kleine Franse restaurant in het dorp. Het was een nieuwe eetgelegenheid en heel populair, vandaar dat ze bijtijds moest reserveren.

Terwijl ik dit stond te overpeinzen was me amper opgevallen dat Adam een stoel naast het bed had getrokken en nu Gabriels hand vasthield, en ik bedacht wat een geluk Gabriel had om deze jongeman aan het einde bij zich te hebben. Om eerlijk te zijn voelde ik me een tikkeltje overbodig in die slaapkamer.

Ik hoorde de dokter zeggen: 'Ik denk dat u nu klaar bent, meneer Fontaine', en Gabriel die antwoordde: 'Ik ben klaar nu, *Doc, anytime*.' Zijn stem klonk doezelig, maar de intonatie, het Amerikaanse slang, riep toch het beeld van een jeugdige Gabriel op.

Omdat Adam nu naast hem zat, kon ik Gabriels gezicht niet zien, alleen zijn benen met de deken eroverheen. Toen stond de dokter naast het bed met een blad met erop een glas water en iets anders – de pillen, neem ik aan. Ik wierp een blik op de verpleegster, die bij de ladekast stond, ze keek me recht aan en knikte meelevend. Toen de dokter bij het bed wegging, liep ik naar Gabriel toe; hij zat overeind om de pillen in te nemen met een laatste slok water. Daarna legde Adam zijn hoofd terug op het kussen. Het leek of Gabriel mij niet zag. Zijn blik was wazig, ver weg, maar even later zei hij: 'Leg me op mijn zij, Adam, ik wil op mijn zij liggen.' Adam draaide hem naar de muur en dus lag Gabriel met zijn rug naar ons toe, maar ik hoorde zijn stem, hoewel heel zacht: 'Hou je haaks, James.'

Het was bijna alsof hij een tijdje vergeten was dat ik erbij was en dat deed me denken aan de keren in zijn kamer in het St. Lawrencehotel, wanneer hij genoeg had gekregen van mijn gezelschap, zich naar de enorme puzzel toe had geduwd en chagrijnig stukjes van de lucht of de zee zat te leggen, terwijl ik stiletjes de deur opendeed en vertrok.

Hij overleed in zijn slaap – binnen een paar minuten – en ik nam een taxi terug naar het hotel.

Er was veel te doen voor Adam: de lijkschouwer en de politie waren gebeld, kennelijk was dat niet meer dan routine, Gabriels crematie moest worden geregeld en het vervoer van zijn as terug naar de Verenigde Staten. Er moesten veel documenten ondertekend worden. We spraken af om 's middags om vijf uur samen iets te drinken. Wat heb ik die maandag verder nog gedaan? Ik doolde door de stad, liep boekhandels binnen en sobere, protestantse kerken. Ik wandelde langs de rivier en ging terug naar het hotel om te lunchen. Ik dronk twee glazen wijn bij het eten en naderhand deed ik een dutje op mijn kamer. Ik had gezien hoe een man, die ik als jongen had gekend, zichzelf van het leven beroofde en vredig overleed, zoals hij dat zelf had gewild en ik was blij dat ik mee was gegaan naar Zürich om bij hem te zijn.

Om vijf uur liep ik de trap op naar de suite en Adam deed open. Ik zag dat ik een telefoongesprek had onderbroken en hij gebaarde naar een stoel, terwijl hij terugliep naar de telefoon. Adam leek meer ontspannen nu in een sportieve broek met een trui, zijn taak zat er bijna op. Ik luisterde naar hoe hij met zijn vriend in Boston praatte en de warmte en genegenheid in zijn stem konden me niet ontgaan. Naderhand trok hij een fles champagne open en verraste me door zelf ook een glas te nemen.

'Alleen af en toe', zei hij en hij voegde eraan toe: 'Ik wil graag een toost uitbrengen op de nagedachtenis van Gabriel Fontaine.'

Merkwaardig, dacht ik, deze overduidelijke loyaliteit ten opzichte van een man die hem in de loop van een dag tientallen keren moet hebben beledigd. Maar misschien had Gabriel hem wel al zijn geld nagelaten en was Adam nu een vermogend man. Wie zou in zo'n situatie niet op zijn weldoener drinken?

Ik geloof dat we ons allebei ongemakkelijk voelden daarna, twee bedeesde vreemden in een ander land, die onder invloed van een krachtige derde partij met elkaar in contact zijn gekomen. En nu in afwezigheid van die partij? Tja, zoals ik al zei, het was ongemakkelijk en ik was blij dat we geen van tweeën hadden voorgesteld om samen te eten, want ik weet zeker dat we allebei toegestemd hadden en vervolgens een onaangename avond zouden hebben gehad. Om de pijnlijkheid weg te moffelen begon Adam over zijn vriend Donald Petty en hoe ze zich verheugden op het weerzien op woensdag. Elk bezoek aan de luchthaven van Boston had nu iets speciaals voor hen, vertelde Adam, een tastbare herinnering aan hoeveel geluk ze hadden gehad dat ze nog samen waren. Blijkbaar had Donald op 11 september 2001 bij American Airlines een plaats geboekt op vlucht 11, de vlucht die was geëindigd in de noordelijke toren van het World Trade Center. Hij was van plan geweest om de privécollectie te bekijken, een heel goede blijkbaar, van de welgestelde weduwe van een filmproducent. Deze vrouw had vroeger in Boston gewoond en kende Donalds familie. Maar op de dag dat ze hem had gevraagd te komen, belde ze op om te zeggen dat ze van gedachten was veranderd, en daardoor was zijn leven gespaard gebleven. De FBI was na de catastrofe op 9/11 uiteraard geïnteresseerd in Donald Petty's geannuleerde reservering en kwam naar zijn galerie en hun flat. Het leven van Adam en Donald werd een tijdlang nauwgezet onderzocht. Een zware tijd. Maar de autoriteiten waren er uiteindelijk van overtuigd dat het niets meer was dan een onschuldige wijziging van plannen. Dus was 11 september een speciale dag voor hen en Logan Airport een speciale plaats. Telkens wanneer ze aankwamen of vertrokken, hielden ze nu ter nagedachtenis elkaars hand vast. Ik dronk nog een glas champagne, terwijl ik luisterde naar Adams verhaal, een lofzang op het stomme toeval. Toen was het tijd om te gaan.

Maar we wisselden wel adressen uit en beloofden contact te houden. Waarom zeggen we dat soort dingen wanneer we ze niet echt menen? Dat jaar stuurde ik hem een kerstkaart en kreeg er aan het einde van januari eentje terug. Adam schreef dat hij en Donald met de Kerstdagen op Hawaï waren geweest en dat hij nu pas bij was met zijn post. Hij wenste me een gelukkig 2005. Het jaar daarop nam geen van ons beiden de moeite.

ER WERD EEN 'excursie' georganiseerd. Dit curieuze woord werd door mijn oom aan de ontbijttafel geïntroduceerd. Het was de ochtend nadat Odette me haar nieuws had verteld en ik was moe en prikkelbaar. Om een van mevrouw Moores uitdrukkingen te gebruiken: ik 'trok me toch een gezicht', het gezicht van iemand die vastbesloten was de boosdoeners, waar hij ze ook tegenkwam, te straffen, het gezicht van de veertienjarige versie van een fanatieke hervormer, Oliver Cromwell misschien. Ik was van plan Odettes waarschuwing in de wind te slaan en Gabriel te vertellen dat hij een plicht te vervullen had.

Aan de ontbijttafel keek oom Chester over zijn krant heen en zei dat we uitgenodigd waren voor een excursie; die middag zouden we op een toeristenboot om het eiland Bonaventure varen om naar de miljoenen zeevogels te kijken die daar nestelden en zich voortplantten. Aanstaande zaterdag zou iedereen vertrekken, zei hij, en ze wilden de vogels zien voordat ze naar huis terugkeerden. Wat hemzelf betrof, hij was jaren geleden al eens om het eiland gevaren en als het erop aankwam was hij niet zo geïnteresseerd in vogels, desondanks kwam hij tegemoet aan de wens van zijn vrienden en zou ik dus alsjeblieft een gezicht willen opzetten dat neigde naar iets van beminnelijkheid; het was, zei hij, onbetamelijk voor een gezonde jongen om zo verbeten te kijken op een zonnige ochtend wanneer er goede dingen in het verschiet lagen. Weer zo'n woord van hem, 'verschiet', de pretentieuze, ouwe zak. Ik zeg oud, want dat leek hij indertijd, hoewel ik nu bedenk dat hij toen van ongeveer de leeftijd was als mijn eigen zoon nu is.

Later gingen we op weg in de Willys, mijn oom neuriede een wijsje, en het is raar maar de lang vergeten naam ervan schiet me net te binnen. 'The Whistler and His Dog'. Ik heb het toen ik klein was in de jaren dertig vaak op de radio horen spelen door een militaire band. Het is goed mogelijk dat het de herkenningsmelodie was van een nieuwsuitzending, want ik meen me te herinneren dat mijn vader naar het nieuws van zes uur luisterde voordat hij aan tafel ging. Tegenwoordig hoor je dat soort deuntjes nog maar zelden, ze roepen het beeld op van slobkousen en van die lampen met kappen versierd met kwastjes, die een smalle, gele baan licht werpen. Zoals die in mijn moeders slaapkamer, waarbij ze de romans las van Ellen Glasgow en A.J. Cronin. Af en toe hoor ik 'The Whistler and His Dog', gespeeld door het Bournemouth Symphony Orchestra, in een programma voor lichte muziek op de cbc. En het veroorzaakt steevast een tintelend gevoel in mijn nek, een tastbare hint aan de niet terug te halen tijd en de ermee gepaarde gaande droefheid, precies de impuls die Alfred T. inspireerde tot het schrijven van zijn lyrische meesterwerk 'Tears, Idle Tears'.

Gabriel was heel blij me te zien en zelfs mijn sombere uitdrukking schrok hem niet af. Het kon zijn dat hij tegen die tijd gewend was aan alle variaties erop, hoewel hij die dag ook al had gedronken, wat zijn tolerantie voor mijn norsheid kon verklaren. Hij gaf geen snars om die vogels, zei hij, maar het hield een verandering van omgeving in. Voor de gelegenheid had hij een blauwe blazer en een witte broek van ongekeperd linnen aangetrokken. Hij had zelfs een witte zeilpet op zijn hoofd. Ik wilde net doen of hij er onnozel uitzag in deze uitrusting, maar ik besefte dat het niet zo was; in feite zag hij er buitengewoon knap uit. We waren laat, zei hij, de mater had zojuist uit de conversatiezaal gebeld en ze popelde om op weg te gaan. Het leek niet het juiste moment om hem over zijn aanstaande vaderschap in te lichten.

Toen ik hem de gang door duwde, zagen we Odette een kamer uit komen en gebruikte lakens in een wasmand duwen die op het karretje stond dat ze van deur tot deur met zich meetrok. Ze glimlachte toen we dichterbij kwamen. Door de openstaande deur zagen we een meisje het bed opmaken. Het was Pauline niet, want, zo hoorde ik naderhand, die was ontslagen wegens diefstal. Ze was betrapt op het meenemen van hotelzeepjes. Gabriel vertelde Odette over de excursie en ze wenste ons veel plezier en nadat ze links en rechts de gang in had gekeken, bukte ze zich en kuste Gabriel op beide wangen. Mij kuste ze ook, hoewel maar één keer, en ze zei: 'Als je bij het eiland komt, moet je niet met open mond naar boven kijken.' Gabriel moest hier hard om lachen en ik moet ook geglimlacht hebben, terwijl ik me tegelijkertijd afvroeg hoe ze zo opgewekt kon zijn, gezien wat haar was overkomen. Maar wat wist ik van de wegen van het hart? Gabriel, zo bleek, kon niets verkeerd doen en dat was dat. Toen ik de deur van de dienstlift opende, zag ik haar met handdoeken in haar ene arm. Met de andere zwaaide ze naar ons.

Er konden misschien dertig passagiers op de boot, waarvan twee derde achter de ramen kon zitten. De rest koos voor de openlucht op het achterdek. Dat leek een goed idee toen we uitvoeren en de zon scheen. Maar de lucht betrok toen we koers zetten naar zee. Volgens mij waren we de enige Engelssprekende mensen aan boord. Er waren een stuk of vijf priesters in soutane, die met volle teugen genoten, onder aanvoering van een grote kerel met een luide lach, het soort priester – misschien zijn het die oude films die ons dit aandoen – dat je voor je ziet tijdens de pauze op de parochieschool terwijl hij vanaf de thuisplaat hoge ballen naar de buitenvelders slaat. Om de jongens te laten zien hoe het moet. Het viel me op hoe eerbiedig de vrouwen waren tegen de in het zwart gehulde geestelijken, ze boden hun zitplaatsen bij het raam aan en gingen voor hen en hun Browniecameraatjes opzij. De vrouwen wierpen ook verlegen blikken onze kant op. Wij waren Amerikanen die in het grote hotel verbleven, bewoners van dat magische land, de thuisbasis van Coca-Cola, honkbal en kleurenfilms. We waren exotische wezens, iedereen in de hele wereld was jaloers op ons en wij waren overal ter wereld thuis. Amerika's aandelen hebben nooit hoger gestaan dan tijdens dat laatste jaar van de Tweede Wereldoorlog, toen de vs ons allemaal redden van Hitler en Tojo. Ik moet een steek van ontrouw hebben gevoeld die middag toen ik me koesterde in de afgunstige blikken van de Frans-Canadese toeristen.

Mevrouw F. had een thermosfles met een cocktail meegebracht en Gabriel, wiens rolstoel door een dekknecht een hellinkje af naar het open gedeelte achter op de boot was gereden, zei dat hij wilde dat hij iets had om in onze cola te doen. Maar er was niets wat hij kon doen; zijn vriend in de bar had hem laten weten dat het tegen het einde van de maand liep en het rantsoen sterkedrank van het hotel was nagenoeg op. De man was van mening dat hij het risico niet kon nemen. Ze hadden er die ochtend op de gang bij de dienstlift over gesproken. Maar Gabriel vermoedde dat zijn moeder erachter zat. Hij geloofde dat ze zijn bron had ontdekt en had gedreigd het aan diens werkgever te verklappen. Het maakte hem razend om zijn moeder, die ter bescherming tegen onverwachte slingerbewegingen was gaan zitten, de kroezen van mijn oom en de Porters vol te zien schenken. Eleanor Fontaine zag er die middag zoals gewoonlijk glamoureus uit in haar sportieve broek en trui, een hoofddoek onder haar kin vastgeknoopt en een grote, donkere bril op. Oom Chester en meneer Porter twistten goedaardig over de definitie van het woord 'sloep' en of die term correct was om het vaartuig waarop we zaten te beschrijven. Zo nu en dan verscheen er een onaangename uitdrukking op het gezicht van mijn oom, een zeker teken van zijn groeiende ongeduld met Sam Porter. Met ons allemaal, denk ik. Er zaten ook twee leuke zusje van mijn leeftijd aan boord. Ze waren met hun ouders en keken steeds achterom naar Gabriel. Hij had zijn zeilpet afgezet voordat de wind die weg kon grissen, iets waarop ik had gehoopt, want dat zou zeker zijn zorgvuldig in stand gehouden *amour-propre* hebben verstoord. Maar het zat er niet in. En nu maakte zijn verwaaide, donker haar à la Tyrone Power hem nog mysterieuzer en aantrekkelijker. Wat had ik die middag de pest aan hem.

Nadat we het eiland gerond hadden, voelden we de kracht

van de wind rechtstreeks terwijl de boot door de deinende, grijze golven stampte, de boeg rees en daalde en de waternevels ons verrasten. Zonder dat we het gemerkt hadden, was de zon voor die dag verdwenen en alles leek plotseling duister en grimmig. De kapitein vertelde in het Frans over de verschillende soorten vogels, maar niemand leek te luisteren, het schommelen van de boot eiste onze aandacht op. Alleen de jolige priesters schenen van het tochtje te genieten en ze namen het op zich om de rest van ons op te monteren. Met elke slingering van de boot zongen ze de Franse versie van 'hoplakee' en lachten. Uiteraard was het onvermijdelijk dat sommigen misselijk werden en naar het achterdek kwamen om over te geven over de reling. Overal rondom ons klonken de kreten van de boven ons in de grijze, winderige lucht zwevende zeevogels. Ik zag de jan-van-genten als ministuka's de zee induiken. Langs de buitenste kliffen van het eiland nestelden, aten en krijsten miljoenen vogels. De avifauna in al zijn vruchtbaarheid. Ik koos dat moment onder aan de kliffen van Bonaventure uit, met het afgrijselijke kabaal van de vogels, de wind en de van poep verzadigde lucht (Odette had gelijk), om het aan Gabriel te vertellen.

Mijn mond bevond zich naast zijn oor en zijn verwarde haar. Hij negeerde de vogels en keek door zijn verrekijker naar de zee.

'Ze is zwanger, weet je', zei ik.

Hij vertrok geen spier, bleef de grijze horizon afspeuren. 'Wat zei je daar, ouwe jongen?' Zijn Ronald Colmanaccent.

'Odette krijgt een kind', zei ik. 'Ze is pas vijftien, Gabriel, in godsnaam.'

Het is nauwelijks te geloven, maar hij begon te praten over een Duitse onderzeeër en de mogelijkheid dat we getorpedeerd zouden worden. 'Stel je een U-boot voor, James', zei hij. 'Ergens daarginder. Het is zondagmiddag en de bemanning verveelt zich al weken. Totaal geen actie. Dan krijgt de kapitein ons in zicht door zijn periscoop en hij besluit ons tot zinken te brengen. Om de bemanning een commandopostoefening te geven.

Het zal ze opvrolijken als ze iets raken. Goed voor het moreel en zo. Heil Hitler, jongens.'

Hij liet de verrekijker zakken en lachte tegen mij. De wind beukte vreselijk op ons in en drukte zich in vlagen tegen ons gezicht.

'Denk je eens in, James', riep Gabriel. Een paar mensen keken even onze kant op. 'Stel dat we hem aan zien komen met zijn gemene snuit net onder het water. Daar, bijvoorbeeld.' Hij wees en in mijn onnozelheid keek ik. 'Daar komt-ie aan, mijn god', zei hij. 'In een paar tellen worden we aan stukken gereten. We kunnen er niets aan doen. Geen toekomst meer. Niets meer. En dan ...' Hij keek weer door de verrekijker. 'Stukken van ons in het water voor die verrekte zeemeeuwen. Het komt in alle kranten. Op de radio. Misschien zelfs in *The March of Time*. Die sturen vast een cameraploeg om foto's te maken van de wrakstukken. Dan zien de mensen het van Boston tot San Francisco in de bioscoop.'

Ik wilde Odettes naam weer ter sprake brengen, maar Gabriels moeder kwam naar ons toe, ze viel zijwaarts tegen me aan op de bank en greep lachend mijn arm. De punten van haar hoofddoek wapperden wild in de wind. Ze was een tikkeltje aangeschoten.

'Is dit niet enig, jongens?' riep ze. Ze kneep in mijn arm en zette zich schrap tegen het schommelen van de boot.

'Ja, moeder', zei Gabriel. 'Het is enig, enig, enig. Maar ik had het net met James over de mogelijkheid dat we opgeblazen worden door een Duitse torpedo.'

'Doe niet zo gek, Gabriel', zei ze. 'We hebben plezier. Het is gezellig en jij kunt alleen maar aan akelige dingen denken.'

'Akelige dingen horen bij het leven, mammie', zei hij, terwijl hij door de verrekijker bleef turen. 'Dat moet je nu onderhand toch wel weten.'

'Hoor je nou wat ik allemaal moet verduren, James', zei mevrouw Fontaine. 'Ik hoop dat jij niet zo brutaal bent tegen je moeder.'

'James zou nooit brutaal zijn tegen zijn moeder', zei Gabriel. 'James is een brave jongen. Maar ik, aan de andere kant, ben een stoute jongen.'

Ik had zin die verdomde verrekijker uit zijn handen te meppen. 'Neem nog een borrel, moeder', zei Gabriel.

Mevrouw Fontaine stond op en leunde even tegen me aan. 'Och, loop naar de hel, egoïstische, kleine ...'

Ik verstond het zelfstandige naamwoord niet, het werd meegevoerd door de wind toen ze zich een weg terug zocht naar de Porters en mijn oom.

Tegen die tijd waren we het andere uiteinde van het eiland voorbij en voeren in de richting van het land, we hadden de wind in de rug nu en schoten vooruit. De mensen vrolijkten op. De grote, luidruchtige priester vertelde een verhaal dat iedereen in de hut aan het lachen maakte. Gabriel had de verrekijker weggestopt en zijn zeilpet weer opgezet. Hij liet zijn hand over de zijkant van de boot in het water slierten en neuriede iets bekends, een deuntje uit een show waar we op zijn kamer naar geluisterd moesten hebben. Ik wilde over Odette beginnen, maar deed het niet. Misschien dat ik toen vond dat ik mijn plicht had gedaan door ten minste haar toestand te noemen, hoewel dat waarschijnlijk niet de hele waarheid was. De hele waarheid kon weleens meer te maken hebben met mijn bangelijkheid, mijn onwilligheid om de confrontatie met hem aan te gaan.

We waren het er aan het einde van de middag volgens mij allemaal over eens dat de excursie een teleurstelling was. Wat mij aanging, ik was van plan nooit meer een woord met Gabriel Fontaine te wisselen en de rest van de week bleef ik resoluut weg uit het St. Lawrencehotel. Mijn oom had zich intussen zover neergelegd bij mijn buien van onvermurwbare humeurigheid dat hij 's middags alleen en zonder commentaar naar Percé vertrok. Dat wil zeggen, tot de zaterdag dat hij me zei (ik weet nog dat we na het middageten in de gang stonden en door een ongelukkige timing tegelijk de trap op wilden) dat ik op z'n minst de beleefdheid zou moeten opbrengen om de mensen (te gast in

ons land) gedag te zeggen met wie we de hele zomer waren opgetrokken. Dat nalaten stelde goede manieren en opvoeding in
een kwaad daglicht en wierp een smet op de eer van de familie.
Nou ja, ik overdrijf. Dat was niet precies wat hij zei, maar ik
snapte wat hij bedoelde en ging met hem mee.

Ze zouden met de middagtrein gaan en toen we aankwamen,
stond de bagage al op de veranda voor het hotel. De taxi wachtte
en de stugge Emile droeg de koffers naar zijn Fordpick-up. Oom
Chester was vol van de vriendelijke wellevendheid van de gast-
heer, die ten slotte kan rekenen op het vertrek van gasten die
van tijd tot tijd uitermate vermoeiend waren. Er werd omhelsd,
gekust en beloofd om contact te houden.

'Het is een goddelijke zomer geweest, James', zei mevrouw F.
en ze drukte me tegen haar zwaar geparfumeerde blouse. 'Heel
hartelijk bedankt dat je Gabriels vriend was.'

Dat ik tijdens de zomer regelmatig afwezig was, scheen haar
beeld van mij als trouwe vriend van haar zoon niet te hebben aangetast, maar misschien meende Eleanor Fontaine geen
woord van wat ze zei en had ze dat nooit gedaan.

Gabriel zat al in de taxi. Hij wist dat ik kwaad op hem was en
waarom en dat was alles wat er voor mij toe deed. Hij had het
raampje opengedraaid en keek me glimlachend aan.

'Hou je haaks, maat', zei hij. 'Neem geen houten stuivers aan.'
Een suffige uitspraak die destijds populair was.

We gaven elkaar geen hand. In plaats daarvan draaide ik me
om en keek naar Emile, die de rolstoel achter op de pick-up zetten en de klep dichtdeed. En toen waren ze weg, op de veranda
uitgewuifd door een paar leden van het hotelpersoneel.

Ik vroeg me toen af wat Gabriel en Odette op die laatste ochtend tegen elkaar hadden gezegd.

Naderhand vertelde ze me dat hij had beloofd om te schrijven. Ik geloofde geen moment dat hij dat ooit zou doen, maar
in elk geval was ik zo verstandig om dat niet te zeggen. Het was
onze laatste wandeling op de maandagavond voordat ik vertrok.
We staken de spoorbrug over naar het strand aan de zeekant

van de zandbank, maar halverwege bleef Odette staan en zei dat ze geen zin had in een lange wandeling. Dus leunden we op de reling en keken naar de vloed die onder ons kwam opzetten, waardoor de naast de kade aangemeerde vissersboten op en neer deinden. Het was een kalme, grijze avond, maar boven de bergen flakkerden bleke lichtflitsen achter de wolken. Het zag er dramatisch uit, maar het maakte ons allebei nerveus, we waren per slot van rekening stadskinderen en nog steeds op ons hoede voor het weer op het platteland, niet in staat de wind en de lucht te doorgronden.

Odette vertelde dat haar vader ook de volgende dag de trein zou nemen en dat vond ik vervelend, hoewel ik dat niet liet merken. De waarheid is dat ik me had verheugd op de knusheid van mijn coupé met alleen de laatste honderd bladzijden van *Great Expectations* als gezelschap. Meer had ik niet nodig tot Toronto. Ik wilde niet de hele weg naar Montreal overeind moeten zitten om de vragen van Olivier Huard over het leven in Ontario te beantwoorden. Haar vader had er meer dan genoeg van hoe het er in Quebec aan toeging, zei Odette. Begin augustus was er een provinciale verkiezing geweest en de rechtse Union Nationale van Maurice Duplessis had overtuigend gewonnen. Er hingen nog steeds posters van de kandidaten aan bomen en elektriciteitspalen. Volgens Odettes vader was het een overwinning voor de Kerk. De priesters zouden nu de politici adviseren. Fascisten waren het, allemaal, en ze speelden onder één hoedje, zei hij. Dus dat zou ik ook moeten aanhoren. Als ik niet luisterde, zou hij me waarschijnlijk weer zo'n bevoorrecht Engels snotjong vinden dat zich verstopte in een privécoupé, waar zijn rijke vader voor had betaald. Waarom ik me druk zou moeten maken om wat Olivier Huard van mij dacht is een goeie vraag, waar ik geen antwoord op heb.

Die laatste avond was Odette ongewoon stil en ik zweeg ook terwijl we naar de vlammende wolken boven de bergen keken. Ik had niet verwacht dat ze haar vertrouwde zelf zou zijn – opgewekt strijdlustig en nieuwsgierig – nee, ze had te veel aan haar hoofd en dat begreep ik. Maar dit was anders. Het leek of Odette en ik door Gabriels vertrek plotseling op een rare manier van elkaar vervreemd waren. Alsof Gabriel de ster was geweest in ons kleine planetaire stelsel, die ons vast in een baan om hem heen had gehouden. Door zijn vertrek waren we losgeslagen en opnieuw vreemden voor elkaar. Ik kan het nu zien, maar ik vermoed dat ik die avond op de spoorbrug enkel gekwetst was.

Ik had geld voor haar bij me in een envelop. Die had ik uit de secretaire voor in de gang gepakt, toen mevrouw Moore weg was en oom Chesters Smith Corona boven ratelde. De envelop rook vaag naar potpourri, een oudevrouwenluchtje. Ik wachtte tot we de brug af waren, voor het geval de envelop uit onze handen zou vallen. Ik kon me de vertwijfeling indenken als ik hem tussen de bielzen door omlaag naar het snelstromende water zou zien dwarrelen. Op het pad terug naar het dorp gaf ik hem aan haar, een kleine witte rechthoek in het donker tussen ons in.

'Hier', zei ik.

Ze bleef staan. 'Wat is dat?'

'Het is vijfentwintig dollar', zei ik. 'Het is alles wat ik heb.' Dat laatste klonk zielig en ik besefte het op het moment dat ik het zei. En wat verwachtte ik trouwens van haar? Dat ze haar armen om me heen zou slaan en tranen van dankbaarheid zou storten? Waarschijnlijk wel, hoewel ik heel goed wist dat dit Odettes stijl niet was. Toch was ik teleurgesteld toen ze me slechts een plichtmatige knuffel gaf en zei: 'Bedankt, James. Je bent een goeie vent.'

We bleven niet lang opzij van haar huis staan. Het onweer rommelde nu in de verte, het trok naar zee, maar het was begonnen te regenen, dus namen we haastig afscheid en ik holde het weiland door. Ik denk dat ik in tranen was en ik weet dat ik me slecht gedroeg toen ik het huis in kwam. Mijn oom en mevrouw Moore zaten aan de eettafel te praten en te kijken naar het onweer dat in zuidelijke richting naar Percé trok. Ze dronken thee en aten bolletjes die mevrouw Moore speciaal voor mij had gebakken. Een traktatie op mijn laatste avond in haar huis.

Natuurlijk verwachtten ze dat ik bij hen kwam zitten, maar ik weigerde kortaf en verdween de trap op naar mijn kamer. Wat zijn we toch verwarrend en teleurstellend voor de oudere generatie wanneer we jong zijn. We zetten onze gekwetste gevoelens om in gedrag dat pijnlijk en onbegrijpelijk is voor hen die het beste met ons voorhebben. Daar zou ik zelf vele jaren later achter komen op avonden dat andere deuren werden dichtgeslagen en mij niets anders overbleef dan naar de muren te staren.

Die nacht lag ik lang wakker en daarom sliep ik nog toen Odette het pad af liep naar de snelweg en de pick-up arriveerde die haar naar het St. Lawrencehotel zou brengen. Het was de enige morgen in de hele zomer dat ik haar misliep en door de jaren heen ben ik mijn uitslapen die dag gaan beschouwen als een daad van ontrouw aan de liefde zelf.

Ik verwachtte een korzelige reactie aan de ontbijttafel en ik vond zelf dat ik die verdiend had. Maar ze waren een en al beminnelijkheid, mijn oom liep over van vrolijkheid en mevrouw Moore spoorde me aan spek met eieren te eten, een gerecht dat meestal voor de zondagse lunch bleef gereserveerd. Wat waren het toch aardige, vergevingsgezinde mensen, dacht ik. Of waren ze gewoon blij om van me af te zijn? Hoe dan ook, om mevrouw Moore een plezier te doen at ik een stel van haar bolletjes, te veel in feite, want ik herinner me dat ik me die ochtend een tijdlang behoorlijk verstopt voelde. Later reed oom Chester me naar het station, hij wenste me het beste voor het tweede jaar op Groveland en ik moest zeker niet vergeten de groeten te doen aan zijn voormalige collega's. Dat zou ik zeker niet, zei ik, maar ik vergat het wel. Ik moest ook de groeten overbrengen aan mijn moeder en tante Margery, hij liet mijn vader er nadrukkelijk buiten, wat me niet verbaasde. Ik wist dat J.T. en oom Chester elkaar niet echt lagen. Ten slotte zei mijn oom dat hij aannam dat we allemaal weer gezellig zouden samenkomen voor de Kerstdagen en daar was ik het natuurlijk mee eens. Ik zie hem nu voor me zoals ik hem toen vanuit het raampje van de trein zag, me uitwuivend, waarna hij zich omdraaide en kwiek naar de blauwe Willys liep, een goed verzorgde man met een zandkleurig snorretje, lichtelijk verwijfd in zijn manier van doen, in een geelbruine broek en een witte tennistrui over zijn rug gegooid en om zijn hals geknoopt.

Toen ik hem weg zag rijden was ik blij eindelijk alleen te zijn, maar ook ongerust toen ik uitkeek naar Odettes vader. Hoe zou ik hem kunnen ontlopen, vroeg ik me af. Zou hij naar me op zoek gaan? Aankloppen en zichzelf uitnodigen voor een praatje? Op de een of andere manier leek hij me iemand die daartoe in staat was. Maar er stapten die middag maar een paar andere mensen in de trein en vlak daarop rinkelde de bel, waarna we met een korte stoot van de fluit in beweging kwamen. En Olivier Huard was niet aan boord. Het was egoïstisch, maar ik voelde me onuitsprekelijk opgelucht bij het vooruitzicht van de reis die voor me lag, alleen met mijn roman. Toen we langzaam over de brug reden naar de zandbank keek ik over de rivier heen naar het dorp. Algauw kon ik mevrouw Moores huis zien, waar de was aan de lijn hing. Ze had mijn arendsnest al uitgeruimd en de handdoeken, lakens en dekens die deze zomer van mij waren geweest zouden weldra gestreken in de kast gelegd worden. Mijn kamer zou nu zo kaal zijn als een monnikencel. Voor het huis van de Huards renden de kinderen die te jong waren voor school rond over het erf met de zwart met witte collie. Odette zou zo klaar zijn met haar werk in het hotel. Maar waar was haar vader? Waarom zat hij niet in de trein naar Montreal en zijn baan in de munitiefabriek? Had Odette haar ouders over haar zwangerschap ingelicht en zaten ze nu om de keukentafel te overleggen wat ze moesten doen? Misschien was Olivier Huard compleet van slag door dit nieuws van zijn oudste kind, zijn lieveling. Misschien had hij te veel bier gedronken en lag hij nu met zijn kleren aan op bed, bang om op te staan.

Ik vroeg me ook af wat Gabriel op dat moment deed. Ik stelde me voor dat hij met zijn moeder nieuwe kleren aan het kopen was in een chique zaak in Boston. Overhemden, truien en stropdassen opgehoopt op de toonbank. Colberts en een nieuwe blazer aan houten hangertjes. Zwarte oxfordschoenen met spanners erin. Misschien was zijn vader voor een paar dagen thuisgekomen uit Washington. Hij zou Gabriel met de auto naar zijn school brengen en onderweg zouden ze lunchen in een dorpsherberg, net als mijn ouders en ik op weg naar Groveland later deze week zouden doen. Ik zag Gabriel in de eetzaal van de herberg een pakje openmaken, een presentje van zijn vader. Een vergulde pennenset. Of manchetknopen met bijpassende dasspeld in een blauw doosje met satijnen voering. 'Jee, pap, dat is tof. Bedankt, hoor.' En de hele tijd zou hij net als zijn ouders best wel een glas wijn lusten. Maar dit bestond enkel in mijn verbeelding. Wat wist ik er nou echt van? Op school hadden de leraren het altijd over het oplossen van problemen, het vinden van antwoorden. Het draaide altijd om antwoorden. Maar stel nou dat veel van de dingen waar we tegenaan lopen geen antwoord hebben? Stel dat ze gewoon onopgeloste mysteriën blijven? Waarom hadden mijn moeders zenuwen haar bijvoorbeeld in de steek gelaten? Hoe kon je iemand mogen en tegelijk niet mogen? Hoe kon ik nog steeds zulke sterke gevoelens koesteren voor een meisje van wie ik me nu realiseerde dat ik haar helemaal niet zo goed kende? En wat zou er van haar worden? En waarom deed het me zo veel?

Zo veel dingen die onbeslist leken, als verhalen zonder einde. En toen ik op die middag aan het einde van de zomer in mijn vijftiende jaar uit het treinraampje keek, denk ik dat ik in elk geval op kleine schaal aanvoelde dat dergelijke mysteriën het hart vormden van alles wat in mijn leven van belang zou zijn.

Envoi

MIJN DOCHTER OVERLEED bijna een jaar na Gabriel. Ze was in januari met Sophie Wasserman naar Toronto teruggekeerd. Aanvankelijk stemde Susan er aarzelend mee in om door te gaan met de chemotherapie waarmee ze in Headington, in het Churchill Hospital, was begonnen, maar na een paar weken weigerde ze verdere behandeling. Het maakte haar alleen maar ellendiger, zei ze, en ze daagde de oncoloog uit om te bewijzen dat het iets meer zou doen dan haar leven met een paar maanden verlengen. Ik begreep dat hij haar besluit niet al te krachtig aanvocht. We verhuisden haar naar een hospice, waar de mensen uitermate vriendelijk waren. Susan besefte dat ze stervende was en ik geloof dat naast dit genadeloze feit en de pijn die ermee gepaard gaat de vernedering ervan haar net zo veel dwarszat. Kanker is zo'n verwoestende ziekte; dag na dag teert hij het slachtoffer uit tot een hologige karikatuur van zijn vroegere zelf. Met het verstrijken van de weken kon ik zien dat Susan op haar moeder begon te lijken en dit bracht een avond van tweeëntwintig jaar geleden naar boven, toen ik op punt van weggaan stond en Leah mijn hand had gepakt en had gefluisterd: 'Probeer om je mij te herinneren zoals ik hiervoor was.' Zinloos om erop wijzen dat dit er niets toe doet, want natuurlijk doet het er voor sommigen wel toe. Voor sommigen is medelijden bijna zo onverdraaglijk als de ziekte zelf.

Een paar maanden voor het einde zei Susan me dat het niet nodig was om zo vaak te komen. Ik was elke middag naar haar toe gegaan omdat ik dat wilde, maar ook omdat ik er de tijd voor had. De anderen – Brenda en de kinderen, David en Nikki, en Sophie – kwamen meestal 's avonds. Maar Susan zei dat twee of drie keer per week prima zou zijn. Ze had het niet over haar pijn, alleen over de overweldigende vermoeidheid, maar ik kon zien dat ze het gênant vond om er zo ziek uit te zien en zich zo ziek te voelen.

Op een dag besloot ik haar de waarheid te vertellen over mijn reis naar Zwitserland met Adam Trench en Gabriel. Het was een klamme middag aan het einde van augustus en ik herinner me nog het blikkerige kabaal van de airconditioning die oud moet zijn geweest. Achter het raam een massief grijze lucht en beneden op straat lopende mensen en de daken van passerende auto's. De andere patiënt in de kamer, een vrouw die nog jonger was dan Susan, was tijdens het kijken naar een televisieserie in een morfineslaap gevallen. Het programma was nog bezig, maar zonder geluid, de acteurs praatten, gebaarden en huilden stom. Terwijl ze naar me luisterde, dronk Susan water door een gebogen rietje. Ik beschreef Gabriels toestand en de jongeman die hem verzorgde, de bungalow met de afrastering van harmonicagaas en het parkeerterrein. Ik vertelde haar over de verpleegster en de dokter en hoe Gabriel was gestorven. Ik bood mijn verontschuldiging aan dat ik de waarheid niet eerder had verteld, maar toentertijd was het nieuws van haar ziekte nog zo gevoelig dat ik haar niet nog meer van streek wilde maken. Susan zette het glas neer en glimlachte. Ze kneep in mijn hand en zei dat ze wilde slapen.

Thuis in mijn flat maakte ik me ongerust over wat ik had gezegd, want ik wilde niet dat ze dacht dat ik haar aanspoorde iets te doen wat zij niet wilde. Toch verscheurde haar lijden me. Hoelang zou het nog duren en was dat wel nodig? Ik kon niet anders dan aan Gabriels dood denken, die zo vredig en verstandig had geleken. Die avond zocht ik op internet naar sites over assistentie bij zelfdoding, maakte aantekeningen en dronk te veel whisky. Maar tijdens de volgende paar bezoeken zei Susan er niets over en ik dacht dat ze het idee zonder meer opzij had geschoven.

Toen, een paar weken later, begon ze erover. Ze was in de war die dag – ik vermoed dat ze haar pijnmedicatie hadden bijgesteld – en ze zei: 'Die Zwitserse kwestie waar je het gisteren over had, pap? Die met je vriend?'

'Ja?'

'Als die mensen hier verderop in de straat zaten, ging ik er meteen naartoe. Maar Europa? Met het vliegtuig? Al dat gedoe?' Ze stond zichzelf een vreugdeloos lachje toe. 'Ik denk dat ik gewoon te moe ben om dood te gaan.'

Zes weken later was ze dood en begroeven we haar op het kerkhof van Mount Pleasant, niet zo ver van de graven van mijn ouders, tante Margery en oom Chester, verre geesten, die kortstondig tot leven waren gewekt door mijn toevallige ontmoeting met Gabriel Fontaine voor een hotel in Londen op een namiddag in oktober.

Richard B. Wright bij De Geus

Clara en Nora

De jonge, knappe Nora vertrekt in 1934 naar New York om daar haar geluk te beproeven. Haar oudere zusje Clara blijft achter in hun geboortedorp Whitfield in Canada. In de brieven die ze elkaar sturen, beschrijven de zusjes hun dromen en hoop voor de toekomst. De brieven versterken hun band.

Clara is onderwijzeres. Ze lijkt zich aan te passen aan de verwachtingen van haar conservatieve dorpsgenoten, maar veroorzaakt een schandaal als ze niet meer naar de kerk gaat en ongewild zwanger raakt. Nora heeft haar plek gevonden in New York. Ze heeft een rol in een bekende radiosoap en zoekt zich een plaats in de wereld van de glamour.

Tegen de achtergrond van de turbulente jaren dertig proberen de zusjes Callan ieder op eigen wijze uit het web van sociale verwachtingen te blijven.

Overspel

Daniel Fielding is vijfenvijftig jaar en heeft alles wat hij zich wensen kan: een aantrekkelijke vrouw, een lieve dochter die uitblinkt op een privéschool en een mooi huis in een leuke buurt. Zijn leven is succesvol. En als zijn baan een beetje te saai wordt en zijn baas te hooghartig, dan is dat maar zo.

Als Fielding met een jonge, assertieve collega naar de Frankfurter Buchmesse gaat, wordt zijn droomleven in stukken geslagen. Wat begint als een slippertje verandert in ontvoering en moord. Daniel zal de levens die hij heeft verwoest weer nieuwe richting moeten geven, en wel onder het oog van de media, die boven op de zaak zijn gedoken.